Joachim Sohn

Wie ich Jesus Star Wars zeigte

Joachim Sohn

Wie ich Jesus Star Wars zeigte

Roman

Alibri Verlag
Aschaffenburg

2019

Joachim Sohn, 1968 in Wiesbaden geboren, studierte in Mainz, Konstanz und Berlin Philologie und Filmwissenschaft. Zudem qualifizierte er sich an der *animation-school* in Hamburg zum Animationsdesigner. Nach mehreren Jahren freiberuflicher Tätigkeit im Trickfilm arbeitet er seit 2004 in Düsseldorf als Animation-Director für die Werbeindustrie.
Seit 2010 ist der überzeugte Humanist und Skeptiker auch als Autor tätig. Er schreibt Fantasyromane und Zeitreise-Novellen.

Alibri Verlag
www.alibri.de
Aschaffenburg
Mitglied in der *Assoziation Linker Verlage* (aLiVe)

Erste Auflage 2019

Titelgrafik: Joachim Sohn
Schrift: Star Jedi by Boba Fonts
Umschlaggestaltung: Claus Sterneck
Druck und Verarbeitung: Sowa, Warschau

ISBN 978-3-86569-296-2

Für die Kätzermäuler Sunnie & Polli

Wir hatten uns zum Kino verabredet. Nico und ich.
Für Star Wars, Episode VIII.
Wir warteten in einem Café auf den Beginn der Vorführung.
Die Diskussion war schon heftig im Gange.
Wie immer.
Mein Name ist Florian Schneider.
Dies ist mein Protokoll von einer Welt, die es nie gegeben hat.

Kapitel 1 – Episode VIII

„Chewie, Leia und Han waren immer ein Team, das fest zusammengehalten hat. Was aber machte Abrams? Er lässt Chewie einfach an Leia vorbeilaufen, Gott weiß wohin und lässt Rey, die Han kaum kannte, den Vortritt. Was hat Leia überhaupt mit ihr am Hut? Glaub mir, das werden ihm die Fans nicht verzeihen", sagte Nico mit Nachdruck. Wir waren wieder voll bei unserem Lieblingsthema: Star Wars. Darüber konnten wir uns stundenlang streiten.

Er nahm einen Schluck von seinem Filterkaffee und schaute mich erwartungsvoll an. Ich kämpfte damit, einen Ohrwurm durch einen anderen auszutauschen. Anders als bei Episode VII hatte ich mir den Soundtrack zu Episode VIII nicht schon komplett angehört, bevor wir den Film gesehen hatten. Denn ich wollte nicht wieder in die Situation geraten, über die Musik nachzudenken, zu versuchen mich an sie zu erinnern, statt den Film konzentriert zu verfolgen. Gerade jetzt hatte ich wieder das optimistische Thema der Protagonistin Rey im Kopf. Das sogenannte „Tip-toe motive", das Flötenspiel am Anfang erinnerte mich an den Vogelfänger aus Mozarts Zauberflöte. Selbst in dramatischen Szenen, in denen die Protagonistin sich mit dem Bösen konfrontiert sah, setzte Williams die Tonfolge ein. Allerdings in einer abgewandelten Form, die mir ausgerechnet jetzt partout nicht einfallen wollte.

„Findest du nicht?", fragte Nico geduldig.

Ich nippte an meinem Mandelmilch-Cappuccino und neigte abwägend den Kopf zur Seite. „Kann sein, ja. Aber ich will mir da gar nicht so viele Gedanken drüber machen. Ich akzeptiere das, was mir gezeigt wird. Irgendwann wird's ohnehin die Wahrheit, egal, was die Kritiker sagen oder wie sehr sich die Fans aufregen. So war's mit Jar

Jar Binks und den Midi-Chlorianern ja auch. Nun gibt es sie und sie sind eine Tatsache im Star Wars Universum."

Nico zog seine Augenbrauen zusammen. „Jar Jar Binks und die Midi-Chlorianer soll man akzeptieren?"

Wir saßen in einem Café ganz in der Nähe der Kinos am Dammtor, weil wir uns die Nachmittagsvorstellung von Episode VIII anschauen wollten. Wir sahen uns nicht mehr so häufig seit dem Studium. Er war nach Bremen gezogen, ich hier in Hamburg geblieben. Star Wars und seine Spin-Offs waren aber stets ein guter Grund für ein Wiedersehen. Und natürlich entbrannte im Vorfeld die Diskussion zu den neuen Episoden. Ich wollte gar nicht wissen, wie es nach Episode VIII aussah, nachdem Nico Abrams Versuch schon vollkommen auseinandergenommen hatte. Ich hingegen war wieder voller Hoffnung auf ein neues grandioses Kinospektakel und Rian Johnson, der Regisseur des neuen Filmes, sollte – wenn es nach mir ginge – alle Vorschusslorbeeren erhalten, die zur Verfügung standen.

Ich lehnte mich im Korbstuhl zurück und legte meine Hände über Kreuz auf den Schoß. „Sie sind jetzt Teil der Geschichte. Es wurde so gedreht, also ist es auch wahr. Wegen der Kritik wird man sie bestimmt nicht neu verfilmen."

„Okay, es gibt vielleicht eine wahre Story", entgegnete Nico abwehrend, „und das ist die Original Trilogie. Aber bei allem, was danach kam, gibt es wesentlich bessere und interessantere Weiterentwicklungen von Fans und Star Wars-Autoren. Für mich sind sie diejenigen, die die wahren Star Wars-Folgen schreiben."

„Mein Gott", lachte ich. ;„Das Original ist eine unantastbare heilige Schrift und alles was danach kam, ist verhandelbar?"

Nico verzog sein Gesicht. „Hm, klingt schon ein bisschen komisch, was?"

Ich hob die Schultern. „Entweder war es so, wie es in den Prequels gezeigt wurde oder es war nicht so. Beides geht nicht." Ich trank einen Schluck von meinem Cappuccino und sprach weiter, bevor Nico antworten konnte. Ich wusste durch einen Testtrip in die Zukunft, den ich vor einem Jahr unternommen hatte bereits, dass

J.J. Abrams sich für diese Szene später entschuldigen würde. Da wir uns seither aber nicht gesehen hatten, war mir nicht klar, ob er einen Artikel darüber gelesen hatte. Ich brachte das Argument dennoch, so wie ich es mir damals schon vorgenommen hatte.

„Also stell dir vor, die Fans würden sich so über die Chewie-Szene aufregen, dass J. J. sich genötigt fühlt, sich dafür zu entschuldigen. Das wäre doch nicht richtig, oder?"

„Soweit ich weiß, haben sie das genau das getan. Aber warum auch nicht? Warum sollte es nicht richtig sein?"

„Weil es geschehen ist. Damit ist es unumkehrbar. Genau das ist doch der der Punkt. Stell dir vor, es gäbe eine Atomkatastrophe oder es passierte etwas, das einen Großteil des Lebens auf der Erde und die menschliche Zivilisation auslöscht. Nach vielleicht tausend Jahren kommt dann ein Forscherteam aus irgendeinem Flecken der Erde, an dem sich die Menschheit zurückgezogen hatte und sie entdecken das Drehbuch von George Lucas zu Star Wars."

„Natürlich sprechen sie auf jeden Fall noch englisch", unterbrach mich Nico.

„Na ja, wenn es Altertumsforscher sind, selbst wenn sie aus Russland oder China kommen, werden sie wohl die Schrift und Sprache erkennen und den Text entziffern können. Niemand sagt, dass die Menschheit, oder was auch immer aus ihnen geworden ist, in der Zeit verblödet."

„Ja ja, sie werden die Texte finden und erkennen, dass es sich um eine Geschichte handelt und sich fragen, warum sie so verlief und nicht anders. Wo wäre der Unterschied? Dafür muss doch nicht die Welt untergehen."

Ich verschränkte meine Arme vor der Brust „Und was ist mit *Planet der Affen*?"

„Was ist mit Planet der Affen?", fragte Nico zurück.

„Darin entwickeln sich die Affen zu einer neuen, intelligenten Spezies. Sie finden alte Texte, können sie auch verstehen und dennoch kann ihnen die Kultur derer, die diese Texte einst verfasst haben, völlig fremd sein. Sie könnten doch vollkommen missinterpretiert werden. Vielleicht werden in tausend Jahren von einer neuen Kultur Drehbücher entdeckt, die aber das Konzept erfundener Geschichten gar nicht kennen. Sie finden also solche Texte und, ich meine, warum sollten sie dann nicht denken, dass es sich dabei um geschichtliche Zeugnisse handelt? Oder würdest du umgekehrt auf die Idee kommen, wenn du Caesars gallische Kriege liest, dass es sich dabei um ein Drehbuch handelt?"

„Das wäre wirklich genial. Schöne Idee, Flo", sagte Nico. Wenigstens lachte er an der Stelle mal wieder. Sonst waren Unterhaltungen mit ihm eher anstrengend.

„Jedenfalls kann man darüber diskutieren, ob die Szene mit Chewie und Leia funktioniert oder Fragen aufwirft", machte ich weiter. „Ganz egal, ob J. J. da wirklich geschlampt hat oder ob es Absicht war. Neu drehen wird er die Szene jedenfalls nicht, auch wenn die Fans auf die Barrikaden gingen. Er wird ohnehin keine weitere Episode mehr drehen." Im Nachhinein wusste ich, dass das nicht stimmte. Abrams sollte ausbaden, was Johnson angerichtet hatte, würde es heißen. Aber auch da war ich davon überzeugt, dass alles so geplant war. Meine Meinung dazu hatte sich nicht geändert. Bevor wir uns den Film anschauten, wollte ich aber diesmal nichts über den Inhalt wissen und auch nicht, was danach darüber gesprochen oder geschrieben wurde, nicht mal, dass sich die Fangemeinde nach dem Film so sehr gespalten hatte, dass sich eine Reihe Produzenten, die namentlich nicht genannt werden wollten, ernsthaft mit der Idee auseinandersetzten, ein Remake von Episode VIII zu drehen. Zumindest gab es einen entsprechenden Twitter Account und eine Facebookseite zu dem Projekt. Meine Neugierde zwang mich dazu es ihm Nachhinein zu erfahren, aber davor riss ich mich zusammen. Ich wollte keine erneuten Testtrips auf Kosten eines unbefleckten Kinovergnügens unternehmen, sondern mich wie früher bei den anderen Episoden einfach überraschen lassen.

„Wenn es aber Absicht war, warum hat er es dann so gedreht?"

„Und du hast die Lösungen natürlich schon parat. Ich frage mich, wer hier die Autoren für Evangelisten hält."

„Aber ja. Stell dir vor, es wäre ein historischer Text. Oder ein heiliger. Man würde gar nicht auf die Idee kommen sich zu fragen, ob das Ereignis stattgefunden hat oder ob es hätte anders stattfinden können. Nein, man würde darüber nachdenken, warum es so war."

„Verdammt noch mal. Abrams ist kein Heiliger."

„Nein, aber es ist seine Geschichte."

„Und deshalb ist sie unantastbar?"

„Der Urheber bestimmt über sein Werk."

„Sag mal, hast du sie noch alle? Ich muss doch als Konsument in der Lage sein, ein Produkt zu kritisieren? Und wenn Abrams solch eine Szene dreht, dann ist es offensichtlich, dass er keine Ahnung hat. Vielleicht dreht er die Szene nicht nach, aber ich denke, wenn er seine Fans bei Laune halten will, wäre das ein feiner Zug von ihm."

Ich beugte mich nach vorn. „Würdest du jemals auf die Idee kommen, ein Gemälde von Michelangelo zu kritisieren? Oder einen Rembrandt oder einen Van Gogh? Selbst bei einem zeitgenössischen Künstler wurdest du das Bild hinnehmen, wie es ist und im Höchstfall interpretieren, und sonst nichts. Oder etwa nicht?"

„Natürlich würde ich es kritisieren. Oder was willst du mir jetzt damit sagen?"

„Dass die Leute sich mit Sicherheit mehr Gedanken über ihr Werk machen als ihre Kritiker. Vielleicht hatte Chewie jemanden entdeckt, der ihm in diesem Moment wichtiger war als Leia. Oder es gab in Wirklichkeit immer wieder Unstimmigkeiten zwischen Leia und Chewie, was man vielleicht erst in Episode VIII erfahren wird, oder vielleicht sogar erst in Episode IX, und was wiederum dafür spräche, dass die Drehbuchautoren sich sehr wohl überlegt hätten, warum sie die Szene genau so geschrieben haben und nicht anders." Ich winkte ab, weil Nico sein Gesicht zwischenzeitlich zu einer gequälten Grimasse verzogen hatte. „Aber ist ja auch gut, dass die Fans sich mit dem Stoff so auseinandersetzen …"

„Natürlich", unterbrach mich Nico. „Müssen wir nicht bald los?"

Ich schaute auf seine halbleere Tasse. „Bist du schon fertig?"

„Vorerst ja."

Als wir das Kino verließen, wusste ich nicht, wo mir der Kopf stand. Alles war anders als ich es erwartet hatte. Was war aus Luke geworden, was aus der Macht und dem Gleichgewicht? Warum wusste niemand, wo Luke war, wenn es sich bei dieser Insel um eines der wichtigsten Heiligtümer der Jedi handelte? Warum ist Poe nicht über das Vorhaben unterrichtet worden, dass sie sich auf dem alten Rebellenstützpunkt Crait verstecken wollen, wenn das doch von Anfang an der Plan war? Der Planet war schließlich nicht aus heiterem Himmel aufgetaucht und sie dachten sich, ach wie praktisch, dann lasst uns dort mal hinfliegen und uns verstecken, aber wir verraten es keinem, sondern riskieren lieber eine Meuterei? Offenbar konnte sich auch niemand erinnern, dass die Oberfläche dort aus Salz war. Wurde nie drüber gesprochen, ist ja bloß der älteste Rebellenstützpunkt.

Tausend weitere Fragen und Ungereimtheiten schossen mir durch den Kopf; vor allem Leias Flug als Superwoman hatte sich auf erschreckende Weise für alle Zeit in meine Sehrinde eingebrannt.

Nur Nico fand ihn toll. Er war richtig begeistert während ich versuchte, Rian Johnsons Plan zu verstehen, schwärmte er in den höchsten Tönen von dem Film und war nun selbst der Meinung, dass die Szenen ihren Sinn hätten, logisch wären, stimmig und nicht weniger absurd als in den Filmen der ursprünglichen Trilogie. Ich sollte nur mal an die Sache mit Obi Wan Kenobi denken. Dafür, dass er auf Luke aufpassen und ihn auf die Rückkehr der Jedi vorbereiten sollte, hielt er sich ganz schön lange in der Versenkung.

Aber egal, deswegen waren wir eigentlich nicht hier. Ich wollte jetzt gar nicht über den Film diskutieren. Für mich gab es viel wichtigere Dinge für unsere Treffen als mich wegen Episode VIII zu ärgern. Ich wusste nur noch nicht, wie ich es anstellen sollte und ob es überhaupt eine gute Idee war.

Nachdem wir ein paar Schritte gegangen waren und sich meine Gehirnzellen an der frischen Luft wieder etwas sortiert hatten, fragte Nico, ob wir noch ein Bier trinken wollen. Ich zögerte. Sollte ich ihn nun einweihen oder nicht? Ich trug die Sache mehr als drei Jahre mit mir herum, lange bevor ich wusste, dass es weitere Episoden geben würde. Meine Story endete mit der Vernichtung des zweiten Todessterns und dem Triumph der Rebellen über das Imperium. Mehr gab es in meinem Plan nicht. Aber egal, er würde mir ohnehin kein Wort glauben. Wahrscheinlich war es doch besser, es bleiben zu lassen und ihm nach meiner Rückkehr die Ergebnisse zu präsentieren. Andererseits wäre es wichtig, jemanden an meiner Seite zu haben, der im Notfall zu mir stünde. Und wenn es nur darum ginge, auf meine Rückkehr zu warten und zu bezeugen, dass ich recht hatte. Noch hatte ich keine Vorstellung davon, wie die Geschichte enden würde. Er wäre der einzige Mensch, der wusste, wie es vorher gewesen war.

Plötzlich hatte ich richtig Herzrasen. Und dann purzelte der Satz einfach aus mir heraus. „In Ordnung. Lass uns noch ein Bier trinken. Aber bei mir. Ich muss dir etwas zeigen."

Kapitel 2 – Die Überzeugung

Ich reichte ihm ein Bitburger. Nico saß bereits auf der Couch im Wohnzimmer meiner Zwei-Zimmer Wohnung.

„Also dann schieß mal los“, sagte er, noch bevor er den ersten Schluck genommen hatte. Ich setzte mich ihm gegenüber in den Sessel und nippte an meinem Bier. Ich war noch nie so aufgeregt und überlegte, wie ich anfangen sollte. Es gab so viel zu erzählen und es würde wahrscheinlich Stunden dauern, bis ich alles erklärt und alle Fragen beantwortet hätte. Aber nun gab es kein Zurück mehr. Ich entschloss mich dazu, ihm zunächst zu erzählen, wie die Idee entstanden war. Mir war klar, dass damit das erste Diskussionsthema schon vorprogrammiert war.

„Erinnerst du dich, als ich dir sagte, wie schwierig es sei, einem religiösen Menschen zu sagen, dass der Mensch sich Gott bloß ausgedacht hat? Dass er, der Mensch, schon lange vor Gott da war, bevor er anfing sich jemanden auszudenken, der für alles verantwortlich sein soll? Es ist unendlich schwierig, einen tiefgläubigen Menschen zu überzeugen, dass es sich bei seinem Gott nur um ein Phantasiegebilde handelt. Obwohl es ja aufgrund der ganzen Widersprüche, die sich aus dem Vergleich zwischen Fiktion und den Erkenntnissen der Wissenschaft ergeben, offensichtlich ist. Erinnerst du dich?“ Ich ließ ihn erstmal nicht zu Wort kommen, sondern schob gleich meinen neuesten Spruch hinterher: „Weißt du, was die Funktion der Theologie ist.“ Ich wirbelte mit den Händen herum. „Also diese Pseudowissenschaft, die um ihrer selbst Willen geschaffen wurde.“ Nico verdrehte die Augen und wartete geduldig.

„Also, die Theologie hat sich geschaffen und ihre einzige Aufgabe besteht darin, die Widersprüche zwischen ihrem Phantasieroman – der Bibel – und den Erkenntnissen, die die Wissenschaft nach und nach über die Wirklichkeit gewonnen hat aufzulösen.“ Ich zog die Brauen hoch. „Also, es ist eine ewige Aufgabe …“ ergänzte ich. „Eine Sisyphusarbeit, weil es ja keine Auflösung gibt.“

„Alles klar“, seufzte Nico. „Wir sind also schon wieder beim Thema Religion? Ging es auch vorhin schon darum? Von wegen: das unantastbare Werk des Schöpfers?“ Er seufzte und schüttelte den Kopf. „Ach Flo. Für Menschen, die von der Existenz Gottes überzeugt sind, ist er eine Tatsache. Ja, für sie ist es unantastbar. Nur die Interpretation des Menschen ist es in ihren Augen nicht. Aber das wissen wir ja. Keiner von uns beiden behauptet, dass es sich bei der Bibel um das Wort Gottes handelt. Und genauso verhält es sich mit einem Drehbuch. Klar, für Gläubige ist das anderes. Da gebe ich dir Recht.“

„Eben. Für den Gläubigen ist die Geschichte von Jesus und seinem Gottvater wahr und das anzuzweifeln ist bloß ein Versuch, ihn davon abzubringen und in seinem Glauben zu erschüttern. Aber was, wenn man beweisen könnte, dass der Mensch es sich ausgedacht hat. Ich meine, in der Schule lernt man das ja und aus rein wissenschaftlicher und historischer Sicht ist es eindeutig. Aber das interessiert einen religiösen Menschen nicht.“

„Warum willst du es denn einem Religioten, wie du sagst, beweisen? Lass den Menschen doch ihre Religion. Ich weiß, du meinst, Religion ist für alles Übel zuständig. Aber das stimmt ja so nicht.“

„Es geht nicht nur darum. Sondern dass sie einfach nicht erkennen wollen, wie unlogisch es ist, dass es mehrere Religionen gibt. Ich meine, wenn es nur einen Gott gibt, kann es doch auch nur eine Religion geben. Also eigentlich bräuchte man dann doch gar keine mehr. Aber stattdessen gibt es zig Religionen. Auch eines dieser Widersprüche. Warum erkennen sie das nicht?“

„Warum sollten sie, Flo? Vielleicht interessiert es sie ja gar nicht. Wer sagt denn, dass es sich nicht immer um den gleichen Gott handelt, nur dass er sich jedem anders offenbart? Den Menschen interessiert, was er selbst erlebt und nicht, was andere erleben. Er folgt seinem Gefühl.“

Ich zeigte auf ihn. „Und genau das ist die Ursache des Übels. Nicht den Widerspruch zu erkennen und dadurch nicht auf den anderen zuzugehen. Ein religiöser Mensch sagt, er würde die Religion eines anderen akzeptieren. Aber faktisch tut er es natürlich nicht, weil nur seine Schöpfungsgeschichte die richtige ist. Ein Christ würde doch niemals die Schöpfungsgeschichte der Hindus als die Wahrheit anerkennen, oder? Oder die griechische Götterwelt. Für ihn wäre es klar, dass es sich dabei um Mythen handelt. Also rein erfundene Figuren, deren Zweck es ist, die Welt zu erklären. Nur bei seiner eigenen fällt ihm das nicht ein. Ist doch schon komisch, oder?"

Nico zog die Schultern hoch. „Es ist ja nicht falsch, dass der Mensch sich über die Welt Gedanken macht und Erklärungsmodelle entwickelt. Anders wären wir ja nicht, wo wir heute sind. Erkenntnis kommt erst nach und nach. Und so ist es auch mit dem Erkennen von Gott."

Ich presste meine Handflächen aufeinander. „Aber das ist doch Unfug. Warum, wenn es einen Gott gibt, sollte er sich nicht von Anfang an offenbaren, nachdem er den Menschen geschaffen hat. Er geht hin und sagt, Leute passt auf, ich bin Gott, ihr seid die Menschen, die Erde ist eine Scheibe, um die sich das Firmament dreht und ihr seid alle Sünder, tut gefälligst Buße und opfert mir hin und wieder eine Stopfleber und ein Spanferkel, ein unschuldiges Lämmchen oder auch mal ein Menschenköpflein." Ich merkte, dass ich mich schon wieder in Rage redete. Dabei war mein Ziel ja ein ganz anderes. Aber bei dem Thema konnte ich mich kaum zurückhalten.

„Ach", schaute Nico gequält und ich spürte, dass ihm das schon wieder zu viel wurde. „Bei Religion geht es doch nicht nur ums Menschen köpfen und so ein Zeug, um Opfer. In allen Religionen und Mythologien wird auch gesagt, dass der Mensch eben aufgrund seiner Erkenntnisfähigkeit nicht in der Lage ist, Gott sofort zu verstehen. Er muss sich entwickeln."

Die Diskussion war schon wieder in vollem Gange. Nico schien der gleichen Meinung zu sein, denn er kürzte die Sache abrupt ab. „Aber gut, wir hatten das ja schon mal. Kommen wir zum Punkt. Wie willst du es denn beweisen?"

„Ich werde in der Zeit zurückreisen“, sagte ich, lehnte mich zurück, nahm einen kräftigen Schluck aus der Flasche und wartete auf Nicos Reaktion.

„Ah ja?“, sagte der nur und sah mich mit skeptisch hochgezogenen Brauen an. „Und wie machst du das?“

Er begegnete mir also mit Sarkasmus. Aber das war mir gleich. Ich machte weiter. Ich hob mein Smartphone hoch und sagte trocken. „Hiermit.“

Nico wirbelte mit der Hand. „Du stellst darin die Zeit um und Schwupps sind wir in der Vergangenheit? Okay, können wir gern so durchspielen. In welcher Zeit befinden wir uns für deinen Beweis?“

„Nein, ich meine es ernst. Ich kann damit in der Zeit zurückreisen.“

Nico lehnte sich nach vorn und legte seinen Kopf in die Hände. Er sah jetzt wirklich verzweifelt aus. „Oh Mann, Flo. Was wird das denn jetzt wieder? Sag doch einfach, was du mir sagen willst. Ganz ohne irgendwelche neuen verkrampften Konstruktionen.“

„Du verstehst nicht. Ich sagte, ich meine es ernst. Es funktioniert tatsächlich. Ich hab’s herausgefunden. Ich arbeite seit über zwei Jahren daran und letzte Woche ist es mir gelungen.“

Nico ließ sich wieder zurückfallen, drehte seinen Kopf zur Seite und stöhnte als hätte er wirklich die Nase voll von meinem Geschwätz. Offensichtlich überlegte er, wie er darauf reagieren sollte. Ob er mir überhaupt ernsthaft darauf antworten sollte. Es dauerte einen Moment, aber schließlich deutete er mit der Bierflasche auf mich und sagte: „Ich meine, nicht nur, dass sich die Philosophie und die Mythologie seit 3000 Jahren oder mehr mit diesen Ideen und den Paradoxien, die daraus entstehen auseinandersetzt. Es haben sich ja auch nicht hunderte namhafte Wissenschaftler in den vergangenen 150 Jahren mit diesem Thema wirklich ernsthaft auseinander gesetzt ohne zu einem wirklichen Ergebnis zu kommen, außer einem theoretischen. Und dann kommt der Herr Oberschlau,“ Nico nahm sein eigenes Smartphone aus der Hosentasche und wackelte damit herum, „und macht das mal eben mit seinem Smartphone. Was willst du mir jetzt eigentlich erzählen?“

„Es geht nicht um große physikalische Massen, die dabei bewegt werden, um Wurmlöcher zu generieren und ähnliches. Es ist viel einfacher. Ich bin auch eher durch Zufall draufgekommen. Try and error sozusagen. Und durch Beobachtung."

„Durch Zufall? Sowas gelingt nicht mal so nebenher, durch Zufall." Er machte eine kurze Pause und musterte mich.

„Du meinst es tatsächlich ernst. Kann das sein?"

Ich nickte. „Ja, Nico. Es ist mir tatsächlich gelungen."

An dieser Stelle merkte ich, dass es ihm mulmig wurde. Er räusperte sich und seine Stimme wurde etwas leiser. Er rückte etwas näher an den flachen Couchtisch heran, der zwischen uns stand, als ginge es jetzt um ein konspiratives Gespräch und hielt sich mit beiden Händen an seiner Flasche fest. „Okay", sagte er schließlich. „Jetzt bin ich aber gespannt auf deine Theorie."

„Es hängt mit den Informationen zusammen und der Informationsdichte." Ich rückte auch etwas näher, setzte mich auf den Rand des Sessels, stellte meine Bierflasche ab und legte meine Arme in offener Haltung auf die Knie. „Du weißt, ich bin kein Programmierer", sagte ich. Nico unterbrach mich. „Ja, das weiß ich."

Ich zog eine Braue hoch. „Also pass auf. Ich werde jetzt auch nicht zu sehr in die Details gehen, weil das einfach zu umfangreich wäre. Aber vom Prinzip her funktioniert es allein auf der Informationsebene. Zeit entsteht durch Information, also der Menge an Informationen, die vorhanden sind. Im Prinzip ist es so, wie es jeder von uns empfindet: je mehr Informationen vorhanden sind, umso schneller vergeht die Zeit. Einfaches Beispiel: wenn du einen Tag alt bist, dann entspricht dein komplettes Erinnerungsvermögen einem Tag. Also die Informationen, die du an einem Tag erhalten hast entsprechen deiner Lebenserinnerung. Ein Tag hat für dich also die Dauer eines ganzen Lebens. Jetzt bist du 38? Ja, 38. Wie lange ist jetzt für dich ein Tag, gemessen an deinem Leben?"

„Soll ich das jetzt ausrechnen?"

„Nein. Aber es ist klar. Die Dauer eines Tages gemessen an deinem bisherigen Leben ist eben nur noch 1 zu 365x38. Durch die Fülle an Informationen der bisher gelebten Tage, schrumpft der einzelne gefühlte Tag auf nur wenige Sekunden. Obwohl er ja nach wie vor 24 Stunden hat.“

Nico neigte leicht gequält seinen Kopf zur Seite. „Okay, kann sein. Empfundenes Zeitgefühl, klar. Eine rein subjektive Sache. Aber was hat das mit einer Reise durch die physikalische Welt der Zeit zu tun.“

Ich wiegelte ab. „Ja ja, das war ja nur ein Beispiel dafür, wie Zeit von uns wahrgenommen wird. Sie wird in erster Linie relativ wahrgenommen. Und das ist nun mal subjektiv. Unser zeitliches Empfinden hängt wie gesagt von der Menge an Informationen ab, die wir in einem Zeitraum verarbeiten, sie dehnt sich dadurch quasi aus. Und wenn wir Informationen wegnehmen, fällt sie in sich zusammen. Sie ist zumindest in der Erinnerung nicht mehr vorhanden. Wenn du eine Woche lang nichts machst, ist es so, als wäre diese Woche gar nicht dagewesen.“ Nico runzelte die Stirn. Ich konnte sehen, wie es dahinter ratterte und sprach ungehindert weiter. „Damit kommen wir dann zum Raum-Zeit-Phänomen, denn mit dem Raum verhält es sich genauso. Seine Größe ergibt sich aus den Dingen, die sich darin befinden, weil er in Relation zu ihnen steht. Ohne Gegenstände gibt es keinen Raum, ohne Informationen keine Zeit.“

„Bislang klingt noch alles sehr philosophisch.“

„Erkenntnistheoretisch“, verbesserte ich ihn. „Ja, aber das ist es nicht. Es ist Quantentheorie.“

„Die esoterische oder die wissenschaftliche?“ Die Ironie hatte ihn zurück.

„Ehrlich gesagt, ich weiß nicht wie es funktioniert“, sagte ich. „Ich bin kein Wissenschaftler, ich mache keine stundenlangen, theoretischen Beweisführungen. Ich habe meine Theorie über die Empfindung aus Zeit rein durch lange und intensive Beobachtung erstellt. Und die habe ich jetzt ganz praktisch ausprobiert.“

Nico starrte mich an und riss die Arme auseinander. „Was?! Was hast du gemacht? Nun rück endlich raus mit der Sprache!“

„Ich hab’s getestet. Ich bin in der Zeit gereist.“

„Wie? Verdammt noch mal?!“

„Komm, ich zeig's dir." Ich nahm mein Smartphone in die Hand und winkte ihn zu mir auf die Couch. Als er neben mir saß, er hatte sein Bier auf den Tisch gestellt und schaute konzentriert auf mein Telefon, öffnete ich eine App auf meinem Bildschirm. Sie zeigte am unteren Ende Datum und Uhrzeit an, in der Mitte war ein kreisförmiger Strahl zu sehen. Oben verschiedene Zahlen, Zeiger und Anzeigen, die an Messinstrumente erinnerten. Das unten angezeigte Datum war das von heute, daneben die aktuelle Uhrzeit. Die Messinstrumente oben standen alle auf Null und der Strahlenkreis pulsierte leicht, als würde er auf etwas warten.

„Du wirst lachen", sagte ich. „Aber ich hab' die App geschrieben. Klingt jetzt spektakulärer als es ist. Gibt ja mittlerweile eine Reihe halbfertige Bausätze für das User-Interface. Kernstück ist natürlich das Programm dahinter, aber auch das ist ein einfacher Algorithmus. Bausteine, die ich mir zusammengesucht habe, einfach auf Grundlage meiner Theorie. Basis ist dabei der LHC in Genf."

„Der Large Hadron Collider?", sprach Nico die Abkürzung aus, wahrscheinlich um zu zeigen, dass er mir folgen konnte und wusste, wovon ich redete. Gut, war ja jetzt auch nichts Unbekanntes.

„Was machst du da?", warf Nico hinterher. Das klang wie Lachen und Weinen gleichzeitig.

„Ich simuliere eine Kernfusion mit negativen Vorzeichen und produziere damit ein Informationsvakuum. Durch die Kollision entstehen Informationslöcher. Und die addiere ich solange, bis Raum und Zeit verschwinden. Dadurch entsteht ein Zeitloch im Raum, durch das man hindurchschlüpfen kann. Besser gesagt, man fällt einfach hindurch, weil weder Informationen noch Gegenstände da sind, die einen aufhalten. Das ist alles."

Nico schaute mich mitleidig an. „Und mit deinem Programm änderst du mal eben die atomare Zusammensetzung der Welt. Durch eine Simulation. Warum stellst du es nicht gleich als Flash-Animation dar? Die Wirkung wäre vermutlich die gleiche."

Er ließ sich gegen das Rückenteil der Couch fallen und legte einen Arm hinter seinen Kopf. Das Bier in seiner Hand musste schon warm sein. „Oh Mann, Flo. Jetzt stehen schon zwei Beweise aus."

„Ich hab dir doch gesagt, dass es funktioniert hat. Ich war bereits in der Vergangenheit.“

Nico beugte sich wieder nach vorn und stellte die Flasche ab auf dem Glastisch ab, dass es knallte. „Es reicht jetzt. Was soll der Käse? Sag doch einfach, wie du die Existenz Gottes widerlegen willst und hör endlich auf mit dem Quatsch!“

Ich merkte, wie mich der Zorn packte. Ich wollte das eigentlich nicht tun, weil ich es für zu gefährlich hielt. Aber ich brauchte Nico. Es blieb mir keine andere Wahl. Also ging ich in die Offensive.

„Wo warst du genau heute, um diese Zeit vor einer Woche?“

„Was wird das jetzt?“, fragte er mit sichtlich genervtem Ton in der Stimme.

Ich tippte schon mal den Zeitpunkt und das Datum in meine App ein und schaute ihn darauf abwartend an.

„Gut. Ich mach mit. Zufällig weiß ich das noch ganz genau. Ich war im Supermarkt. Der Rewe zwei Straßen von hier. War kurz vor dem Qualifikationsspiel. Und natürlich gab es wieder Probleme mit einer Dame vor mir an der Kasse. Ich hab’ den Anfang verpasst. Deswegen kann ich mich daran erinnern.“

Ich nickte. „Okay, kenn ich. Da geh ich auch immer hin. Bin gleich wieder da.“ Ich setzte die App in Gang. Der Strahl hörte auf zu pulsieren und stieg langsam rot an. Die Messinstrumente fingen begannen ebenso, verschiedene Zahlen nach oben zu zählen: Druck, Temperatur, Geschwindigkeit, Anzahl der Atome im Raum, Drehgeschwindigkeit, Wahrscheinlichkeit, Unschärfe und so weiter. Das Rot wuchs am Strahl entlang seinem Ursprung entgegen und verdichtete damit zunächst die Informationen im Raum. Auch die Erinnerungen, die mit diesem Raum verbunden waren, so dass die Masse an Informationen immer größer wurde und der anfing sich auszudehnen. Ein echt krasses Gefühl. Dabei wusste ich nicht, ob das alles nur in meinem Kopf stattfand oder auch außerhalb von mir. Aber je mehr der Raum sich ausweitete, umso intensiver wurde es. Gleichzeitig rückte alles näher, verdichtete sich weiter und die Dinge stellten sich mir in mannigfaltigsten Zuständen und Ansichten dar. Die Masse, die dieser Raum über die Zeit zur Verfügung hatte, wurde mit Informationen bis zum Zerbersten vollgeladen. Ich dachte, wenn das schon bei einer Woche so ist, wie würde es erst bei ein paar Jahren sein? Oder Jahrtausenden? Bei meinem ersten Selbstversuch wagte ich mich nicht mehr als eine Viertelstunde zurück. Ich wusste selbst nicht, ob es bei einer Woche überhaupt funktionieren würde, ob die Sache standhielt und nicht alles in sich zusammenfiel. Ich fragte mich, was wenn die ganze Scheiße hier implodierte?

Bei meinem Testtrip in die Zukunft, wie ich ihn nannte, blieb ich an Ort und Stelle und las nur die Informationen aus, die sich bei der Rekonzentrierungsphase kurz vor der Ankunft gesammelt hatten. Darunter eben auch Berichte in Facebook und auf Internetseiten, die ich über mein Smartphone ansteuerte, die es an dem von mir eingegebenen zukünftigen Tag gab. Ich hatte den 16. Februar ausgewählt. Also einfach einen Monat später. Daher wusste ich auch von dem Interview mit Abrams bezüglich der Szene mit Chewie, Rey und Leia.

Die rote Farbe näherte sich seinem Ausgangspunkt, als würde man die Umdrehungszahl eines Motors immer weiter in den roten Bereich treiben oder einen Bogen bis an seine Grenzen spannen. Ich fragte mich, ob Nico etwas davon mitbekam oder ob sich alles nur auf mich, auf meine Wahrnehmung ausrichtete. Er war Teil des Raumes. Für mich veränderte er sich also mit.

Und dann war es soweit. Wie eine Hochspannung, die sich entlud, schoss der rote Strahl wieder zurück und alles um mich herum bewegte sich wie bei einer Explosion auseinander, so als würde es extrem auseinandergezogen. Nico, die Couch, der Tisch, der Sessel, der Schrank, die Wände die Fenster. Ich fühlte mich wie in einem Ballon, der aufgeblasen wurde und plötzlich platzte. Und als er endlich platzte war alles weg. Nico, die Möbel, das Zimmer. Wie ich es beschrieben hatte, stürzte ich durch ein Vakuum aus Nichts, ohne Objekte, ohne Informationen, ohne Bezugsgrößen. Ich wusste nicht mal, ob ich selbst noch da war. Ich merkte es nur daran, dass ich alles miterlebte. Ich hatte das Gefühl, den Boden unter mir zu verlieren und im freien Fall zu sein und gleichzeitig saß ich weiterhin da, klammerte mich an mein Smartphone und hatte selbst meine Sitzposition nicht verändert. Sie war mir das einzig Stabile in diesem Moment, obwohl sie nur eine Vorstellung war.

Und so schnell wie alles auseinandergetrieben wurde, kam es auch wieder zurück. Die Gegenstände im Raum, der Raum selbst repositionierte sich. Die Informationen über die Dinge, das, was sie unterschied, rekonstruierte sich. Ich war zurück! Ich saß wieder auf dem Sofa, hatte mein Smartphone in der Hand. Aber das Bier und vor allem Nico waren weg. Mein erster Blick raste auf die Uhr meines DVD-Players. Gleiche Uhrzeit wie zuvor, 20 Uhr 26. Aber welches Datum hatten wir? Ich machte den Fernseher an und schaltete zum Videotext. Meinem Smartphone traute ich nicht. Da stand es, tatsächlich. Es hatte funktioniert. Eine Woche früher, Mittwoch, der sechste Januar 2018. Ich schaute noch einmal, ob auch wirklich niemand da war, ob Nico vielleicht hinter dem Sofa lag, in einer vollkommen neuen Zusammensetzung. Nein, nichts. Also los, rüber zum Supermarkt!

Trotz der Plusgrade in diesem ungewöhnlich warmen Winter fröstelte es mir, als ich das Haus verließ. Die Nacht hatte den Tag längst eingeholt und der Boden glänzte noch vom Regen des Nachmittags in den neuen kalten Halogenlichtern der Straßenlaternen. Die Straße, in der ich wohnte, war gesäumt von nackten Bäumen. Ihre schwarzen verästelten Finger griffen nach den weißen Wolken, die sich von der Dunkelheit absetzten. Es dauerte nur fünf Minuten zu Fuß, dann war ich da. Ich ging zum Eingang, von dort konnte man bereits den Kassenbereich einsehen. Und dort entdeckte ich ihn auch schon. Genauso, wie er es geschildert hatte, stand er an der Kasse und eine ältere Frau stand vor ihm. Es gab wohl Probleme mit der Bezahlung oder einem falsch gebongten Artikel. Nico sah ziemlich verzweifelt aus und schaute genervt zu den Schokoriegeln. Ich ging über den Eingang zur Bäckerei rein, die zum Supermarkt gehörte. Ein angenehmer süß-würziger Duft von Frischgebackenem schlug mir entgegen. Von dort konnte ich den Kassenbereich umgehen und direkt in die Obst-und-Gemüse Abteilung gelangen. Eine Wand trennte die beiden Abteilungen. Ich schlenderte an ihr entlang, passierte Kiwis, Orangen und Mangos und unzählige Apfelsorten und konnte am Ende, wenn ich mich Richtung Eingang drehte, die Kasse von hinten sehen. Nico stand noch da, mit dem Rücken zu mir. Ich zog mein Smartphone, öffnete die Kamera-App, richtete das Gerät auf ihn und drückte den virtuellen Auslöser. Es war hell genug im Supermarkt. Ich hatte vergessen, das Blitzlicht forciert auszuschalten, aber es wurde nicht ausgelöst. Zum Glück.

Es war Teil des Programms, dass der Start und der exakte Zielzeitpunkt der Zeitreise festgehalten wurden. Quasi wie beim Routenplaner von Google Maps. Ich musste nur den Button mit den zwei Pfeilen drücken und Start und Zielzeitpunkt wurden ausgetauscht. Ich lachte. Denn ich dachte, ich könnte ja jetzt einfach auch warten, bis der Startzeitpunkt gekommen ist, voller Vorfreude, Nico dann wieder zu treffen, 'nächste Woche', mit ihm ins Kino zu gehen und das Foto schon in meinem Smartphone-Album zu haben. Ich wusste nicht, ob ich platzen würde vor Anspannung. Aber Quatsch, ich hatte jetzt keine Zeit für sowas. Ich musste zurück. Es gab noch so viel zu tun. Ich startete also die App und verschwand wieder aus der Vergangenheit mit dem gleichen Effekt, mit dem ich zuvor darin gelandet war. Und ich konnte jetzt schon sagen: dieses Gefühl, wenn alles verschwand und sich wieder neu zusammensetzte, es hatte Suchtpotential. Ich war im Rausch!

Als ich die Wohnung betrat und ins Wohnzimmer ging, saß Nico wie zu erwarten war, bereits da und starrte mich mit großen Augen an. Nun würde ich zum ersten Mal erfahren, wie er die Sache erlebt hatte. Seine Erinnerung dürfte sich nicht verändert haben, denn ich habe nichts getan, was den Verlauf der Vergangenheit hätte beeinflussen können. Ich bin niemandem begegnet. Jedenfalls nicht bewusst. Mag sein, dass mich Leute gesehen haben. Aber was machte das schon. Den berühmten Schmetterlingseffekt schloss ich als Möglichkeit, Dinge maßgeblich verändern zu können, aus. Dafür passierte einfach zu viel. Wenn mich Leute gesehen haben, die mich nicht kannten, machte es einfach keinen Unterschied. Und selbst wenn meine Nachbarin mich getroffen und gegrüßt hätte, selbst, wenn wir kurz geplauscht hätten, es hätte für sie keinen Unterschied gemacht. Sie kannte mich nur aus dem Treppenhaus, vom Kommen und Gehen. Es war Mittwoch. Sie wusste, dass ich abends spät von der Arbeit kam. Sie hätte also auch denken können, dass ich von dort gerade zurückkehre. Sonst wusste sie nichts von mir. Ich hatte in nichts eingegriffen, was von Bedeutung war. Das allein war wichtig.

Nico glotzte mich an. „Was ist jetzt passiert, Flo?“ Er sah ziemlich entsetzt aus. „Wie geht das, dass du erst hier neben mir sitzt und im nächsten, und ich meine im unmittelbar nächsten Moment kommst du zur Wohnzimmertür rein? Hatte ich einen Sekundenschlaf?“

„Nein, Nico“, sagte ich und lachte ihn an. „Alles gut. Ich war nur kurz weg. In der Vergangenheit.“

„Du verarschst mich doch jetzt, oder? Das … das ist einfach nicht möglich. Weder physikalisch noch durch dein blödes Programm da.“ Er deutete auf mein Handy als ich neben ihm Platz nahm.

„Doch!“ Ich musste weiter lachen. „Ich hab's dir doch gesagt. Und jetzt kann ich es dir auch beweisen. Schau!“

„Wenn Zeitreisen möglich wären, wüssten wir es. Der Spruch ist doch von dir, oder nicht? Und genau so ist es auch.“

„Nicht, wenn man nichts verändert hat. Das ist ja erst der Anfang.“ Ich wählte die App mit den Bilderalben auf der Benutzeroberfläche aus und wählte das Foto, das ich von ihm geschossen hatte. „Schau, das habe ich eben gemacht. Ich war im Supermarkt. Ich habe es von der Gemüseabteilung aus geschossen. Das bist du an der Kasse.“

Nico nahm mir das Gerät ab und schaute auf das Bild. Er zoomte es heran und betrachtete es sehr genau. Er sah sich, seine dunklen dichten Locken, die schulterlang auf den grünen Parka fielen, seine Brille mit den Rundgläsern auf der spitzen Nase, seine deutlichen Grübchen in der Wange. Er sah die alte Dame vor sich, die Kassiererin, das Laufband, die Veggienuggets darauf, die er ausgewählt hatte. Sein genervter Blick zum Regal mit den Schokoriegeln. Er hob seinen Kopf und starrte mich an. „Das gibt's nicht. Das kann doch nicht wahr sein. Wie ist das möglich?“

„Tja!“ Ich zuckte mit den Schultern. „Ich hab’s dir gesagt. Ich hab’ eine Zeitmaschine programmiert und sie funktioniert.“

Nico fasste sich an den Kopf und ließ sich gegen die Rückenlehne fallen. „Ich kann es einfach nicht glauben. Das, ich weiß nicht, was ich davon halten soll. Ich weiß nicht mal, ob ich es gut oder schlecht finden soll. Ich meine, die Möglichkeiten ... ist dir klar, wie viel Scheiß man damit bauen kann?“

„Klar!“

Er schnellte wieder nach vorn. „Flo, erklär’s mir. Wie funktioniert das Ding? Wie wird aus der Virtualität Realität?“

„Eben genauso, wie Realität zur Virtualität wird. Ich setze nur ein anderes Vorzeichen. Ich kehre es um. Jedes Teilchen hat zwei Möglichkeiten zu sein. Da oder nicht da“

Plötzlich schlug er sich den Handrücken seiner einen auf die andere Hand, so wie seine italienische Mutter und sagte: Va fan culo. Jetzt weiß ich es. Gib mir dein Handy!“

„Was? Wieso?“, fragte ich. Ich war doch noch gar nicht mit meiner Erklärung fertig. Was wusste er?

„Bitte gib schon“, forderte er mich erneut auf. Also gab ich es ihm. Er rief das Bild erneut auf, wählte über das Menü die Einstellungen. Eine Grafik öffnete sich mit den Daten des Fotos. „Da! Ich hab’s gewusst. Das Foto wurde am sechsten Januar aufgenommen. Da steht es: sechster Januar, zwanzig Uhr einunddreißig. Also heute vor einer Woche.“

Ich nahm ihm das Handy ab und vergewisserte mich. Tatsächlich. Da stand das Datum von letzter Woche. Aha, das Gerät reist also mit in die Vergangenheit und zeichnete den Zeitpunkt auf, in dem es sich befindet. Damit hatte ich nicht gerechnet. Ich versuchte Nicos Vermutung zu zerstreuen. „Okay, das beweist ja nur, dass ich zu diesem Zeitpunkt da war. Also alles so wie ich es gesagt habe. Ich war gerade eben zu diesem Zeitpunkt da.“

Nico schüttelte heftig den Kopf. „Nein. Du warst letzte Woche da. Du hast letzte Woche dieses Foto geschossen und mir nichts davon erzählt. Was um alles in der Welt tust du da?“

„Aber woher hätte ich denn wissen sollen, wo du gewesen bist? Um dir zu beweisen, dass ich zurückreisen kann, habe ich dich gebeten, mir zu sagen, wo du letzte Woche um diese Uhrzeit warst. Das war ein Beispiel. Irgendwas aus der Vergangenheit musste man doch nehmen."

Nico legte seine Hände zu einem Pflug aneinander. „Aber das ist ja genau der Punkt. Du wusstest, dass ich da war. Genau deswegen hast du den Zeitpunkt so präzise benannt. Weil du das Foto ja schon in der Tasche hattest."

„Nein! Ich schwöre dir. Ich hätte auch nach einem anderen Zeitpunkt fragen können."

Nico breitete seine Arme aus und hob die Augenbrauen. „Hast du aber nicht. Und ich frage mich ehrlich gesagt, was du hier vorhast. Was soll dieses ganze Theater?"

„Na gut, alles klar. Dann machen wir es doch ganz einfach so. Schlag du einen Zeitpunkt vor. Du sagst mir, wo du wann gewesen bist und ich reise dorthin zurück und mache ein Foto von dir, okay?"

Nico lachte auf. „Du meinst es tatsächlich ernst, oder? Ich meine, ich hab' ja echt gestaunt eben. Keine Ahnung wie du das gemacht hast, dass du hier plötzlich reinspaziert kamst. Ich tippe auf Sekundenschlaf. Aber jetzt willst du mir noch mal was vorgaukeln?"

„Jederzeit", sagte ich vollkommen unbeeindruckt.

„Und ich bestimme den Zeitpunkt?"

„Klar."

„Du bist verrückt. Wenn das hinhaut, also, wenn du mir hier gleich ein Bild von mir präsentierst von einem Zeitpunkt, den ich dir jetzt nenne ..."

„Dann?"

„Ich weiß es auch nicht. Es ist einfach zu verrückt."

„Also nenn' mir einen."

Nico faltete seine Hände und rieb die Ballen aneinander. Ich merkte, dass er Angst bekam. Ein dicker Kloß steckte in seinem Hals. Er räusperte sich. „Okay. Dann ... dann nehmen wir doch einfach den heutigen Tag. Als wir uns getroffen haben. Ich war ja zehn

Minuten vor dir da. Hab da schon gesessen und auf dich gewartet. Ich möchte also, dass du davon ein Foto von mir machst."

„Okay, mach ich." Ich reichte ihm mein Smartphone. „Willst du vorher noch untersuchen, ob du ein entsprechendes Foto bereits darauf findest? Müsste ja leicht über das Datum zu finden sein."

Er berührte es kurz, um es anzunehmen, entschied sich dann aber anders. „Kannst du mich ansprechen? Also ich meine, mach dich doch bemerkbar." Er klang verunsichert.

Aber ich musste ablehnen. „Nein. Das geht nicht. Ich darf nicht den Verlauf verändern. Oder anders gesagt: ich weiß nicht, was dann passieren würde. Ich mach einfach das Foto und komme zurück. In Ordnung?" Nico verschränkte die Arme vor der Brust biss die Zähne aufeinander und presste noch ein „okay" hervor.

Und ich machte mich wieder auf den Weg.

Als ich zurückkam und ihm das Foto präsentierte, konnte er sich nicht mehr dagegen wehren. Er musste akzeptieren, dass es funktionierte. Und ich denke, er fühlte sich dabei wie ich, als ich es zum ersten Mal erkannt hatte. Es war unbeschreiblich. Ein extremer Schub aus Angst und Adrenalin. Man hat wirklich das Gefühl, den Verstand zu verlieren, weil man plötzlich erkennt, dass alles, was man bisher zu wissen glaubte, mit einem Mal außer Kraft gesetzt wurde.
Aber die Diskussion war noch nicht zu Ende. Im Prinzip ging sie jetzt erst los.

Kapitel 3 – Gegen alle Widerstände

Nico saß vollkommen erschöpft neben mir. Die Aufnahme, die ich gemacht hatte, zeigte ihn in dem Moment, als er vor dem Buffet stand, die Hände in den Hosentaschen und konzentriert die aktuelle Tafel studierte, die das Angebot zeigten. Er wippte auf seinen Fußballen und Versen hin und her, als ich den Auslöser drückte.

„Ja“, sagte er außer Atem, „solange du noch nicht da warst, hab’ ich mir noch kurz die große Kaffeetafel hinter dem Tresen an der Wand angeschaut und die verschiedenen Kaffeesorten studiert, weißt du …?“

„Ja ich weiß. Und die Vitrine mit den Tartes wahrscheinlich auch.“

„Flo! Ich begreife es nicht. Wie ist das möglich?“

„Wie gesagt, ich denke es liegt an den Teilchen. An ihren möglichen Zuständen. Durch die Kollision werden sie unbestimmt. Durch die wiederholte Umkehrung der Vorzeichen hebe ich die Trennung in minus eins und plus eins nach und nach auf, bis es zu einem Nullzustand kommt. Den nutze ich aus, um die Markierungen der Elemente, durch die sie sich unterscheiden quasi wegzusaugen. Sie sind dann bis zu einem bestimmten Zeitpunkt, den ich festlege und an dem sie wieder eine Bedeutungsunterscheidung erhalten sollen, verschwunden. So entsteht das Zeitloch, durch das man fällt. Es funktioniert übrigens mit dem neuen Near Field Kommunikationssystem, nur dass eben die Informationen nicht aufgenommen, sondern absorbiert werden, wie von einem schwarzen Loch. Oder noch einfacher, so wie eine schwarze Oberfläche Licht absorbiert. Dort werden die Lichtinformationen einfach verschluckt. Also, um es noch mal zu verdeutlichen: das was der LHC im Großen macht, mache ich mit dem NFC-System im Kleinen. Ich sende eine Frequenz aus, die die Informationen neutralisiert. Das ist im Prinzip alles."

„Das ist alles", sagte er mit einem Ton der Selbstaufgabe. „Und wieso funktioniert das nur bei dir? Wieso bekomme ich von deiner Weltabsorbierung nichts mit?"

„Weil ich das auf meine eigene, persönliche Frequenz eingestellt habe. Das ist wie ein Fingerabdruck."

„Aha", nickte er bloß. Er schaute fast beleidigt zum Fenster raus und verschränkte die Arme. Er saß da wie ein Häufchen Elend, das seit Tagen Magenkrämpfe und Durchfall hatte. Und ich fühlte mich großartig.

„Derjenige, der wegen einer fünf in Physik und Mathe sitzen geblieben ist, dann Philologie studiert hat und gerade mal weiß, wie man ein Telefon bedient, schreibt ein Programm, dass das, was in den vergangenen 150 Jahren keinem Wissenschaftler gelungen ist mal eben so …" Er wirkte angestrengt und schüttelte langsam den Kopf. Nach einem kurzen Moment drehte er sich wieder zu mir.

„Ich akzeptiere das jetzt erst mal so. Ich denke, du hast das nur gemacht, weil du etwas Bestimmtes vorhast. Also. Was hast du vor?"

Endlich war es soweit. Ich lehnte mich zurück, legte die Hände in den Schoß und ließ die Katze aus dem Sack. „Ich will Jesus Star Wars zeigen."

„Du willst was?", fuhr es aus Nico heraus.

Ich musste spontan loslachen. „Ja genau. Ich reise in die Zeit von Jesus, kurz bevor er anfing, seine Predigten zu halten und seine Lehren zu verbreiten. Ich muss sie ja in die richtige Richtung lenken."

„Oh natürlich." Nico nickte überschwänglich. „Du gehst also schon mal davon aus, dass es ihn wirklich gegeben hat und dass die Zeitangaben der Bibelforschung stimmen."

Ich überlegte kurz. „Ach so, ja. Das setze ich in dem Fall voraus."

Nico legte seinen Kopf auf die Rückenlehne neben mich und starrte an die Decke. „Klar, was sonst. Was anderes habe ich jetzt auch gar nicht erwartet. Und dann reist du durch die Zeit dorthin und zeigst ihm, wie auch immer, die Star Wars Filme." Er machte eine kurze Pause und räusperte sich. „Na gut, hgrm, sagst du mir auch warum? Nein warte. Stimmt. Du wolltest ja beweisen, dass die Geschichte von Gott eine menschliche Erfindung ist. Verstehe, keine Fragen mehr …“ Er schnaufte.

„Gibst du auf?“

Nico schnellte wieder nach vorn. „Was soll das heißen, gibst du auf? Was soll ich in dieser Situation anderes tun? Du kannst durch die Zeit reisen. Du willst zu Jesus und ihm zeigen, was wir in der Zukunft für geniale Filme haben. Klar, würde ich auch tun. Und dann? Machst du Filmaufnahmen von ihm, in denen er schwört, dass er sich alles nur ausgedacht hat? Die Sache mit *Gott ist mein Vater*, der Jungfrauengeburt und all das?“ Er lachte plötzlich los und schlug sich auf das Knie. „Nein, ich weiß jetzt, was du vorhast. Du willst dich vor Jesus stellen und sagen: J*esus, ICH bin dein Vater!* – ha ha ha!“ Er nahm die Hand vor den Mund, um Vaders Atmen zu imitieren: „*Hchhh Chhhh – hchhh chhhh.*“ Es klang ein bisschen, als wäre er gerade durchgeknallt.

„Komm, Nico. Ich hol dir noch ein Bier. Und dann erzähle ich dir alles.“

„Was? Was willst du mir noch erzählen? Ich finde, es reicht für heute Abend.“

Ich ging in die Küche und merkte, wie er hinter mir her grummelte. Es dauerte nicht lang, da saß ich wieder neben ihm und hatte zwei frische kalte Bitburger auf den Tisch gestellt.

„Also pass auf“, sagte ich. „Dass mir das mit der Zeitmaschine gelungen ist, ist echt reiner Zufall. Ich hab’ einfach nur rumprobiert, was ich mir überlegt hatte. Praktische Philosophie eines Ahnungslosen sozusagen. Aber der Zweck, den ich damit verfolge, also die Idee, den Gläubigen irgendwie nachweisen zu können, dass nicht nur alle anderen, sondern auch ihr eigener Gott eine Erfindung von Menschen ist, geistert ja schon sehr lange in meinem Kopf rum, da hast du vollkommen Recht. Wie aber mache ich das? Nun, ich zeige Jesus Star Wars und sage, das ist die Wahrheit. Das ist es, was im Himmel passiert, dass ist der Kampf, der zwischen den Göttern stattfindet, zwischen dem Gott der Dunkelheit, also dem Teufel und dem Gott des Lichtes, also Jahwe.“

„Was bei den Gnostikern genau umgekehrt ist“, unterbrach mich Nico.

„Klar. Aber die kamen ja erst später. Wobei die Idee des Dualismus wiederum viel älter ist. Der Kampf zwischen Gut und Böse, zwischen Licht und Dunkelheit, der auf dem Rücken der Menschen ausgetragen wird …“

„Und so weiter und so fort. Das hatten wir ja schon x-mal. Also du stehst jetzt vor Jesus und sagst: *Schau mal da rüber zur Leinwand, das grüne Männlein mit den Spitzen Ohren und der komischen Syntax, das ist Jahwe*?“

„Okay, ich werde jetzt nicht gerade Yoda zum Gott der Menschheit erheben. Aber so ähnlich habe ich es mir im Prinzip vorgestellt, ja“, bestätigte ich Nico. „Ich werde ihm von der Macht erzählen. Der Macht des Lichtes und der der Dunkelheit. Konzepte, die ihnen bekannt sind.“

„Also du zeigst es ihm auf dem Laptop und wenn der Akku leer ist, kommst du zurück?“

„Nun ja, es gibt ja auch Bilder und Bücher. Aber am besten ist der Effekt natürlich in der Tat, wenn er Filmausschnitte sieht. Von den Guten und von den Bösen. Und das wird er auch, ist alles schon geplant.“

Nico schaute mich vollkommen entgeistert an. Es dauerte einen Moment, bis er alles verarbeitet hatte. „Bücher und Bilder, so so. Und in welcher Sprache sind die Bücher geschrieben? Willst du Jesus vorher Deutsch beibringen, oder Englisch?“

„Nein“, sagte ich und schüttelte den Kopf. Ich stand auf und ging zum Schrank, der an der Wand gegenüber dem Sofa stand. „Das brauche ich nicht.“ Ich öffnete ihn und kramte einen Stapel beschriebener und bedruckter Papiere hervor. Es waren Pergamentrollen, so wie man sie zur Zeit Jesu hatte.

Ich legte alles auf den Tisch und setzte mich wieder zu ihm.

„Hier, das nehme ich mit. Da steht alles Wichtige drauf. Das ist quasi Star Wars als Bibelgeschichte, alles in aramäisch verfasst. Mit entsprechenden Illustrationen der Hauptfiguren. Alles im Stil der Zeit.“

Nico nahm sich die Papiere nacheinander zur Hand und scannte jeden Zentimeter. „Dass du zeichnen kannst, weiß ich ja. Aber wer hat das geschrieben?“

„Ich“, sagte ich trocken.

Er schaute auf. „Du sprichst Aramäisch?“

Ich nickte. „Ja, mittlerweile fast fließend.“

„Wann hast du das gemacht? Wann hast du die Sprache gelernt?“

„Seit mehr als drei Jahren bereite ich alles vor. Ich hab’ damit im Sommer 2014 angefangen, also mit der konkreten Umsetzung. Die Idee hatte ich schon ein Jahr zuvor mit mir rumgetragen. Da wusste ich nicht mal, dass es Episode Sieben geben sollte.“ Ich lachte kurz. „Ich habe auch Latein gelernt. Also, ich hatte ja schon das kleine Latinum in der Schule. Aber das hat nix mit Latein zu tun. Also nicht so, wie man es damals gesprochen hat.“

„Du hast also in den letzten drei Jahren gesprochenes Latein gelernt?“

„Genau. Und Aramäisch. So wie es damals gesprochen wurde.“

„Warst du etwa schon dort?“

Ich schüttelte den Kopf. „Nein, nein. Aber ich hatte hier einen guten Lehrer. Ich hatte lange nach einem Seminar für antike Sprachen gesucht, hab auch ein paar gefunden und besucht, aber es war unbefriedigend. Zu theoretisch. Ich wollte Praxis. Also habe ich eine Anzeige geschaltet, und tatsächlich hat sich nach einer Weile jemand gemeldet. Ein emeritierter Professor für Altorientalistik und Latein. Er war sehr überrascht, dass sich jemand so speziell für diese Sprachen interessiert. Ich sagte ihm, dass ich ein Buch schreiben will, das Passagen in Aramäisch und Latein beinhaltet, so wie es damals gesprochen wurde. So wie in Mel Gibsons *Passion Christi*, weißt du? Im Prinzip hab’ ich ihm eine ähnliche Geschichte für das Buch erzählt, wie das, was ich tatsächlich vorhabe: Ein Typ landet mit einer Zeitmaschine in der Antike und muss sich dort durchschlagen, trifft auf Römer, Germanen und kommt auch nach Palästina. Seine Zeitmaschine ist kaputt und nun muss er versuchen sie wieder zu reparieren, aber mit den Möglichkeiten von damals. Okay, natürlich plane und hoffe ich nicht, dass meine Zeitmaschine kaputt geht, aber ich hätte nicht sagen können, dass ich Jesus zum Jedi umerziehen will. Der Professor war jedenfalls ziemlich begeistert von der Geschichte, denn er beherrschte nicht nur die Sprachen, sondern hatte auch ein unglaublich breites und detailliertes Wissen über die Zeit damals. Und er hatte großen Spaß daran, in mir einen so guten Zuhörer gefunden zu haben. Bei seinen Studenten war das wohl eher selten der Fall. Und für mich war alleine das Zuhören schon eine Art Zeitreise.

Wir trafen uns einmal pro Woche, manchmal zweimal, ohne Unterbrechung, mehr als zwei Jahre lang. Ich habe noch niemals jemanden erlebt, der sich für seinen Lehrstoff so begeistern konnte. Er sprudelte nur so vor Wissen und anschaulichen Beschreibungen über das Leben und die Menschen damals. Ich wünschte mir, ich hätte während meines Studiums mal so einen Professor gehabt."

„Und hat er dir auch die Schrift beigebracht."

„Ja genau. Das war sehr anstrengend. Aber mittlerweile geht auch das fließend."

Nico blätterte durch die Pergamente. „Auf mich wirkt es zumindest glaubwürdig. Das ist echt verrückt."

Er legte die Blätter zurück auf den Tisch und sah mich an. „Du meinst es wirklich ernst, oder?"

Ich merkte, wie es in seinem Kopf ratterte und wie er versuchte, sich alles vorzustellen. „Wie willst du ihm die Filmausschnitte zeigen? Wirklich auf dem Laptop? Was willst du ihm erzählen, was das ist?"

„Nein, nicht auf dem Laptop. Auf einer Leinwand. Der Plan ist so: er muss Star Wars sehen, wenn es dunkel ist. Dann wirkt es wie ein Fenster in eine andere Welt auf ihn."

„Und womit willst du den Film auf die Leinwand projizieren?"

„Ich nehme eine Plasmaleinwand, dafür brauche ich keinen Projektor. Die Bilder werden von der Plasmaleinwand selbst erzeugt. Es reicht ein USB-Stick, um die Bilder auf die Wand zu laden. Er wird nicht verstehen, was passiert. Außerdem kann man die Plasmaleinwand zusammenrollen. Das spart eine Menge Platz. Ich hab' alles schon besorgt."

„Was ist mit Strom? Der wird nicht ewig halten."

Ich stand auf. „Komm! Ich zeig dir was."

Ich verließ das Wohnzimmer und ging über den Flur zu meinem Arbeitszimmer. Nico folgte mir. Dort angekommen schwenkte ich meinen Arm über einen Haufen Gegenstände und Geräte. „Voilà. Es ist alles vorbereitet."

Ich nahm meinen Cougar Stromgenerator hoch. „Damit kann ich Strom erzeugen, durch Eigenkraft. Ich muss zwar etwas strampeln, aber es geht. Ich hab's getestet." Ich zog meine Jeans am rechten Bein ein Stück nach oben und lachte. „Schau dir mal meine Waden an. Und das Ding ist erstaunlich schnell wieder aufgeladen."

„M-hm", brummte Nico.

Ich deutete auf die weiteren Gegenstände. „Die Leinwand. Ein Zelt, falls ich erstmal keine Unterkunft finde, Geschirr, alles was man zum Überleben braucht. Und natürlich einige Bücher zum Aramäischen und Latein."

Nico hatte seine Hände in die Tasche gesteckt und nickte mit hochgezogenen Brauen. Aber das sah nicht wie Anerkennung aus, sondern eher, als stünde er vor den Enthüllungen eines Psychopathen und schaute sich die gesammelten Bilder und Zeitungsausschnitte von dessen Opfer an oder dessen ausgestopfte Kuscheltiere, die Survivalausrüstung im Bunker eines Preppers, der sich auf den Weltuntergang vorbereitet. „Du hast wirklich an alles gedacht für deine Expedition, was? Ich kann das einfach nicht glauben. Vor allem, dass ich die ganze Zeit über nichts davon mitbekommen habe. Gut, wir sehen uns nicht mehr allzu oft. Aber dennoch, es ist einfach krass, wie wenig man einen Menschen kennt. Ich meine, ich kenne deine Einstellung. Aber nicht, dass du bereit bist, alles daran zu setzen, für so einen blöden Beweis."

„Was heißt hier blöde? Für mich ist es nun mal wichtig. Akzeptier' das doch mal." Ich wurde lauter. Mir ging seine negative Einstellung gehörig auf den Senkel. „Und nicht nur für mich. Wenn die Menschen begreifen, dass die Geschichten über Gott nichts anderes sind wie die über Bilbo Beutlin oder Luke Skywalker", fügte ich hinzu, „erkennen sie vielleicht endlich, dass man sich deswegen nicht die Köppe einschlage muss. Oder Frauen unterdrücken und Homosexuelle umbringen!“

Nico wurde laut. „Um sich die Köppe einzuschlagen, reicht es schon, Ultra bei einem der rivalisierenden Fußballvereine zu sein. Dafür braucht man keine Religion.“

„Sind das etwa keine Religionen?!“ fuhr ich ihn an.

Nico wiegelte ab. „Unabhängig davon, wie wichtig die Botschaft für die sein mag, die dahintersteckt. Aber ist dir überhaupt klar, was du da vorhast?“

„Ich zuckte mit den Schultern und antwortete in der gleichen Lautstärke. „Was denn?!“

„Was genau willst du denn machen, hm? Es bleibt ja nicht dabei, dass er sich nur den Film anschaut. Du willst ja etwas damit erreichen.“

„Klar. Jesus soll nicht das Neue Testament verkünden, sondern die Geschichte von Anakins Mutter, von ihrer ‚Jungfrauengeburt, vom Aufstieg des Bösen und von seinem Sohn Luke, der ihn bekämpft. Und von der Macht. Das ist ja genau der Punkt. Wenn sich diese Geschichte durchsetzt statt dem Christentum, dann werden alle DAS glauben. Dann sind die Figuren aus Star Wars die heiligen Figuren, über die man predigen, die man anbeten wird, für die Tempel gebaut werden und die in liturgischen Gesängen und sakralen Gemälden verewigt werden. Das wäre doch genial, oder nicht?“

„Und wo wäre dann der Beweis? Wenn es nur Gläubige der Star Wars Geschichte gäbe und kein Christentum, du Neunmalklug? Wie willst den Menschen dann beweisen, dass es nur erfunden ist? Für sie ist es dann nicht mehr erfunden, sondern wahr. Was also soll der Quatsch? Oder willst du dann wieder in die Vergangenheit reisen und Jesus *Herr der Ringe* zeigen? Du bist doch besoffen!“

Auf diesen Einwand hatte ich gewartet. Bis auf den Teil mit dem *besoffen*.

Ich kramte eine Kiste zwischen den Gegenständen hervor, machte sie auf und nahm einen Stapel Bücher, DVDs und CDs heraus.“

„Hier. Hierauf ist alles gespeichert. Unsere bisherige Geschichte. Alles über das Christentum, seinen Aufstieg, die Kriege und Auseinandersetzungen, die Eroberungszüge, das Schisma, Renaissance und Aufklärung, alles was passiert ist, bis heute. Filmaufnahmen, Dokumentationen. Das ist mein Beweismaterial, dass es das Christentum gab, und dass es für viele Menschen die Wahrheit war."

„Warum sollten sie dir dann glauben? Woher wissen sie, dass es keine Fälschungen sind?"

„Weil ich Kopien davon vergraben werde. In der Antike. Zusammen mit meiner Geschichte. Wenn ich diesen Schatz dann nach meiner Rückkehr wieder hebe, wird man feststellen, dass er zweitausend Jahre alt ist, dass ich da war und alles inszeniert habe."

Nico starrte mich an. „Sag mal kann es sein, dass du dich da gerade in etwas verrennst? Ist das alles wirklich so wichtig?"

Ich beugte mich leicht nach hinten und runzelte die Stirn.

„Findest du die Vorstellung nicht faszinierend, dass unsere Kultur auf der Mythologie von Star Wars basiert?"

Aber Nico fand das offensichtlich überhaupt nicht cool. „Nein, Flo", reagierte er kühl. „Es wäre schrecklich. Was bildest du dir eigentlich ein, wer du bist? Ist dir nicht klar, dass du damit mein Leben zerstören würdest? Das Leben aller Menschen, die in den letzten 2000 Jahren gelebt haben?"

„Warum?"

„Du nimmst es ihnen weg. Du nimmst ihnen ihre Wahrheit weg. Du nimmst mir meine Wahrheit weg, mit der ich aufgewachsen und groß geworden bin. Flo, ich will das nicht. Ich will Yoda im Kino sehen und nicht als Weihnachtsmann, der mir Geschenke bringt." Er zeigte auf den Stapel meiner gesammelten Gegenstände. „Und jetzt bring keinen blöden Spruch, bitte. Ich weiß, du fändest es supertoll, wenn Yoda die Geschenke bringen würde. Aber ich will einfach nicht, dass du das tust. Wieso solltest du derjenige sein, der die Zukunft, unsere, meine Gegenwart verändert?"

„Aber es würde sich doch nur unser Background ändern", erwiderte ich. „Eine von vielen Geschichten, die uns über unsere Herkunft, über die Schöpfung erzählt wurde. Bist du so gläubig? Wäre es nicht egal? Okay, es würde kein Star Wars geben." Ich legte meine Hand auf seine Schulter. „Dann gäbe es halt andere gute Filme, die uns begeistert und beeinflusst hätten. Vielleicht die Bibelgeschichte, als genialer Science-Fiction?"

Aber Nico riss sich los. „Nein! Hör auf jetzt mit diesem Unsinn. Wozu hast du mich überhaupt hergeholt. Warum hast du mir das alles gezeigt und erzählt? Hättest nicht einfach die Klappe halten und klammheimlich verschwinden können? Oder hattest du für mich auch schon eine Rolle vorgesehen?"

„Du bist mein bester Freund. Ich wollte, dass jemand weiß, was passiert und was ich vorhabe. Und dass jemand auf mich wartet. Auch zu meiner Sicherheit. Ich wollte nicht mehr damit allein sein."

Nico wendete sich ab und verschränkte die Arme vor der Brust.

„Also ging es auch hierbei nur um dich. Ich, nein, wir alle, die gesamte Menschheit ist Mittel zum Zweck, um deinen bekloppten Irrsinn, deinen Zwang, irgendetwas beweisen zu müssen, was niemanden außer dich interessiert, mit aller Gewalt durchzusetzen " Er hob seine Hände und machte einen Schritt rückwärts. „Vergiss es Flo. Ich bin raus aus der Nummer. Und wenn ich dich irgendwie von diesem Wahnsinn abbringen kann, dann tue ich es."

Ich ging auf ihn zu. „Du wirst mich jetzt nicht mehr aufhalten können, Nico. Ich habe das hier nicht alles umsonst getan. Du hast überhaupt keine Vorstellung davon, wie viel Zeit und Mühen es mich gekostet hat, all das zusammen zu sammeln, die Sprachen zu lernen, die Schrift, all diese Texte zu verfassen. Meinst du, ich lass das jetzt einfach stehen und liegen, weil du Schiss um dein bisheriges erbärmliches Leben hast?"

Nico schrie mich an. „Es ist mir gleich, was du von meinem Leben hältst. Du hast nicht das Recht, darin herum zu pfuschen. Du hast nicht das Recht, meine Vergangenheit, meinen Glauben und mein Weltbild zu verändern. Aus purem Egoismus heraus!"

„Herrgott nochmal! Verstehst du es denn nicht? Es geht doch nicht nur um dich! Es geht um die gesamte Menschheit. Es geht darum, den Leuten klar zu machen, dass sie Geschichten aufsitzen, dass sie sie für wahr halten und dass daraus Konsequenzen folgen, die für andere tödlich sein können. Das muss aufhören. Ideologien müssen aufhören, bevor alle aufeinander losgehen. Bekommst du nicht mit, was hier gerade abgeht?"

Wir waren beide sehr laut geworden. Aber ich versuchte noch mal in Ruhe auf Nico einzuwirken. „Hör zu. Wenn ich es beweisen kann, wenn alles aufgeklärt ist, dann wirst auch du ein besseres Leben haben. Alle werden ein besseres Leben haben. Ohne Zwang, ohne Ideologien, ohne Religion und ohne das Leid, das sich daraus ergibt. Menschen müssen nicht mehr vor Religionskriegen flüchten und es muss auch niemand mehr vor der Religion von Flüchtenden Angst haben. Darum geht es hier. Es werden keine Ideologien gebildet, um eine Rechtfertigung dafür zu haben, andere zu bekämpfen. Wenn man weiß, dass es alles nur Geschichten sind und keine Wahrheiten, dass es menschlich ist und nicht übernatürlich, dann wird es uns allen besser gehen."

Nico drehte sich weg Richtung Zimmertür und legte seine Hände in die Hüften. „Weißt du, was ich jetzt mache?"

Er verließ das Zimmer und ging Richtung Wohnzimmer.

„Was?", rief ich und lief im hinterher.

Er ging zum Wohnzimmertisch und nahm das Handy auf, dass noch darauf lag. „Ich lösche jetzt deine Scheiß App. Klar, du wirst das Programm noch irgendwo anders gespeichert haben, aber während du damit beschäftigt bist, es wieder zu installieren, mache ich deine Scheiß Ausrüstung kaputt, weil du mir mit deinem Scheiß nicht das Leben zerstören wirst."

Ich stürzte mich auf ihn und stieß ihn weg, so dass er nach hinten stolperte und mit dem Rücken gegen das Sideboard knallte. Er stöhnte auf vor Schmerzen. Ich packte sein Handgelenk und schüttelte ihm das Smartphone aus der Hand, das zum Glück auf das Sofa fiel. „Was soll der Scheiß", schnauzte ich ihn an. „Ich mache nichts kaputt und du auch nicht. Klar?!"

Ich nahm das Smartphone auf und schaute sofort nach, ob die App noch da war. Und sie war es. Zum Glück hatte ich rechtzeitig eingegriffen. Nico hielt sich den Rücken und stöhnte. Ich musste ihm ernsthaft weh getan haben. „Tut mir leid, aber …", fing ich an.

Aber da stürzte er schon aus dem Wohnzimmer. „Gut, dann fang ich eben bei deiner Ausrüstung an!"

Ich steckte das Smartphone in die hintere Hosentasche und eilte ihm erneut hinterher. Er war schon auf der Höhe des Arbeitszimmers, als ich ihn zu fassen bekam. Ich packte ihn an den Schultern und zerrte ihn in die gegenüberliegende Küche. „Du machst hier gar nichts, verdammt noch mal. Was soll das?" Ich schubste ihn noch ein Stück in die Küche hinein, aber er ging sofort wieder auf mich los. Er zog seine Brauen zusammen und riss entschlossen den Mund auf, als wollte er mich wie ein Raubtier anfallen. Für einen kurzen Moment musste ich an Jake Sully als Avatar denken, als er sich entschlossen auf seinen ärgsten Feind warf.

Ich stürzte ihm entgegen und wir packten uns gegenseitig an Hals und Schultern, drückten und zerrten und schlugen unsere Körper gegen die Kante der Anrichte und gegen den Kühlschrank. Meine Hand griff in sein Gesicht und riss ihm den Mund auf, seine wiederum zerrte an meinen Haaren. Wir stöhnten beide auf vor Schmerz. Ich konnte nicht glauben, was hier gerade passierte. Nico war mein Freund und ich war dabei, mit ihm um sowas wie Leben und Tod zu kämpfen. Ich wollte es sofort wieder beenden. Doch plötzlich griff er nach einer der beiden leeren Bierflaschen, die auf der Anrichte standen und schlug sie gegen die Kante, so dass sie mit einem lauten Klirren zu Bruch ging. Ich hielt seine Hand mit der Bierflasche fest, während die andere weiter an seinen Wangen riss. Seine andere, freie Hand hatte sich mittlerweile tief in meinen Nacken gegraben. Er drehte die Hand mit der zerbrochenen Flasche aus meiner heraus und stieß blitzschnell auf meinen Kopf damit zu. Er meinte es verdammt ernst. Er war bereit mich zu verletzten, um mich von meinem Vorhaben abzuhalten. Aber das konnte ich nicht zulassen. Außerdem fürchtete ich den Schmerz. Ich drehte meinen Kopf weg und mein nun freier Arm schnellte schützend vor mein Gesicht und hielt ihn davon ab, mit der zerbrochenen Bierflasche zuzustoßen. Mit aller Kraft stieß ich ihn wieder gegen die Kante der Anrichte, um den Schmerz, den ich ihm schon zugefügt hatte, zu erhöhen. Gleichzeitig schlug ich seine bewaffnete Hand auf die Oberfläche der Anrichte, so dass er die Flasche loslassen musste und knallte seinen Kopf gegen die Abzugshaube. „Es reicht jetzt“, brüllte ich ihn an. Aber er wollte nicht aufgeben. Er befreite seinen Kopf aus meinem Klammergriff und stieß mich von sich. Für einen kurzen Moment lauerten wir uns an wie Qui-Gon Jinn und Darth Maul. Sofort schoss mir der Chor aus *Duel Of The Fates* in den Kopf. Er kam auf mich zu und holte aus, um mir eine scheppernde Backpfeife zu verpassen und schrie dabei: „Du verdammter Idiot!“ Doch ich wich aus, wechselte kurzerhand die Seite und griff nach der zweiten Flasche, die ich ihm, kaum dass er sich nach mir umgedreht hatte, mit voller Wucht gegen die Schläfe knallte. Er war sofort bewusstlos und sackte zwischen Stuhl und Küchentisch zu Boden. Unglücklich schlug er zusätzlich mit seinem Kopf gegen die Tischkante, der dabei übertrieben stark abknickte. An der Schläfe klaffte von dem Schlag mit der Flasche eine zwei Zentimeter große Platzwunde, aus der dickes Blut quoll. Ich erschrak und ließ die Flasche fallen. Sie zerschellte auf dem Steinboden. Aber ich hatte keine Zeit, mich jetzt um ihn oder die Scherben zu kümmern. Ich wollte keine Zeit haben. Mein Plan sollte nicht mehr gefährdet werden. Ich beugte mich nur zwischen Stuhl und Tischkante und schaute nach, ob er noch atmete. Das tat er, und es sah nicht so aus, als würde er verbluten. Zitternd raffte ich mich auf, suchte Halt an der Anrichte und schleppte mich Richtung Tür. Mein Herz raste. Was sollte ich jetzt tun? Den Krankenwagen rufen? Es würde ewig dauern und dann die Fragen. Nein, ich durfte meine Mission nicht gefährden. Ich schaute auf die Uhr. Ich wusste nicht, wie der Tag enden würde, aber ich hatte mir einige Flüge nach Tel Aviv herausgesucht. Es gab keinen Direktflug nach Haifa, was ja wesentlich günstiger an Nazareth liegen würde. Wegen dem Nachtflug-Verbot musste ich den ersten Flieger am frühen Morgen nehmen. Ich hatte noch eine Menge zu tun, bis alles verpackt und verstaut war. Es war mittlerweile halb Elf. Ich müsste um fünf Uhr am Flughafen sein, wenn ich den ersten Flieger um sechs Uhr dreißig nehmen wollte. Nach dem Packen zum Flughafen fahren, Parkplatz suchen, die Koffer aufgeben. Ich konnte auf Nico keine Rücksicht nehmen. Ich musste los. Jetzt!

Für die teilweise unhandliche Ausrüstung hatte ich schon Spezialkoffer und Taschen besorgt, denn ich wollte für den Flug alles gut verstaut wissen. Mir war klar, dass es Fragen geben würde, aber nach außen hin wollte ich mich als Filmemacher ausgeben, der nach geeigneten Drehorten in dünn besiedelten Gegenden suchte. Um alles für die Fahrt zum Flughafen verstauen zu können, hatte ich mir schon vor einem Jahr einen gebrauchten Mercedes Kombi gekauft, Baujahr 98, für gerade mal 4.500 Euro.

Für einen kurzen Moment überlegte ich erneut, ob ich einen Krankenwagen rufen sollte. Aber das Risiko, dass die Sache dadurch noch aufgehalten oder gar komplett schiefgehen könnte, war mir einfach zu groß. Ich musste das jetzt durchziehen. Die Gelegenheit war perfekt. Nur dass ich jetzt niemanden für die Absicherung im Hintergrund hatte, niemand, der auf mich wartete. Ich hatte gehofft, dass Nico den Job übernehmen würde, schon damit ich mich nicht ganz so alleine fühle. Aber das ging ja nun nicht mehr, er war nicht auf meiner Seite. Ich war jetzt auf mich alleine gestellt. Aber es war in Ordnung. Ich hatte schließlich alles hunderte Male in Gedanken durchexerziert. Egal. Ich musste los.

Nach und nach verstaute ich alles in die dafür vorgesehenen Koffer und Taschen. Die zusammengerollte Leinwand in die dünnen langen Kunststoffhüllen, die an Skibags erinnerten, den Stromgenerator und den Ladestepper in den Kastenkoffer aus Stahl, die Papiere, Bücher und sonstigen Datenträger in eine große Tasche mit einer Reihe Fächern. Da steckte ich auch mein neues flaches Notebook, die Ersatzakkus und die Wörter- und Sprachbücher hinein. In eine weitere Tasche kam das Geschirr und all das, was ich für die ersten Tage zum Überleben brauchte, falls ich keine Unterkunft finden sollte oder ich auf mich allein gestellt irgendwo in der Wüste landete. Mit das Wichtigste dabei war eine spezielle Flasche, die Wasser aus der Umgebungsluft kondensierte und filterte. Ich nahm auch eine Waffe mit, nur für den Notfall. Es war eine Walther PPK, so wie sie James Bond seit *Jagd auf Dr. No* trug. Ich selbst hätte das nicht gewusst, weil ich so gut wie keinen James Bond Film gesehen hatte. Und selbst wenn, hätten mich solche Details nicht interessiert.

Aber der Typ, der sie mir verkauft hatte, erzählte es mir sofort, noch bevor er mir die Waffe übergab.

Was noch? Ein Zelt, falls ich irgendwo in der Walachei lande, Medikamente und natürlich ein Erste Hilfe Paket, sollte ich mich bei der Landung oder unterwegs verletzten. Ich hatte sogar an Antibiotika und Impfstoffe für die damals bekannten Krankheiten gedacht, vor allem gegen Polio und Malaria. Malaria breitete sich damals schon im römischen Reich ungehindert aus. Sie beschrieben es mit schlechter Luft: *Mal' Aria*, weil es hauptsächlich aus Gebieten mit Sümpfen kam. Ich hatte keine Lust, an der nächstbesten Krankheit da unten zu verrecken.

Das Gepäck stand bereit. Alles war so gut verstaut und ich war so ausgerüstet, dass ich damit durch die Wüste wandern und mindestens vierzig Tag überleben konnte, ohne einem Teufelswahn verfallen zu müssen. Ha ha! Ich warf einen letzten Blick darauf und eilte dann runter auf die Straße, um meinen Wagen zu holen, den ich zwei Straßen weiter abgestellt hatte.

Als ich zurück in die Wohnung kam, lauschte ich als erstes an der Küchentür, ob sich irgendetwas rührte. Aber es war still. Für einen kurzen Moment beschlich mich die Furcht, Nico könnte tatsächlich tot sein. So wie er auf der Tischkante aufgeschlagen und sofort ohnmächtig war, schätzte ich die Wahrscheinlichkeit fünfzig zu fünfzig ein, dass er den Sturz nicht überlebt hatte. Ich war mir nicht mal mehr sicher, ob er zuvor wirklich noch geatmet hatte. Aber ich konnte darauf keine Rücksicht nehmen. Er hatte einfach Pech gehabt. Ich musste los. Ich schnappte die Taschen und schnallte sie mir um. Alles auf einmal, bis auf meine Sporttasche und meinen Rucksack. Ich hätte eigentlich genügend Zeit, alles in Ruhe und mit drei, vier Gängen ins Auto zu laden, aber die Angst, dass Nico aufwachte, trieb mich zur Eile. Ich wollte auf keinen Fall riskieren, dass noch etwas schief ging.

Nachdem ich alles im Kofferraum und auf der Rückbank verstaut hatte, lief ich zurück, um den Rest zu holen. Es war zum Glück ruhig geblieben. Nichts Verdächtiges aus der Küche. Ich nahm mir noch zwei Flaschen Wasser aus dem Kühlschrank und eine Handvoll Powerriegel und stopfte es in meinen Rucksack. Außerdem ein paar fertige Sandwichs, Chips und Süßigkeiten.

Nico lag unverändert da. Ich erinnerte mich an den Trick mit dem Spiegel, die man jemandem vor die Nase hält, um zu überprüfen, ob er noch atmete. Man würde einen Kondensfilm auf der Spiegeloberfläche sehen. Aber ich tat es nicht. Ich schloss den Kühlschrank und ging noch mal ins Wohnzimmer, um nachzuschauen, ob ich irgendwas vergessen hatte. Nein, ich hatte alles dabei. Ich nahm die große Sporttasche, darin waren meine Klamotten. Ich hatte mir sogar ein paar Kleidungsstücke nach antikem Schnittmuster anfertigen lassen. Ein langes Leinenhemd, Unterwäsche und ein großes Leinentuch, das ich über die Schulter oder auf dem Kopf tragen konnte. Es hatte an der Bordüre ein Muster, wie es für die Zeit typisch war. Ich hatte wirklich an alles gedacht.

Als ich die Tür zuzog, entschloss ich mich, sie nicht abzuschließen. Es würde schon niemand einbrechen. Ich ging sogar soweit, dass ich den Stift, der die Tür beim Zuziehen verschloss, nach unten kippte. So konnte ein Notarzt oder die Polizei sie auch von außen öffnen.

Kapitel 4 – Flucht in die Vergangenheit

Es war kurz nach Mitternacht, als ich nach Fuhlsbüttel Richtung Flughafen abbog. Die Straßen waren frei und der Himmel fast klar. Durch die Windschutzscheibe konnte ich den Mond sehen, aber sein Licht genügte nicht, um den vorhandenen Straßenlaternen etwas von ihrer Leuchtkraft abzunehmen. Ich parkte in der Nähe des Eingangs und holte einen Gepäckwagen. Das Parkhaus war gut belegt, aber es war kaum jemand unterwegs, was sollte man auch um diese Zeit am Flughafen. Die ersten Check-Ins starteten um vier Uhr dreißig. Außer ein paar vereinzelter Gestalten, die auf ihre Anschlussflüge warteten und denen ein Hotel zu teuer war, war niemand unterwegs. Ich mochte die Ruhe, zumal es mir entgegen kam, nicht von allzu vielen Menschen gesehen zu werden. Das Gepäck war rasch auf dem Wagen verstaut. So schob ich ihn zum Aufzug, der mich in die Eingangshalle führte.

Um keine Zeit zu verlieren, nutzte ich die neuen automatischen Check-In Automaten, bei denen man auch das ganze Gepäck aufgeben konnte. Das war in meiner Situation extrem praktisch. Bevor ich losfuhr, hatte ich über mein Smartphone, den vorgemerkten Flug als Direktflug gebucht. Jetzt musste ich nur noch mein Boarding-Ticket ziehen. Es dauerte eine Weile, bis alles über das Band gelaufen und dem Gepäckbereich zugeführt war und es kostete ein Vermögen, aber das hatte ich schon einkalkuliert. Ich hatte genug Geld dabei und auch genug auf dem Konto. Brauchen würde ich es an meinem Zielort ohnehin nicht. Viel wichtiger waren die antiken Münzen, die ich mir auf dem Schwarzmarkt besorgt hatte: Fünfzehn jüdische Silberschekel und ebenso viele römische Silberdenar. Damit musste ich die ersten Tage überleben, bis ich eine Möglichkeit gefunden hatte, Geld zu verdienen. Aber ich glaube, das war eine ganze Menge. Ich würde Jesus damit locker auf einen Drink einladen können oder mal zum Essen oder Shoppen.

Insgesamt war ich zufrieden mit dem Ablauf. Meinen Rucksack behielt ich als Handgepäck bei mir. Metallische Gegenstände hatte ich zuvor rausgenommen und in der Tasche mit dem Werkzeug verstaut. Somit sollte ich später schneller in den Boarding Bereich kommen. Nun galt es noch, etwas Zeit zu überbrücken, bis die Service Lounge öffnete und ich mir einen Kaffee holen konnte. So setzte ich mich in den Wartebereich des Terminals, zog einen nicht mehr aktuellen Spiegel aus dem Rucksack und vergrub mich in einen angebrochenen Artikel über die Flüchtlingskrise. Nachdem ich irgendwann anfing, jeden Satz zweimal zu lesen, weil mir zu viele andere Gedanken durch den Kopf geisterten, beschloss ich, meinen Plan noch mal Stück für Stück durchzugehen. Dabei stand ich immer wieder mal auf, um nicht einzuschlafen, denn langsam machte sich Müdigkeit in mir breit. Das Warten wurde unerträglich. Ich wechselte den Platz und ging rüber zum bestuhlten Bereich einer Kaffeebar. Es war zwischenzeitlich viertel vor vier. Um vier Uhr sollte sie öffnen. Tatsächlich kam nach einigen Minuten der Barista, richtete alles ein und bereitete die Bar für den Service und den Verkauf vor. Ich ging zum Tresen und holte mir einen Cappuccino. Damit setzte ich mich an einen der Tische zurück. In einer Stunde begann mein Check-In. Ich beschloss in 45 Minuten zum Schalter zu gehen, um einer der ersten für die Sicherheitsüberprüfung zu sein. Dann musste ich nur noch die Zeit im Boardingbereich überbrücken.

Endlich war es soweit. Ich war sogar der erste am Schalter und es dauerte keine zehn Minuten, da waren mein Handgebäck und ich ohne Zwischenfälle gescannt und ich hatte im Wartebereich meines Gates Platz genommen. Ich zog wieder den Spiegel hervor und suchte mir ein paar leichtere Meldungen heraus, las noch mal den Hohlspiegel und die Leserbriefe.

Einige Minuten vor dem Betreten der Maschine nahm ich mein Smartphone aus der Tasche und betätigte die Notruftaste. Eine männliche Stimme meldete sich, mit starkem Hamburger Akzent. Ich schätzte den Sprecher auf Mitte vierzig.

„Notrufzentrale Hamburg Nord?“, fragte er.

„Hallo, bitte kommen Sie in die Tiedemannstraße 8 in Eimsbüttel. Im dritten Stock links liegt ein Mann in der Küche. Er ist an der Schläfe verletzt und bewusstlos.“

„Ist er der einzige Verletzte? Wie ist es dazu gekommen?“

„Ja, er ist der Einzige. Es ist niemand sonst in der Wohnung. Er ist gestürzt. Wenn unten die Eingangstüre geschlossen ist, klingeln sie bitte bei einem Nachbarn. Die Wohnungstür ist nur angelehnt. Sie können direkt rein. Die Küche ist die zweite Tür links.“

Ich legte auf. Ich hatte noch gehört, dass der Mann zu einer zweiten Frage ansetzten wollte. Wahrscheinlich, wer ich war und ob ich dort auf die Ankunft der Rettungsmannschaft wartete. Nichts da! Der Aufruf zum Boarding kam. Ich stand auf und bestieg den Flieger.

Nach vier Stunden und fünfundzwanzig Minuten setzte der Flieger zum Landeanflug auf den Ben Gurion Flughafen von Tel Aviv an. Ich hatte es tatsächlich geschafft zu schlafen, nachdem ich zuvor das Flugpersonal bat, nicht wegen Getränken und Snacks geweckt zu werden. Die Anstrengung der letzten Tage, die Vorbereitungen und parallel dazu meinem Job nachzugehen, der Kinobesuch heute und vor allem die heftige Auseinandersetzung mit Nico und dem tragischen Ausgang hatten mir schwer zugesetzt. Ich wollte dringend träumen, um alles von meiner Psyche verarbeiten zu lassen. Und wenn es nur für eine oder zwei Stunden war. Der Computer in meinem Schädel rechnete verdammt schnell. Kaum hatte ich die Augen geschlossen, schossen auch schon die Bilder durch meinen Kopf und mischten sich recht bald mit absurden und surrealen Szenen. Ich fiel in einen recht erholsamen Tiefschlaf. Als ich kurze Zeit später wieder aufgewachte schien die Sonne schon über dem Iran, während das Mittelmeer noch dämmerte. Ich genoss den fantastischen Ausblick und ließ mir für die letzten Minuten vor der Landung noch einen Remy Martin bringen. Kurz darauf kündigte der Pilot in Englisch und Hebräisch die Landung an. Der Flieger war voll und das Gemurmel wurde unruhig, aber es war eine freundliche Unruhe.

Als der Flieger aufgesetzt hatte, applaudierten die Fluggäste und auch ich kräftig. Die Stimmung war lebensbejahend und hatte mich angesteckt.

Die Reisenden, die einen Mietwagen brauchten, wurden vom Ankunftsbereich mit einem Shuttle zu den verschiedenen Anbietern gefahren. Es gab aber auch die Möglichkeit, von einem Schalter vor Ort einen Wagen anzumieten. Das nutzte ich, nachdem ich schon fast eine viertel Stunde auf die Ankunft meines Gepäcks am Band hatte warten müssen. Ich wählte einen Fiat Doblo über Shlomo Sixt aus, zunächst für eine Woche. Er wurde dort in der Kategorie Pick-up geführt, das klang groß genug, um meine Ausrüstung darin unterzubringen. Sicher könnte ich darin im Notfall auch mal pennen. Es dauerte keine weitere viertel Stunde, bis der Mitarbeiter von Shlomo Sixt den Wagen in der Drop-out Zone für mich abstellte. Ich drückte ihm zehn neue Schekel in die Hand, dafür lud er mir noch meine Taschen und Koffer auf die Ladefläche. Ich schüttelte ihm zum Dank die Hand und verabschiedete mich. „Sie schicken mir dann die Rechnung an meine Adresse in Deutschland?“, fragte ich. Der Mann nickte.

„Soll ich Sie noch zurück zur Mietstation bringen?“, fragte ich ihn auf Hebräisch. Aber er verneinte. „Nein, ich bleibe hier. Ich muss ohnehin den Schalter jetzt im Arrival übernehmen.“

„In Ordnung“, rief ich und stieg ein. Ich wollte noch heute in Nazareth ankommen. Im Nazareth des Jahres 28 nach Christus.

Israel! Ich nahm die A6, direkt vom Flughafen nach Nazareth. Ich würde gut eine Stunde brauchen. Die Vorstellung, dass ich diese Landschaft in kurzer Zeit knapp 2000 Jahre in der Vergangenheit sehen und erleben würde, faszinierte mich ungemein. Ich weiß noch, wie ich sagte, dass ich mir Israel hauptsächlich wie eine Wüstenlandschaft vorstellte. Karg und steinig, so wie man es aus den Jesus-Filmen kannte. Aber Kleinschmidt lachte. Warum sollte das denn so sein, hatte er gefragt. Israel liegt am Mittelmeer. Dort sieht es so aus wie in Italien, Frankreich oder Spanien. Je weiter man nach Norden kommt, umso grüner wird es. Und in höheren

Lagen könne man sogar Ski fahren. Die Winter seien kalt. Das sei doch nicht in Saudi-Arabien. Und er hatte recht gehabt. Israel hatte seit seiner Gründung 280 Millionen Bäume gepflanzt. Gut, es war nicht vergleichbar mit Nordeuropa, aber immerhin bestanden drei Prozent der Fläche Israels aus bewaldeten Gebieten. Ich passierte kleine moderne Siedlungen, deren Häuser nicht selten die Farben der Umgebung hatten, nur heller. Aufeinander gestapelte, teils versetzte Kuben, die im Sonnenlicht leuchteten. Einige Siedlungen befanden sich auch erst im Bau. Ich sah kaum Militärfahrzeuge, dafür aber umso mehr neue, gepflegte Autos. Die Menschen gingen ihren Beschäftigungen nach. Ich musste noch heute weg. Ich musste verschwinden, bevor ich gesucht wurde.

Mein Ziel waren die Wirkungsstätten Jesu, die Orte, an denen er gewandelt war. Vor allem aber auch die Zeit, in der er seine ersten, tieferen Begegnungen mit dem Glauben hatte, als in ihm die Überzeugung reifte, das, was er verstanden hatte, seine Erkenntnisse, weiter zu erzählen. Da musste ich ansetzen, ihm ein Bote Gottes sein, der die Wahrheit kennt. Für die Menschen damals gab es nur die Wahrheit im Glauben, selbst für die, die die Natur untersuchten. Bis vielleicht auf sehr wenige Ausnahmen. Die würde ich im Judäa von Jesus aber vergeblich suchen müssen, dazu bedürfte eswahrscheinlich einer Reise nach Griechenland oder Alexandrien.

Ich stellte mir Jesus als Rebell vor, der wie viele andere Juden in dieser Zeit unter der Herrschaft der Römer litt. Die Liebe kam sicherlich erst viel später, als es darum ging, das Christentum als ungefährliche, feindesliebende Religion zu verkaufen. Damals aber, zu seinen Lebzeiten, wimmelte es von Rebellen und Widerstandskämpfern, die dem Imperium die Stirn bieten wollten. Die Römer hatten heiliges und gelobtes Land betreten, ein Volk von Heiden und Götzenanbetern. Sie hatten zwar militärische Stärke, aber in den Augen der Juden waren sie tumbe Gotteslästerer, weil sie die Wahrheit nicht kannten: die des einzigen Gottes. Natürlich gab es Juden, und das waren nicht wenige, die mit den Römern zusammenarbeiteten, mit ihnen Geschäfte machten oder auch für sie in ihrer Armee kämpften. Es gab zahlreiche Belege von Juden, die nach Rom gingen und römische Bürger wurden. Aber auch schon in Judäa hatten sie gute Positionen in Handel und Politik inne. Es gab zwar römische Statthalter und man befand sich in einem römischen Protektorat, aber es gab auch jüdische Könige, man denke nur an die Königsfamilie des Herodes, die von der römischen Besatzungsmacht als Vasallen geduldet wurde. Auch die Religion der Juden wurde von den Römern geduldet. Nicht zuletzt, weil es immer wieder zu Unruhen und Aufständen gekommen war, in denen der Unmut und die Unzufriedenheit über die staatliche und religiöse Unterdrückung zum Ausdruck gebracht wurde. Die Ablehnung alles römisch-heidnischen ging so weit, dass erst zwei Jahre vor meiner geplanten Ankunft schwere Unruhen ausgebrochen waren, weil Pontius Pilatus Kaiserbilder nach Jerusalem bringen ließ. Die römischen Cäsaren feierten sich nicht selten gern selbst als Götter, was für die Gottesvorstellung der Einheimischen einer Todsünde gleichkam, gab es für sie doch schließlich nur einen Gott. Selbst Münzen, die ein Bildnis römischer Kaiser zeigten, galten als weniger Wert als der eigene Schekel, der nur Kelche, Anker oder Weizenähren zeigen durfte. Tiere oder Götterbilder waren tabu.

Ich hatte so viele Fragen gehabt und Kleinschmidt, mein Professor, hatte sie alle beantwortet, geduldig und aufregend. Ich konnte es kaum fassen, dass ich all das bald selbst erleben und mit eigenen Augen sehen würde. Ich fragte mich, was Kleinschmidt dafür gegeben hätte, mit mir zu kommen.

Ich würde also in einer Zeit landen, in der die Stimmung extrem aufgeheizt war. Jesus war nicht der einzige, der als Wanderprediger umherzog. Schwer zu sagen also, wie radikal er war. Aber aus Sicht der Römer gehörte er auf jeden Fall zu einem von vielen Unruhestiftern in Judäa und Galiläa, die damals auf den Plan traten. Vor allem strebten die Zeloten, die Eiferer, eine der unzähligen Stimmen der damaligen Zeit, einen Umsturz an. Sie verübten Anschläge gegen die Ungläubigen, und die vielen Wanderprediger, die das Erscheinen eines Erlösers ankündigten, der die Besatzer aus ihrem Land vertreiben und sie endlich von dem Joch der Unterdrückung befreien sollte, heizten die Stimmung noch an. Jesus war einer von ihnen, von denen, die erkannt hatten, dass nur die Rückkehr zum wahren Glauben und zu Gott das Volk vor dem Untergang retten konnte, nahm ich an. Nicht selten wurde dafür der drohende Weltuntergang selbst missbraucht.

All diese Rebellen, die das Imperium bekämpften, passten perfekt in meinen Plan. Jetzt brauchte es nur noch den richtigen Lichtkrieger, der sie anführte und der die Wahrheit über Gott und das Universum, Vader und das *Outer Rim* in sich trug.

Die Landschaft änderte sich ständig. Fuhr ich zu Beginn noch an den Siedlungen in der Peripherie von Tel Aviv vorbei, eröffneten sich vor mir nun weite Orangenplantagen, rotes Gestein und grüne Waldstücke aus Pinien, je weiter ich gen Osten fuhr. Der See Gethsemane lag in Galiläa, nicht weit von Nazareth entfernt. Der längste Weg lag aber noch vor mir. Ich wollte nach Jericho, dorthin wo Jesus von Johannes dem Täufer getauft wurde, im Jordan. Aber das Gebiet lag in der heutigen Westbank, und es gab keine Möglichkeit, einfach so, ohne polizeiliches Geleit, dort hinzufahren. Ich musste also die Zeitreise von Nazareth aus starten und dann versuchen, den restlichen Weg in einem Boot den Jordan entlang zu bewältigen. Einziges Problem dabei: ich hatte kein Boot. Der Jordan war zu der damaligen Zeit einer der wichtigsten Handelsverbindungen zwischen Nazareth und Jericho und es war davon auszugehen, dass reichlich Boote oder Flosse unterwegs waren, um ihre Waren von einem Ort zum anderen zu bringen. Hoffentlich würde mich jemand mitnehmen.

Ich hörte Nicos Stimme sagen: *Aber warum fährst du erst nach Nazareth, wenn du nach Jericho willst. Jericho liegt doch viel näher an Tel Aviv. Das sind gerade mal 50 Kilometer.*

Klugscheißer. Natürlich gab es Gründe dafür, von Nazareth aus zu starten. Zum einen, weil es nun mal keinen direkten Weg ohne anstrengende Polizeikontrollen gab und zum anderen, weil ich den Weg den Jesus gegangen ist selbst einmal gehen wollte. Ich dachte außerdem, dass ich vor der ersten Begegnung Zeit brauchte, um mich an die Menschen und ihre Sprache und den Umgang miteinander zu gewöhnen, etwas authentischer zu wirken, auch was meine äußere Erscheinung anging. Das Pilgern durch die raue Natur und die Siedlungen würde mir sicher guttun, vermutete ich. Denn schließlich war ich auch ein Wanderprediger. Ich war derjenige, der sich Jesus offenbaren und ihm die Wahrheit überbringen würde. Der Obi Wan von Judäa. Seit einem halben Jahr musste ich mir wegen meines Bartes und meiner Sonnenbankbräune schon anhören, der Hipster von Mallorca zu sein, obwohl ich diese Insel Zeit meines Lebens noch kein einziges Mal betreten hatte. Für diesen *„Ich bin dann mal weg"*-Trip über den Jordan hatte ich einen, höchstens zwei Tage eingeplant.

Ich fuhr durch Nazareth, wollte die Stadt sehen, wie sie heute aussah, nicht nur das, was ich über Google Streetview kannte. Die alte Stadt war heute christlich-arabisch geprägt. Juden lebten hier nur bis ins fünfte Jahrhundert. Allerdings gab es auch ein Neu-Nazareth, das, wie viele andere Siedlungen, nach der Gründung des Staates Israel erbaut wurde. Hier lebten viele verfolgte Juden, die aus Russland in ihr gelobtes Land flohen. Ich parkte im Stadtzentrum der Altstadt und lief ein bisschen herum. Auch hier war Winter und je höher man sich über dem Meeresspiegel befand, umso kälter wurde es. Warum nur bin ich nicht im Frühjahr gefahren? Ganz einfach: weil ich einfach nicht länger warten konnte. Unabhängig davon wie der gestrige Tag verlaufen wäre, es war der richtige Zeitpunkt, in die Vergangenheit zu verschwinden und mein Vorhaben zu starten. Bis zu Jesus Kreuzigung hatte ich noch über vier Jahre Zeit.

Was ich aber auf jeden Fall noch probieren wollte, bevor ich mich 2000 Jahre in die Vergangenheit katapultierte, waren Original Falafel aus Israel, nicht die meist plattgedrückten und tiefgekühlten Dinger, die man in Deutschland bekam. Ich entdeckte einen typischen Falafelladen auf der anderen Straßenseite und steuerte direkt auf ihn zu. Ein großer Unterschied zu unseren Dönerläden oder Habibis. Selbstgemachte Bällchen aus Kichererbsenmehl, Petersilie und Kreuzkümmel, frisch vor meiner Nase frittiert, saftig und gehaltvoll.

Der Geruch der Gewürze und der frischen Zutaten hatten mich sofort eingenommen. Der Verkäufer drückte mir lediglich das mit drei großen Falafelbällchen gefüllte Brot in die Hand. Die Beilagen konnte man sich selbst zusammenstellen. Großartig! Gurken, Tomaten, Petersilie, Blattsalat, Zitrone, Oliven und Peperoni. Dazu verschiedene Saucen mit Tahini, Aubergine oder Joghurt und Knoblauch. All das stand in Schüsseln und Behältern neben der Theke und man konnte nach Belieben auswählen und sich so oft nachholen, wie es einem gefiel. Es war ein kleines Festmahl und fühlte sich an wie eine Henkersmahlzeit. Ja, ich hatte Angst, aber ich war auch noch nie so aufgeregt in meinem Leben, wie in diesem Moment. Ich würde in eine Zeit reisen, in der es sehr wahrscheinlich noch keine Falafel gab. Und auch keine Tomaten als Beilage. Die musste man 1500 Jahre später erst noch in Peru entdecken. Einmal hatte ich – noch zuhause – überlegt, Jesus ein paar gute Rezepte zu zeigen, Pizza zum Beispiel. Ich dachte, wie cool wäre das denn, wenn die Pizza nicht aus Neapel sondern aus Judäa käme und Jesus sie erfunden hätte. Aber ohne Tomaten? Pomodoro, der goldene Apfel, wie die Italiener ihn nannten. Wie sollte man das erklären? Wie sollte man Tomatensauce erklären, wenn man noch nie in so eine fantastische Frucht gebissen hatte? Was aß man damals überhaupt? Kleinschmidt hatte mir an einem Tag mal eine Sammlung typisch römischer Gerichte mitgebracht. Da waren schon richtig gute Sachen dabei. Manche Rezepte verwendete man noch heute so. Zum Beispiel die für kräftig gewürzte und geräucherte Schweinswürste. Und das sage ich als jemand, der kein Fleisch isst. Nicht wegen der Gesundheit, sondern einfach nur, weil ich nicht möchte, dass für mein Essen jemand stirbt, der sich nach Liebe und Zuwendung sehnt.

Ich wusste aus Kleinschmidts Erzählungen, dass man damals schon Kichererbsen aß. Aber ob man sie bereits zu würzigen Bällchen formte und frittierte, darüber hatte auch mein Professor keine Informationen. Falls nicht, dann würde ich zumindest das mal machen und Jesus zeigen. Ich wette, er wäre begeistert. Er durfte nur nicht so begeistert sein, dass er noch auf die Idee kam, eine

Falafelbude zu eröffnen, statt die Menschheit von allem Übel zu befreien.

Man unterschätzt immer wieder, dachte ich noch, wie sehr die Menschen auch damals schon ihr Leben genossen und durch hochwertige Produkte und aufwändige Rezepte bereicherten. 2000 Jahre sind gemessen an der menschlichen Kulturgeschichte ein Klacks. Und man findet bei Ausgrabungen immer wieder erstaunliche Zeugnisse, die belegen, wie früh die Menschen schon auf einem sehr hohen Entwicklungsstand waren, was das Bearbeiten der Feldfrüchte anging. Und warum sollte es damals nicht schon Paul Beaucuses, Johann Lafers oder Jamie Olivers gegeben haben, die mit den Lebensmitteln und Gewürzen, die zur Verfügung standen, rumgetüftelt und ihre Dorfbewohner mit ihrer Kochkunst begeistert haben? Man kann sich das immer so schwer vorstellen. Aber alles was ich bis jetzt gelernt und kennengelernt habe, umfasste gerade mal einen Zeitraum von gut 40 Jahren. Alles was wir wissen, passt in ein Leben. Und das war auch damals schon so. Wenn der Mensch die Möglichkeit dazu hatte, würde er es sich gut gehen lassen.

Der Bauch war voll, der Gaumen sog noch am Nektar der Aromen. Ich musste los.

Ich fuhr in Richtung Norden wieder aus Nazareth hinaus und nahm die 77 nach Tiberias am See Genezareth. Von dort fuhr ich am See entlang über die 90 an dessen südliche Spitze, dort wo der Jordan aus dem See heraustrat und sich seinen Weg Richtung Jericho bahnte. Ich folgte dem weiteren Verlauf der Straße flussabwärts Richtung Bet She'an, bis ich ein ruhiges Plätzchen fand, wo ich den Wagen abstellen konnte. Hier sollte meine Zeitreise beginnen. Ich parkte an einer Stelle, die umgeben war von dichten hohen Schilfpflanzen. Wenn sich hier hin niemand verirrte, und einfach nur auf der Nebenstraße weiterfuhr, sollte ich unentdeckt bleiben. Ohnehin wäre ich nur für wenige Sekunden weg, wenn überhaupt, denn ich wollte meine Rückkehr für den Zeitpunkt planen, an dem ich verschwand, so hatte ich die App programmiert. Der Moment, an dem die Starttaste gedrückt wurde, wurde gespeichert und automatisch als Rückkehrpunkt gesetzt. Plus zehn Sekunden, damit es bei der Reionisierung zu keinen Überschneidungen der Informationen und damit zu ungewollten Konstruktionen oder Deformationen kam. Denn davor fürchtete ich mich am meisten. Bei dieser Vorstellung hatte ich sofort die Bilder aus *Alien 3* im Kopf, als Ripley durch die Halle tritt, in der all die verhunzten Mutationen aus ihr und dem Muttertier in riesigen Reagenzgläsern schwammen. Oder ich dachte an die grässlichen Chimären in der *Fliege*-Verfilmung mit Jeff Goldblum. Ich hatte keine Lust darauf, als lebloser Klumpen aus menschenähnlichen Zellen zu enden.

Als nächstes musste ich die Frequenzen meiner Ausrüstung auf die App einstellen, damit auch die die Zeitreise mitmachten. Den Wagen wollte ich hierlassen. Generell wollte ich die Gegenstände, die zu technisch waren und nach Zukunft oder eben noch nicht vorhanden aussahen, wie Kunststoff zum Beispiel, möglichst nicht in Kontakt mit den damaligen Menschen bringen, um von vornherein unnötige Fragen oder gar Unmut zu vermeiden. Die Menschen sollten mich nicht für ein Wesen aus einer anderen Welt, einen Gott und vor allen Dingen nicht für einen Teufel halten. Nur für Jesus wollte ich das Nötigste sichtbar machen, um ihn leichter und besser überzeugen zu können. Der Plan war, mir zunächst in der Nähe von Jericho einen möglichst gut getarnten Rückzugsort zu schaffen, von dem aus ich alles organisieren und vorbereiten konnte. Das größte Problem war also zunächst, meine gesamte Ausrüstung von hier aus an diesen Ort zu schaffen. Ich hoffte also, auf dem Fluss jemanden zu finden, der mich für ein paar Schekel mitnahm. Falls dieses antike Hitchhiking nicht funktionieren sollte, würde ich mir aus den Schilfpflanzen um mich herum wohl ein stabiles Floß basteln müssen. Vor dem Gedanken graute mir jetzt schon. Und da nichts von meiner Ausrüstung anachronistisch aussehen durfte, musste also alles noch so verpackt werden, dass niemand Verdacht schöpfte. Die schlimmste Version wäre, gleich zu Beginn wegen meinem „Teufelszeug“ in irgendeinem Gefängnis der damaligen Zeit zu landen. Und ich schätzte, dabei spielte es keine Rolle, ob es ein hebräisches oder römisches war.

Genug nachgedacht. Nun sollte es endlich losgehen.

Ich lud alles aus und legte es nebeneinander. Es genügte, das Gepäckstück selbst zu scannen, um es für die Zeitreise einzuspeisen. Ich hielt also nacheinander das Smartphone über die jeweilige Tasche oder den Koffer bis es piepte und die Frequenzen der darin enthaltenen Informationen wie beim Starten eines Computers durchratterten. Nur mit einem wesentlich schöneren und moderneren Design. In einer Liste wurden noch mal alle Gegenstände aufgeführt. Ich checkte sie, es fehlte nichts. Ganz oben stand ich selbst: Florian Schneider, Alter: 38, Größe: 187 cm, Gewicht, Körperfett, naja, und so weiter eben. Alle Informationen, die nötig waren, um eine korrekte Wiederzusammensetzung zu garantieren.

Ich schaute mich noch mal um, als wollte ich mich verabschieden, sog das Jetzt in mich auf, das gleich wieder da sein würde, nur mit 1988 Jahren weniger Information und drückte auf Start!

Dann ging es los. Und tatsächlich dauerte es wesentlich länger als die kurzen Trips von ein paar Stunden, einem Tag oder einer Woche. Es dauerte länger und es tat weh. Ich hatte das Gefühl auseinandergerissen zu werden, mich in alle Richtungen auszudehnen, ohne dass mein Kern das zulassen wollte. Als versuche eine Seite in mir, mein Ich zusammen zu halten, während die Welt um mich herum an mir zog als wollte man mich vierteilen. Mein Universum dehnte sich aus, verlor sich bis nichts mehr da war. Und dann folgte der Sturz ins Nichts. Mein Ich stürzte ohne Widerstand und für einen Moment fühlte ich mich wohl. Erst als mir klar wurde, dass ich kein Problem damit hätte, für alle Zeit in diesem Zustand zu bleiben, bekam ich es mit der Angst zu tun. Es dauerte schon länger als zehn Sekunden. Aber ich war mir nicht sicher, denn ohne Zeit herrschte Ewigkeit. Im gleichen Moment prasselte alles auf mich ein wie ein schwerer Steinregen. Ich hatte Schmerzen, ich krümmte mich in den Gedanken vor Schmerz und hatte das Gefühl mit einer Tonne auf dem Boden aufzuschlagen, auf dem ich bereits hockte. Ich sackte zu einem klebrigen Klumpen zusammen und schaffte es mehrere Minuten nicht, mich auseinanderzuziehen. Aber ich wusste, ich war da. Ich hörte es, ich roch es und als ich endlich die Augen öffnete, sah ich es auch. Ich war tatsächlich gelandet. Aber war es auch das richtige Jahr? Ein Blick auf mein Smartphone genügte. Ich musste ihm vertrauen. Denn obwohl es mit Sicherheit nicht dafür programmiert war, stand da das heutige Datum, der 13. Januar 28. Wahrscheinlich wäre es nur explodiert, wenn ich vor Christi Geburt gelandet wäre.

Kapitel 5 – Über den Jordan

Langsam erhob ich mich. Ich fühlte mich wie nach einer Grippe, aber ich hatte es überstanden. Und was das Wichtigste war: neben meinem Smartphone, das ich unverändert in der Hand hielt, war auch alles andere da. Vor allem ich. Nichts war verschoben, nichts falsch verwoben. Die ganzen Szenarien, die ich mir ausgemalt hatte, bei denen die Informationen sich wieder falsch zusammensetzten, waren nicht eingetroffen. Ich war wirklich erstaunt, aber auch hier schien die Natur von sich aus alles richtig gemacht zu haben, also so, wie es am besten war. Oder einfach so, wie es die Gesetze des Universums verlangen. Dem einfachen Prinzip der Wiederholung eines Strings, aus dem heraus alles andere entstand, war sie gefolgt. Dann wuchs automatisch wieder zusammen, was zusammen gehörte. Ich schaute mich um. Auch meine Ausrüstung war an seinem Platz. Alles, was ich mitgenommen hatte war da. Allein das Schilf um mich herum kam mir wesentilch dichter vor und die Landstraße, von der ich zuvor hierher abgebogen war, gab es nocht nicht. Vielmehr befand ich mich auf einer kleinen Inselzunge, die in den Jordan hineinragte. Erst jetzt wurde mir klar, dass ich verdammtes Glück gehabt hatte. Ich hätte genauso gut mit meinem gesamten Gepäck im Wasser landen und jämmerlich ertrinken können. Das hatte ich nicht bedacht. Die Geographie. Wie hatte sie sich verändert? Wir hatten darüber gesprochen, aber da ging es hauptsächlich um die Wüste, die hier eher steinig war und nicht sandig, oder um Jerusalem und die verschiedenen Orte, an denen Jesus gewirkt hatte, zum Beispiel die Lage und das Aussehen des Tempels auf dem Tempelberg, bevor er im zweiten jüdischen Krieg von den Römern völlig zerstört wurde. Über den Verlauf des Jordan haben wir nicht gesprochen.

Geographie war nicht gerade Kleinschmidts Stärke, aber es gehörte auch nicht zu seinem Forschungsgebiet.

Ich zog das Schilf auseinander und wagte einen ersten Blick auf den antiken Jordan. Ich war überwältigt. Das Wasser war klar und schlängelte sich gemächlich zwischen den Ufern entlang. Am liebsten hätte ich einen großen Schluck daraus genommen, einfach nur um zu erfahren, wie das Wasser vor 2000 Jahren schmeckte, als es noch nicht aufgrund von Chemikalien und sonstigen künstlichen Umwelteinflüssen gefiltert werden musste. Ganz ohne sauren Regen. Es musste doch von einer Klarheit und Reinheit sein, wie es sich jemand wie ich aus der Zukunft gar nicht vorstellen konnte. Aber halt, das sollte ich mir für einen Moment aufheben, wenn ich sicher war, dass ich wirklich vor einer Quelle stand, aus der nichts weiter als reines Wasser sprudelte. Denn schließlich produzierte auch diese Kultur schon Abfälle, auch industrielle, wie Metall oder sonstige Schlacken, die bei der Verhüttung von Erzen entstanden, die sehr wahrscheinlich auch in die Flüsse geleitet wurden. Nicht zu vergessen die Fäkalien. Ich musste aufpassen, hier nicht irgendwelche Krankheiten aufzuschnappen, auf die mein Immunsystem nicht eingestellt war. Also bloß nicht unvorsichtig werden.

Der Fluss war tatsächlich um einiges breiter als im Jahr 2018, stellte ich fest. Von der Witterung her war es zwar frisch aber nicht sonderlich kalt. Es lag nirgends Schnee, dafür sah aber alles sehr nass aus. Vielleicht hatte es geregnet oder der Fluss und der See wurden von tauendem Schnee aus den Golanhöhen gespeist. Ich schaute flussauf- und flussabwärts, ob ich jemanden entdecken konnte. Auf der gegenüberliegenden Seite wurde der Fluss ebenso von hohem Schilf gesäumt, so dass ich nicht die Landschaft dahinter sehen konnte. Ich wagte mich noch etwas weiter vor, so dass ich in die leichte Biegung, die der Jordan flussaufwärts machte einsehen konnte. Auch hier, davon ging ich aus, sollte es schon an der Mündung zum Genezareth eine Siedlung gegeben haben. Also ging ich davon aus, dass es nicht lange dauern würde, bis ich zum ersten Mal ein Floß oder Boot zu sehen bekommen würde. Und so war es auch. Tatsächlich trieb ein Floß mit zwei Männern gerade aus der Biegung heraus auf mich zu. Einer von ihnen stieß ein langes Holz in das Wasser auf den Grund des Flusses, um das Floß voran zu treiben, der andere saß am Rand und ließ seine Beine ins Wasser baumeln. Es sah aus, als wären es Vater und Sohn.

Ich riss meine Klamotten vom Kleid und kramte in Windeseile meine Leinenhemden und Umhänge heraus. Zuvor schlug ich meine Koffer und Taschen in Leinentücher ein. Nicht perfekt, aber Hauptsache, sie waren erst mal abgedeckt. Ich schaute auf und sah das Floß vorbei gleiten und noch während ich mich in das Hemd drängte, hüpfte ich schon durch das Schilf in den Fluss hinein und winkte, um auf mich aufmerksam zu machen. Dazu rief ich auf aramäisch, dass sie warten möchten und fragte, ob sie mich nicht mitnehmen können. Aber statt langsamer zu werden stieß der Vater nur noch fester in die Strömung und trieb das Floß von mir weg. Der Junge saß da und schaute erschreckt zu mir herüber. Sein Vater sagte etwas, dass ich nicht verstand und der Junge stand auf und wendete sich von mir ab. Ich lief noch ein paar Schritte durch das Wasser hinterher, aber durch die starke Strömung des Flusses waren sie schon in kürzester Zeit außer Reichweite. Ich gehörte wohl nicht zu den Menschen, denen dieser Vater und sein Sohn vertrauten. Offenbar dachten sie, ich sei ein Verbrecher, der sie ausrauben wollte oder einfach nur irgendein Irrer, der halbnackt vom Ufer aus unschuldige Floßreisende erschreckte. Ich blieb stehen und schaute ihnen hinterher. Ich würde wohl auf das nächste warten müssen. Aber das gab mir Zeit, alles richtig zu verpacken und mich selbst auch anständig zurecht zu machen, dass nicht jeder sofort annahm, man hätte mich gerade aus einer Sträflingsgaleere entlassen. Ich ging zurück und erst jetzt merkte ich, dass ich mit nackten Füßen über spitze Steine im Fluss lief, die sich unangenehm in meine Ballen drückten. Außerdem war das Wasser eiskalt, mein Leinenhemd war bis zur Hüfte durchnässt und ich war steifgefroren. Es herrschten mit Sicherheit unter zehn Grad. Definitiv keine Temperatur, bei der man schwimmen geht. Ich kämpfte mich gegen die Strömung zu meiner kleinen Landzunge zurück und verkroch mich wieder hinter dem schützenden Schilf. Zunächst mal musste ich zusehen, dass ich schleunigst wieder trocken wurde und mich möglichst effektiv gegen die Kälte schützte, wenn ich nicht gleich am ersten Tag an einer Lungenentzündung sterben wollte.

Soviel Zeit musste sein, das nächste Boot konnte warten. Vor allem brauchte ich jetzt anständiges Schuhwerk.

Ich hatte ein Paar flache Treter aus Pflanzenfasern dabei und musste schmerzlich begreifen, dass es auch hier einen richtigen Winter gab. Maria und Josef standen Ende Dezember wohl nicht in Jesuslatschen an der Krippe und froren sich den Allerwertesten ab. Aber das wusste ich ja. Dennoch fragte ich mich, welche ungeplanten Überraschungen mich noch erwarten würden. Dass ich beinahe mit Sack und Pack gleich bei der Ankunft hätte untergehen können, wollte mir noch nicht aus dem Kopf. Es gab einfach zu viele Dinge, an die man hatte denken müssen und ich war mir sicher, es gab noch ein Dutzend, an die ich nicht gedacht hatte. Sonst hätte ich schließlich an sie gedacht.

In Windeseile trocknete ich mich mit den Tüchern ab, und kramte dann in meinen Taschen nach den Beinkleidern und Füßlingen, die ich mir genäht hatte. Es war nämlich vollkommen üblich, dass man sich auch damals schon die Beine und Füße vor der Kälte schützte, auch wenn man das in den vielen Gemälden und Darstellungen über diese Zeit nicht sieht. Da rennen sie Sommer wie Winter mit nackten Waden und Sandalen durch die Gegend. Dass ich meine Version noch ein wenig mit modernen Funktionsfasern gefüttert hatte, um die Kälte zusätzlich abzuweisen, musste ja niemand wissen. Ich hatte die Hose nach der Art einer Thorsberghose genäht, wie sie die Wikinger trugen. Die ersten Funde einer solchen Hose stammten zwar aus dem ersten und zweiten Jahrhundert und wurden von den mediterranen Kulturen auch als barbarisch angesehen, aber das war mir gleich. Die römischen Soldaten trugen bei ihren Feldzügen durch Germanien auch Stoffhosen, sogar Socken, sogenannte Udones. Dieses Wort konnte ich mir gut merken, weil eine japanische Nudelsorte ganz ähnlich hieß, nämlich Udon.

Manchmal wurden über diese Socken zusätzlich ein Stoff gewickelt. Ich gehörte einfach zu einem der vielen Wanderer aus dem

Norden, sagte ich mir, aus dem Nordosten meinetwegen. Und da trug man solche Hosen, beschloss ich als Erklärung. Mit dieser Vorstellung hatte ich mich schon eine ganze Weile angefreundet. Das könnte auch gut mein noch ungeübtes Aramäisch erklären. In China und Indien waren Beinkleider schon tausend Jahre vor Christi Geburt bekannt. So ein ungewöhnlicher Anblick sollte es also nicht sein. Wenn ich mich recht entsinne, erzählte mir Kleinschmidt auch, dass jüdische Hohepriester unter ihren Gewändern Beinkleider wie Unterwäsche trugen. Ich würde also nichts tragen, was man nicht schon einmal gesehen hatte oder was vollkommen aus der Zeit gerissen schien. Vielleicht war ich den Augen mancher Menschen hier etwas exotisch. Aber ich trug nichts vollkommen Unbekanntes. Worüber also sollte ich mir Gedanken machen. Hauptsache ich war einigermaßen vor der Kälte geschützt.

Als ich alles angezogen hatte, fühlte ich mich ein wenig wie der ältere Bruder von Rey, nur ohne Gürtel und Schutzbrille eines getöteten und vergessenen Sturmtrupplers in den Eingeweiden eines abgestürzten Sternenzerstörers. Ich legte mir noch ein weites Tuch über die Schultern, das ich mir bei Bedarf auch über den Kopf ziehen konnte. Die Geräte, Zelt, Werkzeuge und alles andere hatte ich aus den Taschen und Koffern geholt und in Leinensäcken verpackt. Danach hob ich mit meinem Klappspaten eine Kuhle aus, um darin alles zu verstauen, was zu modern war und was ich nicht mitnehmen wollte, wie eben Taschen und Koffer, oder auch meine Kleidung und die Schuhe. Die Kuhle selbst deckte ich großzügig mit Schilf ab. Nachdem all das getan war, legte ich die Säcke mit meiner Ausrüstung zusammen auf einen Haufen. So war ich bereit, von einem Floß oder Boot mitgenommen zu werden. Aber ich wollte nicht wieder zurück ins Wasser, um nach einem Boot Ausschau zu halten und zwischen den hohen Schilfhalmen war die Sicht auf den Fluss zu schlecht. Ich nahm also einen der Säcke auf meinen Rücken und zog ihn mit Riemen um meine Schultern und den Bauch fest. Zwei weitere Gepäckstücke nahm ich auf und trug sie mit den Händen. So stapfte ich aus dem kleinen Versteck heraus zur Uferlandschaft. Es ging ein Stück bergauf bis ich zu einem Weg kam, ungefähr dort, wo zuvor – also in vielen hundert Jahren – eine befestigte Straße sein würde. Von dort oben hatte ich einen großartigen Blick auf den Fluss und die Umgebung. Eine weite flache Wiesenlandschaft breitete sich vor meinen Augen aus. Es war nicht so grün wie in Holland, aber dennoch ergab sich der Eindruck eines fruchtbaren Bodens. In der Ferne, wurde es etwas hügeliger und felsiger. Große Steine lagen da, dazwischen vereinzelte Büsche. Auf der anderen Seite des Flusses war es ein ähnliches Bild. Dort konnte ich einen Schäfer mit seiner Herde erkennen. Nach Süden hin schlängelte sich der Jordan, wie eine Lebensader durch die Landschaft. Ganz in der Ferne konnte ich sehen, dass das Grün dünner wurde und sich einige rötlichbraune Flecken daruntermischten. Flussaufwärts hingegen war alles dicht bewachsen. Und tatsächlich musste es an der Flussmündung eine Siedlung geben, denn ich konnte mehrere Rauchsäulen erkennen, die wohl von den Schornsteinen beheizter Häuser aufstiegen. Zu Fuß war niemand unterwegs, aber tatsächlich kamen nun weitere Boote und Flöße von der Siedlung flussabwärts gefahren und auch von der anderen Seite konnte ich in der Ferne Menschen entdecken, die vom Ufer aus ein beladenes Boot Richtung Genezareth zogen. Ich späte nach einer lichten Stelle am Ufer, von wo aus ich alles besser im Blick haben würde und erspähte auch gleich einen Platz, vielleicht 150 Schritte von meinem Aussichtspunkt auf der Böschung entfernt. Ich hatte keine Lust, schon jetzt von Wegelagerern bestohlen zu werden und da der Weg leer war und ich auch sonst niemandem in meiner Nähe sah, nutzte ich die Gelegenheit und schaffte mein Gepäck an die ausgemachte Lichtung zwischen dem Schilf. Ich stellte es schnell ab und eilte zurück zu meinem kleinen Landeplatz, nahm dort das letzte Gepäckstück auf, darin war der Generator und das Werkzeug und schleppte es ebenso zu der lichten Stelle am Ufer. Noch im Laufen hatte ich ein Boot gesehen, auf dem sich drei Männer befanden. Sie hatten in einem umzäunten Bereich Säcke geladen. Ich ging davon aus, dass es sich um Getreide handelte. Offenbar wurde von der Kornkammer des Nordens regelmäßig Nahrung in den ertragsärmeren Süden gebracht und dort auf dem Markt verkauft. Es wäre doch eine gute Idee, sich solch einem Transport anzuschließen, um so mit den Leuten zusammen auf den Markt zu kommen. Für einen Schekel würden sie mich sicher mitnehmen. Nur wenige Meter vor meinem Anlegeplatz stellte ich die schwere Tasche ab und winkte den Bootsleuten zu. „Hey, seid gegrüßt meine Herren. Könnt ihr mich ein Stück des Flusses mitnehmen? Ich kann euch die Fahrt bezahlen!“

Die Männer schauten auf und ich konnte erkennen, dass sie sich berieten, nachdem sie mich entdeckt hatten. Sie hielten mich wohl für eine Exoten und für einen Garanten guter Unterhaltung auf ihrer sonst wohl eher tristen Fahrt nach Jericho und so nickte mir einer von ihnen zu und gab mir ein Zeichen, dass sie ans Ufer kommen würden, um mich aufzunehmen.

Es dauerte nicht lange, da hatten zwei von den drei Männern mein Gepäck auf dem Floß verstaut. Ich bat sie, vorsichtig zu sein, damit nichts davon nass würde, was sie auch ohne zu murren akzeptieren. Im Gegenteil. Verglichen mit dem Vater und seinem Sohn zuvor, die mich wohl für einen Verrückten hielten, so wie ich halbnackt im Wasser getanzt hatte, respektierten mich die Drei von Anfang an als einen Reisenden, der aus der Ferne gekommen war, um ihr schönes geheiligtes Land kennen zu lernen. „Fahrt ihr nach Jericho?“, fragte ich mit meinem gelernten Aramäisch. Sie lachten. Offensichtlich klang ich doch etwas komisch. „Ja, wir fahren nach Jericho“, antwortete schließlich der eine, der mir zuvor zugewunken hatte. Ich hatte den Eindruck, er war sowas wie der Wortführer auf dem Boot, was sich im Laufe der Fahrt auch bestätigte. Es war sein Boot und die beiden, die mit ihm fuhren waren Tagelöhner, die ihm beim Beladen und Entladen halfen. Sie kannten sich schon lange und führten diese Tour in der erntefreien Zeit alle zwei Wochen durch. Der Kapitän stellte sich mir als Bezalel vor, der Schatten Gottes, was er als durchaus positiv empfand, denn er funkelte mich mit seinen dunklen Augen an und lächelte dabei, als würde er sagen: Ich sehe alles. Die beiden anderen, ein Hagerer mittleren Alters und ein junger kräftiger Kerl hießen Doron und Eli.

„Du bist aber nicht von hier“, sagte Eli sofort und kicherte. Ich hatte mich also schon verraten. Ich nickte und erzählte ihnen, dass ich aus Harappa käme. Das fiel mir spontan ein. Harappa war die Hauptstadt der Indus Kultur und lag im heutigen Pakistan. Es war eine der ältesten Kulturen auf dem indischen Subkontinent, hatte mir Kleinschmidt erzählt, deren Zeugnisse bis in die Altsteinzeit zurückreichten. An diesem Tag behandelten wir das Thema Menschheitsentwicklung und die ersten Hochkulturen, die sich gleichzeitig an den unterschiedlichsten Orten der Welt entwickelt haben, ohne dass sie voneinander wussten. Oder ohne, dass wir wissen, ob sie voneinander wussten, hatte ich eingewendet, was Kleinschmidt gefiel, denn er dachte genauso darüber.

Von Harappa hatten sie noch nie etwas gehört, aber als ich dann sagte, dass es nicht weit vom Fluss Indus lag, konnte ich den Zauber des Erkennens und Verstehens auf ihren Gesichtern ablesen. Der Fluss und das Reich der Indoskyther gehörten zu Orten der damals bekannten Welt. Nicht zuletzt durch die Eroberungen Alexander des Großen waren sie Bestandteil des Allgemeinwissens, auch bei den nicht so gebildeten Bevölkerungsschichten. Was ich den dreien aber in keiner Weise unterstellen wollte. Vielmehr hoffte ich, dass keiner von ihnen sagte, dass er Verwandte aus dieser Gegend hatte und unerwartet begann, Urdu zu sprechen, was ich natürlich überhaupt nicht beherrschte. Zum Glück traf diese Befürchtung jedoch nicht ein. Ob ich gekommen sei, um in ihrem Land zu predigen, fragten sie. Es gäbe viele zurzeit, die von überall kämen und ihr Wissen in dieses Land tragen würden. Ich stellte mich vor sie, legte meinen Kopf leicht schief und sagte. „Hört, ich bin zunächst gekommen, um zu lernen. Erst dann bin ich auch gekommen, um zu lehren." Sie hielten dies wohl für einen weisen Spruch, da sie zunächst schwiegen und mir dann voller Bewunderung auf die Schulter klopften. Der erste Schritt war getan. Eli stieß mit seiner Stange das Floß vom Ufer weg und wir glitten langsam in den Strom, der mich nach Jericho führte.

Es war eine angenehme Fahrt. Wir waren den Rest des Tages, die ganze Nacht und auch den darauffolgenden Tag unterwegs. Sie gaben mir zu essen und abwechselnd bediente einer das Ruder während die anderen sich die Zeit mit einem Würfelspiel vertrieben. Und wenn nicht gesprochen wurde, dann genoss ich trotz der Geräusche, die die Natur und die Bootsfahrt hergaben eine Stille, die ich zuvor in meinem Leben noch nicht kennengelernt hatte. Es war nicht so, dass ich nicht häufig aus der Stadt gefahren war, um Ruhe und Stille zu tanken. Aber das Hintergrundrauschen unserer modernen Zivilisation war immer zugegen. Und hier fehlte es einfach. Das war eine erstaunliche und zutiefst angenehme Erfahrung. Schon jetzt hatte ich das Gefühl, noch nie so viel erlebt zu haben, wie in diesen wenigen Stunden. Natürlich war das vollkommen übertrieben. Aber zu erleben, wie die Welt vor zweitausend Jahren aussah, roch, schmeckte und sich anhörte und anfühlte war einfach überwältigend. Ich hatte mir etwas ganz Besonderes angetan.

Als wir anlegten half ich ihnen ebenso beim Entladen ihrer Kornsäcke, wie sie mir dabei halfen, das Gepäck an Land zu bringen. Es war schon wieder dunkel, aber an den verschiedenen Anlegestellen waren Fackeln aufgestellt, die den Menschen bei ihrer Arbeit Licht spendeten. Wir waren nicht die Einzigen, die ihre Boote und Schiffe löschten.

Von hier musste die Ware noch nach Jericho gebracht werden.

Alles war bestens organisiert, es gab Menschen, die Transportmöglichkeiten anboten, Karren vermieteten oder ähnliches. Aber meine drei Bootsleute hatten ihren eigenen Karren an einer Station abgestellt, die Händlern und Durchreisenden als Anlaufstelle diente. Es würde von hier noch mal eine halbe Tagesreise dauern, bis wir die Stadt selbst erreichten, sagten sie mir. Aber auch diesen Weg könnten wir zusammen gehen. Der Weg nach Jericho, wandern durch das heilige Land, zur Zeit Jesu. Und das durfte ich erleben, der Skeptiker, der Zweifler, der Atheist. Ich musste unwillkürlich an das Lied „Zwischen Jericho und Jerusalem“ denken. Das sangen wir damals im Kindergottesdienst. Dabei befanden wir uns gar nicht auf dem Weg nach Jerusalem. Bis ich dorthin kam, würden noch einige Tage vergehen. Wie die Leute hier sich diese Welt wohl in der Zukunft vorstellten? Hier lebten Menschen in einer schönen Landschaft und gingen ihren Geschäften nach. Auch wenn der Judaismus hier vorherrschende Religion war, so gab es doch auch zu dieser Zeit schon so viele Ideen und Interpretationen über die Welt. Der Paganismus der Griechen und Römer war genauso bekannt wie die Schöpfungsgeschichten aus Persien, Ägypten oder Indien. Das Antike Wissen der Griechen, die vergangenen Hochkulturen der Phönizier und Karthager, das alte Reich Alexander des Großen und der Aufstieg der Weltmacht Rom, all das waren das geschichtliche Bett, in dem sich die Menschen dieser Zeit befanden, wie das unsere die Renaissance, die Aufklärung, die Unabhängigkeitserklärung, die Französische Revolution, Napoleon, die deutsch-französischen Kriege, Goethe, Schiller, Weimar, Bismarck, die beiden Weltkriege, die Mauer, Elvis Presley, die Beatles, Techno, 9/11, der islamistische Terror und Pegida sein werden.

Ich war überrascht, wie viele Menschen hier schon unterwegs waren. Der Weg nach Jericho war voll mit Händlern, die mit uns reisten oder uns entgegen kamen. Und dann sah ich zum ersten Mal Römer. Eine Zenturie marschierte etwas abseits von uns in Formation, allesamt junge Burschen, mit vollem Marschgepäck. Es sah nach einer Übung aus. Ich konnte mir gut vorstellen, dass man Römer zur Ausbildung entweder in die judäische Provinz schickte oder, wenn man sie richtig striezen wollte, an den Limes nach Germanien, um Wache zu schieben und Palisaden zu bauen. Schließlich regnete es da am häufigsten und die Winter waren extrem kalt. Auch in meiner Zeit schickte man die Soldaten bei Übungen oder zum Biwak am Liebsten in Gegenden, wo es besonders unangenehm war, zum Beispiel in den Westerwald, der bekannt für seine kalten Winde war. Komischerweise galt meine Solidarität sofort den Juden hier und nicht den Römern. Ich sah sie wie die meisten hier als Besatzungsmacht und demnach als Feind an. Dabei habe ich gar nichts gegen Römer, ganz im Gegenteil. Ohne die römische Kultur, ihr Wissen, ihre Architektur und die technischen Errungenschaften, die schon früh für die Bürger einen immensen Wohlstand bedeutete, würde die Welt heute sehr viel anders aussehen. Aber wenn ich sie so sah, wie sie hier ganz selbstverständlich über den Boden stapften und alles einnahmen, was ihnen nicht gehörte und das nicht auf sonderlich sanfte Art und Weise, konnte ich mich gut in die Bevölkerung hier reinversetzen und verstand, dass man sich dagegen zur Wehr setzen wollte.

Die Verabschiedung war sehr herzlich gewesen. Die drei wollten noch in eine Taverne einen Wein trinken gehen. Nachdem wir so viel Zeit gemeinsam verbracht hatten und ein gutes Vertrauen herrschte, war das Verhältnis schon fast freundschaftlich und es wurde deutlich, dass sie mehr von mir erfahren wollten. Aber ich musste sie enttäuschen. Ich hatte nicht nur eine zweitausendjährige und zweitägige Reise hinter mir, ich fühlte mich auch so. Ich entschuldigte mich und versprach, am nächsten Tag zum Markt zu kommen. Dort würde ich sie sicher antreffen. Aber ich brauchte dringend Schlaf, Ruhe und ich etwas Zeit für mich. Denn als allererstes wollte ich überprüfen, ob meine Ausrüstung noch vollständig und intakt war. Erst wenn ich die Sicherheit hatte, wenn alles da war, und so funktionierte, wie ich es verpackt und mitgenommen hatte, war ich angekommen.

Die Pension, die sie mir empfohlen hatten war sehr angenehm. Ein kleiner Gastraum im unteren Bereich, ein Innenhof und etwa fünf oder sechs Zimmer im ersten Geschoß, die von einem Rundgang zur Innenhofseite zugänglich waren, wenn ich richtig gezählt hatte. Nur ein Zimmer war noch frei, sonst war die Pension ausgebucht. Der kommende Sabbat, so hatte mir Bezalel erzählt, fiel mit dem 10. Tewet zusammen, dem kleinen Fastentag, an dem an die Belagerung Jerusalems durch Nebukadnezar gedacht wurde. Das bedeutete, dass auch am Sabbat gefastet werden musste. Der morgige Markttag wurde also fast wie ein Festtag gefeiert, bei dem noch mal ordentlich getrunken und gegessen werden konnte. Ich versicherte also, sie am nächsten Tag auf dem Markt zu treffen. Und die Zeche würde ich zudem übernehmen. Damit erklärten sie sich endlich einverstanden und zogen ab. Ich verschloss die Tür und ließ mich auf mein Bett fallen.

Kapitel 6 – Die erste Begegnung

Ich muss sofort in einen Tiefschlaf gefallen sein, denn ich wachte erst wieder auf, als es hell war. Es dauerte einen Moment, bis mir klar wurde, wo ich mich befand. Dieser Raum, dieses Bett, dieser Gestank. Ich roch Mist und Blut und fuhr hoch. Jericho, das Jahr 28 nach Christus, der 10. Tewet. Ich hatte mich nicht mal ausgezogen. Ich saß aufrecht auf dem Bett, stütze meine Ellenbogen auf den Oberschenkeln ab und wischte mir die Müdigkeit aus dem Gesicht.

Ich stand auf und kontrollierte endlich meine Sachen. Es war alles da. Gut! Und nach den ersten Tests funktionierte auch noch alles. Der Laptop, die DVDs, der Generator, die Schnittstellen und USB-Kabel und die Leinwand. Nichts war durch die Zeitreise verschoben worden. Weder die Daten noch sonst irgendwelche Atome, Elektronen und Neutronen. Faszinierend – und beruhigend zugleich: es gab also nur eine mögliche Zusammensetzung. Die Gesetze des Universums waren manifest und unumstößlich.

Auf dem Tisch stand eine Schale und eine mit Wasser gefüllte Karaffe aus Ton. Ich zog mich aus und wusch mich. Ich hatte sogar an Seife, Zahnpasta und meine Zahnbürste gedacht. Allein wie ich nach meiner Wäsche roch, mussten einige vermuten, ich sei vom Himmel gefallen. Einer der vielen Gedanken, die ich mir gemacht hatte, als ich mir in Eimsbüttel die Zähne geputzt und meine Morgenwäsche erledigt hatte. Aber war das wirklich so? Nein! Denn auch in der Antike kannte man natürlich schon Kosmetik. Salben, Cremes und Seifen waren zumindest bei den Aristokraten nichts Unbekanntes. Ob es das auch hier schon alles gab, bei den vermutlich einfacheren Menschen? Ich war ja nicht zu Studienzwecken hier, sondern um die Welt zu verändern. Oder zumindest das Bild, das man sich von ihr machte. Aber es interessierte und faszinierte mich, das nun alles erleben zu dürfen. Es war die einzigartige Gelegenheit, für die Nachwelt festzuhalten, wie diese Zeit tatsächlich war, wie sie roch, wie sie sich anfühlte. Dabei stellte ich fest, dass mir auf den ersten Blick die Menschen und die Häuser hier gar nicht so einfach und arm vorkamen, wie man es sich weitläufig vielleicht vorstellte. Ästhetik und Eitelkeit waren keine Phänomene der Moderne. Das hier war ihr Leben. Und die Bedürfnisse der Menschen waren die gleichen, wie die unseren. Auch das Bedürfnis nach Komfort und Wohlstand. Mein Wirt jedenfalls hatte sich gut eingerichtet und er nutzte alles, was die Zeit an Kunstfertigkeit und Erfindungsgeist hergab. Selbstverständlich. Und seine Frau? Ich war ihr nur kurz begegnet, aber sie duftete verführerisch und trug schöne Kleider. Wahrscheinlich, um noch genauso begehrenswert zu sein, wie an dem Tag, als er sich in sie verguckt hatte. Was also bildete ich mir ein?

Ich zog mich langsam wieder an und ging nach draußen auf den Innengang. Ich wollte erst mal alles erkunden und nahm daher nichts mit. Ich verschloss die Tür und hoffte, dass der Gastwirt die Zimmer nicht durchsuchte. Ich hatte aber alles gut verpackt und auch so verstaut, dass mir auffallen würde, wenn sich etwas verändert hätte.

Von der Balustrade aus warf ich einen Blick in den Innenhof und zog meinen Kopf angewidert schnell wieder zurück. Tatsächlich waren hier die Vorbereitungen für einen Ansturm der Gäste in vollem Gange. Aber es wurde nicht nur Fleisch zerkleinert, sondern auch reichlich Gemüse und Hülsenfrüchte und es wurden Marinaden zubereitet. Eine Wolke kräftiger Gewürze aus fernen Ländern mischte sich unter den süßsauren Duft des Fleisches und der Exkremente. Mir war jetzt schon klar, dass ich von dem Fleisch nichts essen würde und ich beschloss in diesem Moment, dass Luke Skywalker zumindest Vegetarier war.

Um nach draußen zu kommen musste ich durch den Gastraum gehen. Dort kam mir freudestrahlend der Herbergsvater mit einem Korb römischem Salat entgegen. Der wurde hier allerdings nicht als Salat gegessen, sondern in Olivenöl gedünstet und wie ein Gemüse zum Fleisch gereicht. Das wusste ich sogar ohne Kleinschmidt. Er fragte mich, ob ich etwas essen mochte, aber ich verneinte. Ich würde mich später auf dem Markt versorgen, sagte ich. Er schaute mich etwas enttäuscht an. Scheinbar hatte sich schon rumgesprochen, dass hier ein Fremder angekommen war, der einen Beutel voll Silberschekel mit sich trug.

Jericho galt nicht nur als die älteste Stadt der bekannten Welt, was aber selbst in meiner Zeit noch umstritten sein würde, sondern aufgrund seiner besonderen Lage im Jordantal als die niedrigste unterhalb des Meeresspiegels. Dadurch hatte die Stadt auch im Winter ein verhältnismäßig angenehmes Klima. Ein Grund dafür, dass die Könige sich hier ihre Winterpaläste errichten ließen. Jericho war lediglich eine Oase, umgeben von Wüste. Dafür gab es römische Bäder, Gärten und reichlich Quellwasser. Es war sehr angenehm, stellte ich fest und die warme Kleidung, die ich mir noch im Norden angelegt hatte, war hier schon fast überflüssig. Ich hatte sie dennoch angelegt, denn am Morgen war die Luft noch frisch. Kleinschmidt hatte mir Bilder von den Ausgrabungsorten gezeigt, so zum Beispiel vom Winterpalast des Herodes nördlich und südlich des Wadi Quelt, eines Flusstals, dessen Ursprung im Jordan lag. Es hieß, er hatte sich dort ein riesiges Schwimmbecken errichten lassen. Ich konnte ihn von der Straße aus sehen und nahm mir vor, das nächste Mal, wenn ich unterwegs war, mein Smartphone mitzunehmen, um Fotos davon zu machen. Kleinschmidt würde vor Neid erblassen. Ich musste nur aufpassen, dass mich niemand mit dem Ding sehen würde. Vielleicht sollte ich besser von meinem Fenster aus fotografieren. Ich wollte so viel wie möglich von all dem hier festhalten, die Menschen, vor allem die historischen Persönlichkeiten, aber auch Ereignisse, und natürlich Jesus. Je nachdem, wie es sich ergab. Aber erst mal abwarten.

Ich überlegte kurz, ob ich ins römische Bad gehen sollte, aber dann hatte ich doch Hunger und steuerte automatisch die Marktstände an, die schon in Sichtweite waren. In zweiter Reihe konnte ich auch schon Bezalel entdecken. Er hatte seinen Stand bereits aufgebaut, doch Doron und Eli waren nicht bei ihm. Bezalel hatte sich am

Vorabend zeitig verabschiedet, um in der Frühe seinen Stand aufbauen zu können, aber seine Helfer, die bereits einen Vorschuss erhalten hatten, wollten den Abend noch zünftig ausklingen lassen. Sie kamen erst in den frühen Morgenstunden von der Taverne zurück, da war Bezalel schon aufgestanden, berichtete er. Wie erwähnt, war es nicht das erste Mal, dass er Doron und Eli für die Auslieferung seiner Ernte eingestellt hatte. Die Familien kannten sich seit Generationen. „So sind sie“, lachte er, während er mit einem Scheffel das Korn aus den Säcken in große Runde Körbe füllte. Ich bot an, uns etwas zu Essen zu besorgen und ihm danach am Stand bis zum Mittag zu helfen, sehr zu seiner Freude.

Als die Sonne im Zenit stand kamen auch Eli und Doron vorbei. Man sah ihnen deutlich an, dass sie eine erlebnisreiche Nacht hinter sich hatten. Aber sie waren bestens gelaunt und nachdem wir uns ein wenig unterhalten hatten, nahmen sie mich mit, den Markt und die Stadt ein wenig kennen zu lernen. In ihrer Mitte würde ich unauffälliger wirken, als wenn ich in meiner noch Unbeholfenheit und Unsicherheit alleine unterwegs wäre. Wir besorgten uns etwas Wein und schlenderten durch die Gassen, die durch die Stände gebildet wurden. Der Markt war gut besucht und die Auslagen quollen über mit Obst, Gemüse, Hülsenfrüchte und Korn. Auch gute Gewürze wurden angeboten und verbreiteten einen herrlichen ursprünglichen Duft. Außerdem gab es Fleisch und Käse, Ziegenmilch, Brot und Oliven in Hülle und Fülle. Ich erinnerte mich an einen Zeitungsartikel, in dem von einem 4000 Jahre alten Käse berichtet wurde, der, irgendwo in China als Grabbeilage einer mumifizierten Leiche gefunden wurde. Er wurde aufgrund des Klimas und der Bodenbeschaffenheit dort selbst sozusagen mumifiziert. Es war erstaunlich, wie gut er sich gehalten hatte. Ich fragte mich, ob er noch genießbar war, der Stinker. Ich stellte mir vor, einer der Käse hier würde aus einem vollkommen belanglosen Grund ebenso die Zeit bis ins 21. Jahrhundert überdauern. Er würde die Forscher sicher vor ungeahnte Rätsel stellen und es würde wild spekuliert, welche historischen Ereignisse dazu geführt haben könnten, dass da ein Käse lag. Dabei ist er vielleicht einfach nur vom Tisch gerollt und aufgrund günstiger Wetterverhältnisse und weil ihn niemand entdeckt hat liegengeblieben, ohne zu verrotten, weil der warme Wind ihn austrocknete und somit archivierte. Vielleicht der, an dem ich in diesem Moment vorbeiging. Ich grinste den Verkäufer an und nickte. Wenn der gute Mann wüsste, woran ich gerade dachte.

Neben den salzigen Sachen gab es natürlich auch alle Arten von Süßigkeiten, in Honig getränkte Backwaren, Trockenobst und Nüsse, deren Duft mir verführerisch in die Nase stieg. Kinder schrien und liefen sich hinterher, die Frauen unterhielten sich angeregt und die Männer feilschten um jedes Silberstück. Hier und da wurde es auch etwas lauter und ruppiger und Eli griff beherzt ein, als sich zwei Männer um den Preis für ein Huhn stritten. Es dauerte nicht lang, da waren wir alle in eine Rangelei verwickelt und dafür, dass ich sowas regelmäßig in Hamburg aus dem Weg ging, hatte ich richtig Spaß daran. Ich hatte fast das Gefühl, es gehörte dazu und ich fühlte mich wie beim Pogo auf einem Punkkonzert. Nachdem wir die Nase voll und uns einige Schrammen zugezogen hatten, verzogen wir uns an einen Platz, der etwas abseits vom Markt lag. Vor einer Taverne dort waren mehrere Tische und Bänke aufgebaut und sie waren bereits gut besetzt. Die Leute aßen, tranken und unterhielten sich. Wir bestellten uns etwas Brot, Käse, Oliven und Wein und schauten dem Treiben auf dem Platz zu. Ich überlegte, wie und wann ich mich von meinen neuen Freunden verabschieden wollte, schließlich hatte ich noch ein Date mit Jesus oder Johannes am Ufer des Jordan. Doch noch wollte ich diesen Moment genießen, die Menschen, den Ort, das Lachen und den Wein.

Nach einiger Zeit erschien ein Mann in hellem Leinenhemd, das bis zu den Knöcheln ging, auf dem Platz unweit von der Taverne entfernt, vor der wir es uns gemütlich gemacht hatten. Über seinen Schultern hatte er ein großes weißes Tuch, mit einem breiten hellblauen Saum gelegt.

Er stieg auf einen Stein, der eine Art Abgrenzung zwischen Straße und einem Gebäude darstellte und begann laut zu sprechen. Nach nur wenigen Sekunden scharrten sich die Menschen um ihn, um ihm zuzuhören. Wir blieben zunächst sitzen. Eli schüttelte den Kopf als wollte er sagen: schon wieder so ein Spinner. Aber Doron stand irgendwann auf und drehte sich zu dem Mann, um besser hören zu können, was er sagte.

Und genau das wollte ich auch wissen. Ich stand nicht nur auf, sondern ging auch die paar Schritte hinüber zu dem Ort, an dem dieser Mann stand und mischte mich unter die Zuhörer.

Er sprach wie erwartet das Aramäisch der Menschen hier, so wie auch Bezalel, Doron und Eli, aber sehr deutlich. Er sprach vom kommenden Himmelreich und von der Erlösung aus der Knechtschaft des irdischen Lebens. Und die Menschen hörten ihm zu. Es war offenbar das, was sie hören wollten. Denn er sprach von einem Königreich das größer und mächtiger sei als der römische Kaiser, dass nun bald anbrechen würde, um die Menschen zu befreien. All das kam mir sehr bekannt vor. Ich drehte mich um und betrachtete die Zuhörer, Männer, Frauen und Kinder, die an seinen Lippen hingen und ihre ganze Hoffnung in diesen Mann steckten, denn nun sprach er von Liebe und Vergebung der Sünden, für all diejenigen, die aufrichtig glaubten und seinem Weg folgten.

„Ist das Jesus?", fragte ich einen Mann mittleren Alters, der neben mir stand. Der drehte sich zu mir und schaute mich verwirrt an. „Ich kenne keinen Jesus."

Der nächste, den ich fragte, gab mir die gleiche Antwort. „Nein, ich kenne keinen Jesus." Nun fragte ich den Mann vor mir, der sehr energisch und mit geballten Fäusten den Worten des Mannes auf dem Stein folgte. Er sah mich an. „Aber nein, kennst du ihn nicht? Das ist Johannes der Täufer." Dann zeigte er auf einen Mann, der mit zwei Frauen an einem Tisch vor der Taverne saß und Wein trank, nicht weit von unserem Platz entfernt. „Der da hinten. Das ist Jesus."

Ich hätte am liebsten erstaunt *ach wirklich?* gesagt. Aber ich verkniff es mir. Ich trat stattdessen aus der Menschenmenge wieder hinaus und ging zurück zu meinem Tisch, an dem nur noch Eli saß und genervt zur Seite schaute. Doron hatte sich zwischenzeitlich ebenfalls unter die Zuhörer gemischt.

„Du Eli", sagte ich. „Ich geh mal eben zu dem Tisch da drüben."

„Wer ist das?“, fragte er mich. Ich sagte: „Ein alter Freund, den ich auf einer Wanderung in Persien getroffen habe. Habe ihn lange nicht gesehen. Ich werde ihm kurz Hallo sagen.“

„In Ordnung, geh nur. Lasst mich nur alle alleine hier sitzen.“ Ich merkte, dass Eli schon wieder ein Glas zu viel hatte. Ich klopfte ihm auf die Schulter. „Ich bin gleich zurück.“

„Ach was“, lallte er schon fast. „Ruf mich einfach zu euch, wenn du mit deiner Begrüßung fertig bist. So eins von den beiden Weibchen käme mir jetzt gerade recht.“

„Jaja. Ich geb’ dir Bescheid“, lachte ich und ging rüber.

Jesus hatte mich schon entdeckt als ich auf ihn zukam. Eine der beiden Frauen hing in seinem Arm. Sie sahen eher aus wie gute Freunde. Ich ging nicht davon aus, dass es sich um Prostituierte handelte. Keiner von den dreien wirkte betrunken. Aber Jesus selbst wirkte ein wenig deprimiert.

Er löste sich aus der Umarmung und beugte sich etwas nach vorn. Es schien ihn zu interessieren, dass ein offensichtlich Fremder sich nun ausgerechnet zu ihm gesellen wollte, während alle anderen zu diesem Johannes aufschauten. Das war er also. Ich musste mich also nicht mehr tagelang an der Taufstätte auf die Lauer legen, bis er endlich auftauchte. Er saß einfach da wie bei einem Strandurlaub in Italien, trank Rotwein und streckte die Füße unter dem Tisch aus. Fehlte nur noch eine Sonnenbrille.

„Du bist Jesus?“, eröffnete ich knapp das Gespräch.

„Ja“, sagte er. „Hast du mich gesucht?“

Ehrlich gesagt sah er gar nicht so viel anders aus, als ich ihn mir vorgestellt hatte oder wie man ihn sich allgemein bei uns vorstellt. Zumindest in moderneren Darstellungen. Natürlich war er weder blond noch blauäugig, wie er von Fundamentalisten gern gesehen wird. Nein, er hatte braunes langes Haar und braune Augen. Und er war in der Tat ein ansehnlicher Mann, hatte einen dunklen Teint und er trug Vollbart. Er sah aus wie eine Mischung aus Osama Bin Laden und Ashton Kutcher. Ich nahm mir vor, wenn ich wieder zuhause war, genau die beiden Gesichter mit Photoshop ineinander zu blenden. Ich war mir sicher, das Ergebnis würde das Gesicht hervorbringen, das mich gerade neugierig anlächelte. Wie Johannes war er in ein helles, aber nur knielanges Leinenhemd gehüllt. An den Füßen trug er bloß Sandalen, keine Socken. Zumindest *er* schien mit den Temperaturen problemlos klar zu kommen. Ein weiteres Tuch hatte er sich, wie es allgemein Mode war, locker um die Schultern gelegt. Rotbraune Streifen dienten dazu, sich von dem einfarbigen Hemd abzusetzen. Wie bei den meisten Trägern wies auch sein Hemd Gebrauchsspuren auf.

„Nein“, sagte ich. „Ich bin neu hier. Bin gestern mit den beiden und noch einem weiteren vom See Genezareth hier runtergefahren.“ Ich deutete zu dem Tisch an dem Eli saß und sehnsüchtig besoffen zu uns rüber schielte.

Jesus hob die Brauen. „Ah, von Genezareth. Da komme ich auch her. Bin in Nazareth aufgewachsen.“

„Na ja“, sagte ich, „die Leute, mit denen ich gekommen bin, sind von dort. Aus seinem Dorf am See. Ich komme von viel weiter.“

„Ach ja? Von wo denn?“, hakte Jesus nach.

Ich winkte ab. „Das ist eine lange Geschichte. Das erzähle ich dir ein anderes Mal.“ Eine lange Geschichte, das klang nach einer Frauengeschichte, die mich entweder fort oder hierher getrieben hatte. Auf jeden Fall hoffte ich, dass es ihn neugierig machte. Damit sollte der Grundstein für ein weiteres Treffen gelegt werden. Und irgendwie hatte ich auch das Gefühl, dass er Interesse daran hatte.

„Man sieht, dass du nicht von hier bist“, grinste er. „Ist nicht böse gemeint.“

„Kennst du den Mann da, der da spricht?“, fragte ich und deutete auf Johannes.

„Klar.“ Jesus verzog das Gesicht. „Er redet den ganzen Tag davon, dass das Himmelreich uns irgendwann alle von den Römern befreit. Aber ich frage mich wann? Bis jetzt ist es immer schlimmer geworden. Vor zwei Jahren gab es einen heftigen Aufstand, der brutal niedergeschlagen wurde. Geändert hat sich nichts. Die Hohepriester lassen sie in Ruhe. Bezahlen müssen es die Fußabtreter. Aber was red’ ich. Ich weiß ja nicht mal, ob ich dir vertrauen kann oder ob du von den Römern geschickt wurdest.“

„Keine Sorge. Ich bin zwar neugierig, aber ansonsten ziemlich harmlos. Von mir hast du nichts zu befürchten.“ Ich setzte mich und warf einen Blick auf seine Begleitung.

„Oh! Darf ich vorstellen. Das sind Sarah und Maria, zwei gute Freundinnen und Zuhörerinnen. Sie sind eigentlich meine einzigen, treuen Zuhörerinnen“, lachte er. „Wir kennen uns schon seit ewigen Zeiten.“

Ich sah ihn an. Ich saß tatsächlich neben Jesus und plauderte mit ihm. Das, was ich mir jahrelang vorgestellt und ausgemalt hatte, war wahr geworden. Wie ein Traum, bei dem man nach dem Aufwachen nicht glauben kann, dass es nur ein Traum war.

„Von dem Aufstand habe ich gehört“, sagte ich. „Was ist passiert?“

„All das, was sich über die Jahre aufgestaut hatte, brach sich Bahn. All die Ungerechtigkeit. Es brodelte schon lange. Die Menschen sind unzufrieden. Das ist doch verständlich.“

„Und was war dann der Auslöser?“, fragte ich.

Jesus verschränkte die Arme vor sich. „Der Kaiser hatte mal wieder die Abgaben erhöht. Diese Ungläubigen kommen hier her und wollen uns schröpfen. Sie ignorieren alles, was uns heilig ist, führen sich aber selbst wie Götter auf.“ Jesus deutete auf Johannes. „Und er? Er redet immer nur von Buße. Aber sind wirklich wir es, die Buße tun sollen? Sind wir die Sünder? Sind es nicht die, die unseren heiligen Boden mit Füßen treten und den wahren Gott nicht anerkennen wollen? Sie sollten es sein, die vor uns auf die Knie gehen! Nicht wir vor ihnen.“

„Ist Religion denn wichtig für dich?“, wollte ich wissen. Jesus sah mich irritiert an. „Religion? Religionen haben vielleicht die anderen. Gott Jahwe ist die Wahrheit. Und nur ihr sind wir verpflichtet. Aber das sehen ja viele hier nicht mehr so. Schau dir die Pharisäer und Sadduzäer an. Sie machen mit den Römern gemeinsame Sache, um ihre Posten zu sichern. Was ist das für ein Himmelreich, in dem der Kaiser den Thron mit Gott teilen will, frage ich dich?“

Ich zuckte mit den Schultern. „Klar, aber warum lässt er es dann zu?“

„Gott?“ Jesus schlug mit der Faust auf den Tisch. „Er lässt es nicht zu. Aber die Menschen müssen es auch erfahren. Die Römer müssen es zu spüren bekommen. Die Pharisäer müssen es zu spüren bekommen. Und wir sind die Werkzeuge, es ihnen zu zeigen!“ Wieder zeigte er auf Johannes. „Er faselt das gleiche Zeug wie Rabbi Hillel, der vor einer Generation schon die Nächstenliebe und Gewaltlosigkeit predigte. Aber willst du die rechte Wange hinhalten, wenn dir jemand auf die linke geschlagen hat? Wie lange sollen wir uns noch demütigen lassen?“

Er stand auf. „Möchte noch jemand Wein? Ich hole noch eine Karaffe.“

„Hier!“ Ich zog ein Geldstück aus meiner Gürteltasche und reichte es ihm. „Ich übernehme das.“

Jesus verbeugte sich so, dass seine vollen Haare hinterherschwangen. „Oh, danke“, sagte er. „Das ist eine große Geste, die ich sehr zu schätzen weiß.“ Kurz darauf war er in der Taverne verschwunden. Ich grinste etwas verschämt zu seinen Begleiterinnen rüber und drehte dabei meinen Kopf zu Eli. Der schob erwartungsvoll sein Kinn nach vorn als wollte er sagen: was ist denn nun? Wann soll ich dazu kommen oder kommst du bald mal wieder?

Ich wollte zu einer beruhigenden Geste ansetzen, aber dazu kam es nicht mehr. Denn plötzlich wurde es laut und die Menschen auf dem Platz strömten auseinander. Ich sah wie Johannes von seinem Stein sprang und in der Menge untertauchte. Darauf hörte ich lateinisches Gebrüll. Eine Truppe von zehn Römern trieb die Menschen auseinander und jagte einigen hinterher, die sich in den Seitengassen und auf den Markt flüchteten. Vier Römer blieben auf dem Platz stehen und ihr Anführer forderte die Menschen auf, ihre Versammlung sofort zu aufzulösen. Größere Menschenansammlungen und Ansprachen von Wanderpredigern waren sicherlich seit dem Aufstand verboten, sagte ich mir und suchte den Blickkontakt zu meinen Tischnachbarn, um mich zu vergewissern. Aber auch Sarah und Maria waren aufgesprungen. Ich konnte sehen, wie sie über den Platz in einer Seitengasse verschwanden. Jesus war erst gar nicht mehr zurückgekehrt. Ich suchte Eli, aber ich konnte ihn nirgends entdecken. Aber Doron stand noch da und einer der Römer hielt ihn am Kragen fest. Der Soldat bereitete sich darauf vor, Doron abzuführen. Ich sprang auf und ging hin. Der Platz war wie leergefegt und die Römer, die eben noch die Menge auseinandergetrieben hatten, kamen zwar ohne Beute zurück, aber einige von ihnen hatten blutige Schwerter und Pili in der Hand. Einer von ihnen wischte sich gar mit dem Unterarm über den Mund, als hätte er gerade eine Wildschweinkeule gegessen.

„Lasst ihn in Ruhe", rief ich mit energischer Stimme. Zum ersten Mal konnte ich mein mühsam erlerntes, gesprochenes Latein anwenden. „Er hat nichts getan!" Ich war gespannt, wie die Antwort im Original klang.

„Ah, ein Retter in der Not kommt angesprungen. Wo hat er sein Latein gelernt? Von einem Druiden aus der Germania?"

„So ähnlich, Centurio. Er gehört zu mir. Wir sind einfache Bürger, die nichts verbrochen haben."

„Hört hört! Der feine Herr Bürger hat mich soeben vom Dekurio zum Centurio befördert. Fehlen nur noch die restlichen 450 Soldaten", krächzte er, schwang dabei gemächlich seinen Arm durch die Runde. „Kann sie hier jemand entdecken?"

Die Truppe lachte.

„Lass gut sein", flüsterte Doron zu mir. „Ich danke dir für deine Hilfe, aber du hast hiermit nichts zu tun."

„Schau an", rief der Dekurio. „Der eine bürgt für den anderen. Nun mein Bürger eines feinen Städtchens außerhalb dieser Welt", sagte er zu mir, „bürgst du auch für diesen Oppositionellen hier?"

Ich nickte, zog die Schultern hoch und spreizte meine Arme leicht. Für einen Römer war der Gruppenführer ein ziemlicher Hüne. Auch im Vergleich zu seinen Soldaten. Ich schaute ihm direkt auf seine Brustpanzerung. „Jederzeit, natürlich. Ich bürge für ihn."

Der Dekurio drehte sich in die Runde. „Habt ihr's gehört? Der Fremde bürgt für den kleinen Freund des Aufwieglers. Du kannst ihn loslassen, Claudius."

Der Römer lachte und stieß Doron von sich. Ich hätte nicht gedacht, dass ich mit meinem Latein eine solche Situation meistere.

Zumal ich auch überhaupt keine Vorstellung davon hatte, wie die Menschen damals wirklich reagierten und sich verhielten. Wie rücksichtlos oder brutal sie waren und wie einfache römische Soldaten mit den Menschen hier umgingen. Aber scheinbar hatte ich alles richtig gemacht. Ich zog Doron zu mir und wollte mich schon bedanken. Da brüllte der Dekurio seinen Soldaten den Befehl zu, mich gefangen zu nehmen. Dabei hatte er eine so feuchte Aussprache, dass etwas von seiner Spucke an meiner Backe und auf der Stirn landete. Zwei Römer ergriffen mich und schubsten Doron erneut zur Seite.

„Hey! Was soll das“, schrie ich. Ich versuchte mich zu wehren, aber ich hatte keine Möglichkeit. Der Griff der Römer schmerzte an meinen Armen.

„So feine Bürger wie du“, brüllte der Dekurio, dass es alle hören konnten, „sollen natürlich in besonderer Form unsere Gastfreundschaft genießen. Du kommst erst einmal mit!“

Sie führten mich tatsächlich ab. Doron schaute mir noch einen Moment hinterher und verschwand dann in den Gassen des Marktes. Aber ich wurde abgeführt, und ich konnte es einfach nicht fassen: das erste, was mir hier passierte, kaum dass ich meinen diesen Ort erreicht und Jesus tatsächlich kennengelernt hatte, war, von den Besatzungstruppen abgeführt zu werden. Das brachte mich kilometerweit von meinem ursprünglichen Ziel weg. Tausend Gedanken schossen mir durch den Kopf. Was machte ich, wenn ich es gar nicht mehr erreichte, wenn ich von hier weggebracht wurde, vielleicht auf eine Sklavengaleere und so wie Russel Crowe in *der Gladiator* in einem Dorf in der Wüste in einer Gladiatorenschule ende und für den Rest meines Lebens um mein Leben kämpfen muss? Mein Smartphone, mein einziger Weg zurück in die Zukunft, lag in der Unterkunft. War es das jetzt schon?

Kapitel 7 – In römischer Gefangenschaft

Sie brachten mich in das Wachgebäude des Garnisonsgeländes, auf dem die Einheit der Römer stationiert war. Ich war froh, dass sie mich nicht in das Lager bei Masada gebracht hatten, das nach Herodes Tod auf einem alten Festungshügel südlich vom Toten Meer von den Römern errichtet worden war. Ich wäre mindestens eine Tagesreise von hier entfernt gewesen. Kleinschmidt hatte mir Bilder von den Ruinen gezeigt. Ich sollte wissen, wo überall die Römer ihre Lager und Befestigungen in der Region hatten, meinte er. Warum hatte er das getan, fragte ich mich in diesem Moment. Hatte er was von meinem Vorhaben geahnt und wollte mich wie ein guter Mentor in jeder Hinsicht darauf vorbereiten? Mein persönlicher *Qui-Gon*? Quatsch! Ich wusste nicht mehr, was ich denken sollte. Ich hatte ja keine Ahnung, was sie mit mir vorhatten. Zum Glück behielten sie mich aber erst einmal in Jericho. Ich musste einfach nur die Ruhe bewahren. Nicht unbedingt einfach, wenn man keine Möglichkeit hat, seinen Anwalt anzurufen.

Das Römerlager in Jericho war eine befestigte Garnisonsstadt, mit Gebäuden aus Stein in typisch römischer Architektur und mit allem, was zu einem möglichst angenehmen römischen Leben gehörte. Eine Stadt für sich, mit öffentlichen Bädern, Tavernen, einem kleinen Marktplatz, Handwerkern, einem Tempelgebäude, einem Versammlungsgebäude und natürlich dem Palast – wenn man das so nennen konnte – des Tribuns, der die stationierte Legion befehligte. Sie schleppten mich einmal quer durch die gesamte Anlage bis zum Wachlokal und warfen mich in eine der wenigen Zellen. Das eigentliche Gefängnisgebäude musste wohl außerhalb oder an einem anderen Platz im Lager hier liegen. Mir kam das Loch, in das sie mich warfen eher wie eine Ausnüchterungszelle für Römer selbst vor. Ich hoffte, sie hatten einfach nur ihren Spaß daran, ihre Stärke zu zeigen und wollten mir einen Schrecken einjagen und mich am nächsten Tag wieder freilassen. Die Zelle war recht karg eingerichtet. Es gab ein Bett aus Stein mit einer Liegefläche, die etwas tiefer war als die etwa fünfzehn Zentimeter breite Umrandung. Darin lag Stroh und eine dunkle Decke aus Filz. In der rechten Ecke neben der Tür befand sich ein Loch im Boden, wahrscheinlich die Latrine. Und das war's auch schon mit der Luxuseinrichtung. Sie schoben mir noch etwas Brei auf einem Zinnteller und eine Karaffe mit Wasser in die Zelle. So ließen sie mich zurück, ohne mir zu sagen, was weiter mit mir geschehen soll. Meine Proteste beantworteten sie mit Gelächter.

Die schwere und mit Eisen beschlagene Holztür hatte keine Sichtluke, aber auf der gegenüberliegenden Seite gab es ein kleines Fenster, das von außen mit schweren, über Kreuz liegenden, gusseisernen Stäben vergittert war.

Ich fand keine Ruhe. Ich legte mich auf das Steinbett und blieb dort fast unbeweglich liegen bis spät in die Nacht, starrte die meiste Zeit an die Decke und achtete dabei auf jedes Geräusch. Meine Sinne waren bis aufs Äußerte angespannt. Ich hätte mitbekommen, wenn sich ein Käfer an der Außenwand seine Fühler putzt. Ich hatte höllische Angst davor, dass die Römer jeden Moment reinkamen, mich rauszerrten und ich ihrer Willkür ausgeliefert war. Parallel dazu schwirrten mir Dutzende Gedanken und Bilder durch den Kopf. Ich sah Nicos Gesicht, wie er sich über mich totlachte während er halbtot in der Küchenecke lag, meine Eltern und meine Freundin, die ich ebenso wenig in meine Pläne eingeweiht hatte. Es war erstaunlich, dachte ich, wie einfach es war, sich eine parallele Existenz aufzubauen, ohne dass es jemandem auffiel. Und wie einfach es auch war, im nächsten Moment, beim Telefonat oder beim Treffen, wieder in die Normalität zu wechseln, indem man sich verhielt wie immer, sich darin ganz normal und wohl fühlte und alles, was nicht da hinein passte, schlicht nicht erwähnte. Man muss nicht lügen, man muss nur einfach nicht alles sagen.

Und es wäre auch nicht aufgefallen, dass ich in der Vergangenheit war. Der Plan war schließlich, zur gleichen Zeit wieder zurück zu kehren, in der ich gestartet war. Der Flug nach Israel und zurück dauerte maximal zehn Stunden. Meine Freundin und ich wohnten nicht zusammen. Ich hätte mich einen Tag mal nicht gemeldet, mehr wäre aus ihrer Sicht doch nicht geschehen. Niemand hätte etwas gemerkt. Aber jetzt? Hier würde es nicht mal auffallen, wenn ich plötzlich fehlte. Es gab mich ja faktisch nicht. Für Bezalel, Doron und Eli war ich nichts als ein Durchreisender, eine vielleicht angenehme aber letztendlich doch flüchtige Begegnung. Eine von vielen. Jesus würde sich nicht weiter für mich interessieren, er hatte andere Dinge im Kopf und mich wahrscheinlich längst vergessen. Und der Gastwirt? Es würde mich nicht wundern, wenn es nicht allzu selten vorkäme, dass Leute hier einfach verschwinden, nachdem man sie ausgeraubt hat. Vor allem Fremde, die niemand kannte. Er würde ein paar Tage warten und sich dann über meine Sachen hermachen. Im Zweifelsfall wären es Diebe gewesen, wenn ich meine Taschen bei einer Rückkehr leer vorgefunden hätte. Versicherungen gegen Diebstahl gab es sicherlich keine.

Ich würde also vielleicht nie zurückkommen und niemand zu Hause wüsste, was mit mir geschehen war. Diese Römer konnten jederzeit reinkommen und mit mir anstellen, was sie wollten. Ich wollte gar nicht wissen, welche Foltermethoden in einem Römerlager in der jüdischen Provinz bei frustrierten Soldaten fern von Heimat, Frau und Kind gerade besonders beliebt waren. Und dann wäre alles vorbei. Panik breitete sich in mir aus. Aber es blieb still. Es war auch kein anderer Gefangener in einer der beiden weiteren Zellen. Für einen Moment fragte ich mich sogar, ob ich der einzige hier war. War ich überhaupt noch in der richtigen Zeit?

Doch dann kam es plötzlich, das Geräusch. Aber es kam nicht vom Gang innerhalb des Gebäudes. Und es war auch kein Käfer, der an der Außenwand entlang krabbelte. Aber es kam von draußen, hinter mir am Fenster.

„Hallo Fremder“, hörte ich eine Stimme leise sprechen.

„Wer ist da?“, flüsterte ich zurück.

„Der, der sich noch nicht für den Wein bedankt hat.“

„Jesus?“

„So ist es, mein Freund.“

„Aber, wie bist du hier reingekommen?“

„Du bist nicht der erste von uns, der in diesem Loch sitzt. Wir kennen Wege, hier unentdeckt einzudringen.“

Eine kurze Pause entstand. Was für ein Typ, dachte ich. Kein Wunder, dass man sich an ihn erinnern würde.

„Was passiert jetzt mit mir?“, fragte ich kurze Zeit später. „Könnt ihr mich hier rausholen?“

„Mach dir keine Sorgen. Die Planung ist schon in vollem Gange. Genau deswegen bin ich gekommen, um dich einzuweihen.“

„Was wollt ihr machen?“ Ich schmunzelte. „Den ganzen Laden in die Luft jagen?“

„Den Laden in die Luft jagen? Was bedeutet das?“

„Schon gut. Das sagt man bei uns so. Das bedeutet … Egal, wie ist euer Plan?“

Ich hörte keine Antwort. „Bist du noch da, Jesus?“

„Ja“, seufzte er. „Du bist ein merkwürdiger Mensch. Als kämst du von einer anderen Welt.“

„Mmm“, machte ich. „So verkehrt liegst du damit gar nicht. Aber der Zeitpunkt ist noch nicht dafür gekommen, es dir zu erzählen.“

„Verdammt“, knurrte er. „Du machst mich ganz schön neugierig.“

„Wenn ich hier lebend rauskomme, wirst du alles erfahren.“

„Erzähl’s mir jetzt.“

„Das geht nicht“, flüsterte ich angestrengt. „Es braucht einige Vorbereitungen. Es ist nicht so einfach. Du würdest es nicht verstehen. Noch nicht.“

Wieder verstrich einen Moment der Stille. Er war doch nicht weggegangen?

„Jesus?“

„Ja, bin noch da“, murrte er.

„Also wie ist der Plan. Ich meine, ich verstehe noch nicht mal, wieso ich überhaupt hier drin bin. Was haben die mit mir vor?"

„Du bist ein Aufwiegler. Wer mit Aufwieglern sympathisiert ist selbst einer. Sie werden wahrscheinlich ein Exempel an dir statuieren wollen."

„Ein Exempel? Und wie bitte soll das aussehen?"

„Wahrscheinlich Kreuzigung", nuschelte er.

„Wie bitte? Ich hab dich nicht verstanden."

„Kreuzigung", sagte er etwas deutlicher. Aber eher beiläufig. Scheinbar schmollte er, weil ich ihm den Grund für mein Kommen vorenthielt.

„Ich soll gekreuzigt werden? Das kann doch nicht wahr sein." Ich ließ mich auf mein Bett zurückfallen. Das konnte nur ein Alptraum sein.

Ich hörte Jesus schwer ausatmen. Ich stand wieder auf und ging zurück ans Fenster. „Wieso sollten sie das tun? Das ist doch vollkommen absurd. Ich habe doch nichts getan!"

„Darum geht es auch nicht", sagte er trocken. „Aber sie haben aus dem letzten Aufstand gelernt. Um die Leute abzuschrecken, wird hin und wieder einer gekreuzigt, von dem man sagt, dass er sich gegen Rom gewandt hat. Die Soldaten bekommen extra Sold, wenn sie einen schnappen. Und die Hohepriester segnen es ab, weil sie ihre Ruhe von den ganzen Wanderpredigern und Aufrührern haben wollen, die nur die Stimmung anheizen."

„Oh Mann, ich kann das einfach nicht glauben", seufzte ich und setzte mich auf dic Bettkante zurück. „Und wie geht es jetzt weiter?"

„Also, ich gehe davon aus, dass du am Sonntag den Hohepriestern überstellt wirst. Sie werden dann ihr Urteil über dich aus religiöser Sicht begründen."

„Warum erst am Sonntag?"

„Morgen ist Sabbat. Da geht gar nichts."

„Ich soll morgen den ganzen Tag in dieser Zelle ausharren?"

„Ist doch egal. Ruh dich aus. Ich dachte, du hättest eine lange Reise hinter dir."

„Tse, also .... Und was, wenn den Römern langweilig ist und sie mich zwischendurch vierteilen wollen?“

„Die haben doch morgen auch Sabbat.“

„Und halten sie sich auch daran? Ich meine, es sind Römer, die haben doch damit nichts am Hut.“

„Ja, das tun sie. Das wurde eingefordert von den Hohepriestern. Und die Römer waren einverstanden. Sie genießen es sogar, einen Tag Ruhe zu haben. Das ist ja der Sinn des Ganzen.“

„In Ordnung“, schnaufte ich. „Sonntag bringen sie mich also zu den Hohepriestern. Und was dann?“

„Der Tempel der Hohepriester liegt am anderen Ende der Stadt. Sie müssen durch eine Reihe kleinerer Gassen, um dort hinzukommen. Immer wieder werden auf dem Weg von den Rebellen versucht, Gefangene zu befreien. Die Römer wissen das, entsprechend mannstark ist ihr Trupp. Es kommt natürlich darauf an, wie wichtig die Person ist. Wir haben alle behauptet, dass wir dich nicht kennen. Ich hoffe, das macht dich nicht erst recht verdächtig.“ Er kicherte.

Ich verdrehte genervt die Augen. Er fand das wohl auch noch komisch. Aber wen wunderte es? Ich meine, was hatte ich mir eigentlich gedacht? Ich war in eine der konfliktreichsten Zeiten an einem der konfliktreichsten Orte gelandet. Und ich hatte keinerlei Erfahrung mit so etwas. In Hamburg gab es höchstens mal eine Prügelei auf der Reeperbahn, und selbst da habe ich mich stets rausgehalten. Und jetzt war ich zwischen die Fronten zweier Parteien geraten, die um ihr Leben und ihre Freiheit kämpften. Und statt Menschenrechtskonventionen gab es hier noch Kreuzigungen und bestimmt weitere kreative Hinrichtungsmethoden.

„Aber wir denken mal, sie werden mit allerhöchstens einem Trupp von zehn Mann losziehen. Das sollte machbar sein.“

„Und wie soll das Ganze von Statten gehen? Ich meine, sie sind bewaffnet und du sagst selbst, dass sie mit einem Angriff rechnen.“

„Ja, aber sie wissen ja nicht, wo wir zuschlagen. Das Stadtgebiet ist groß. Wir werden uns schon eine gute Stelle raussuchen.“

Ich kratzte mich am Kopf. „Und was, wenn die Sache schief geht? Ich meine, die sind wahrscheinlich bis an die Zähne bewaffnet und werden bei einem Anschlagsversuch auf einen Gefangenentrupp sicher keine Rücksicht nehmen. So ein Schwert hat man schnell zwischen den Rippen."

„Ich werde persönlich darauf achten, dass dir nichts geschieht. Vorausgesetzt, du nennst mir endlich deinen Namen."

„Was? Meinen Namen? Hatte ich mich noch nicht vorgestellt?"

„Nein. Bei mir jedenfalls nicht."

„Mein Name ..." Ich überlegte. Spontan fiel mir Obi Wan Kenobi ein, aber ich zögerte. wollte keinen Ärger mit dem Tragen dieses Namens bekommen. Vielleicht nannte ich mich einfach Ben, so wie er es tat. Das war unverfänglich. Und dann? Ben Schneider? Was hieß Schneider auf Latein? Auf die Schnelle fiel mir nur Faber ein, der Architekt, so wie bei Max Frischs Homo Faber. Das war doch fast das selbe, Faber, wie der Fabrikant. „Man nennt mich Ben Faber", sagte ich schließlich etwas hölzern.

„Ben Faber? So eine Namenskombination habe ich noch nie gehört. Ben ist jüdisch, Faber Latein ..."

„Oh, bei uns am Indusfluß ist das recht geläufig, weißt du, man kombiniert den Familiennamen mit dem seiner Tätigkeit."

Ich konnte durch die Mauer Jesus Hirn quasi rattern hören. Dann folgte wohl sowas wie eine Erleuchtung.

„Ben Faber. Der Sohn des Architekten. Ich verstehe ..."

Ich hörte etwas rascheln. „Also gut, Ben", sagte er dann. Offensichtlich war er aufgestanden. „Ich muss zurück. Wir haben morgen einen langen Tag. Ich muss alle Leute zusammen trommeln, wir müssen uns ausrüsten, alles genau planen. Es ist eine Menge zu tun."

„Willst du schon gehen? Was mache ich, wenn sie mich doch morgen holen?"

„Es wird nichts passieren. Ich werde zwischendurch, wenn es mir möglich ist, noch mal vorbeischauen und dir den genauen Ort des Überfalls nennen. Falls nicht, sei einfach darauf vorbereitet, dass wir auf dem Weg zum Tempel zuschlagen werden. Versuch' dann so schnell wie möglich, dich aus dem Griff der Römer zu befreien, damit du nicht in den Kampf involviert wirst. Einer oder zwei von uns werden dich da rausziehen und sofort in eines der Gebäude in der Straße bringen. Die Bewohner wissen Bescheid und unterstützen uns. Während wir die Römer zurückschlagen, werdet ihr über die Höfe verschwinden, bis ihr an unserem Rebellenstützpunkt seid. Alles klar?“

„Wow!“, sagte ich. Für einen Moment überlegte ich, ob ich ihm überhaupt noch was von *Star Wars* erzählen musste. Irgendwie war es ja ohnehin schon fast so. Er nannte es sogar beim Namen: Rebellenstützpunkt! Ich nickte anerkennend. „Ihr seid wirklich gut vorbereitet.“

„Wow?“, fragte Jesus nach. „Wieder sowas, was man bei euch am Indus so sagt?“

„Unter anderem, ja.“

„In Ordnung. Ich muss los. Wir sehen uns dann spätestens am Sonntag.“

So ließ er mich zurück. Ich legte mich mit den Armen hinter meinem Kopf auf das steinharte Bett und fürchtete, dass ich das niemals überleben werde. Das war alles vollkommen verrückt. Was um alles in der Welt machte ich eigentlich hier? Zum ersten Mal wünschte ich, ich würde jetzt einfach aufwachen, in meinem Bett in Eimsbüttel liegen und der Wecker würde mir mächtig auf den Keks gehen. Aber mein erster Blick wäre zum Fenster raus in den Hamburger Morgen. Und alles was ich zu tun hätte, wäre zur Arbeit zu fahren, zu meinem geliebten Arbeitsplatz, mit den Star Wars-Figuren auf dem Tisch und meinem Kylo-Ren Senfglas, das ich mittlerweile als Trinkglas benutzte. Und alles worüber ich mir Gedanken machen müsste, wäre was ich anziehen soll, was ich auf der Arbeit zu Mittag esse, ob die U-Bahn häufiger auf meiner Seite kommt als auf der gegenüberliegenden oder ob ich mal wieder mit dem Fahrrad fahren sollte und vielleicht auch, was mich heute an Arbeit erwarten würde. Aber es würde nicht passieren. Kein Bett in Eimsbüttel, kein Wecker und kein Kylo-Ren Glas. Ich hatte selbst dafür gesorgt. Meine große Klappe hatte dafür gesorgt, dass ich in der Falle saß.

Irgendwann muss ich doch eingeschlafen sein. Ein fürchterlicher Krach weckte mich wieder auf. In Bruchteilen einer Sekunde schoss

Adrenalin durch meinen Körper bis zu meinen Haarspitzen. Jemand hatte den Eisenriegel vor der Tür weggeschoben. Ich riss die Augen auf und erkannte sofort, dass sich drei römische Soldaten in der weit geöffneten Tür vor mir aufgebaut hatten. Zwei von ihnen stürmten auf mich zu, zerrten mich von meinem Bett und warfen mich zu Boden. Einer arretierte mich mit seinem Knie in meinem Nacken während der andere mir schwere, mit einer Kette verbundene eiserne Ringe an den Füßen anlegte. Ich versuchte zwar zu strampeln, aber ich hatte keine Chance. „So Freundchen", rief der eine, der noch in der Tür stand. „Jetzt zeigen wir dir mal wie unser Sabbat hier aussieht!"

Ich fluchte in einer Mischung aus Deutsch und Latein und flehte gleichzeitig, dass sie mich in Ruhe lassen sollen. Ich hätte nichts getan. Sie rissen mich auf die Beine und schleppten mich aus der Zelle. Ich konnte mit den Fußeisen nicht so schnell laufen, wie sie mich zwischen sich vorantrieben und stolperte hinterher, knickte mit dem Fuß um und spürte jetzt schon, wie mir die grob gefertigten Eisenringe die Knöchel und Fersen aufrissen. Aber ich wunderte mich, dass sie meine Hände nicht fesselten. Sie hielten mit ihren Pranken nur meine Arme fest im Griff. So führten sie mich durch den Gang, der in dem Aufenthaltsraum des Wachlokals endete. Dort standen mehrere Tische und Stühle, es gab einen Tresen, auf dem Weinkaraffen aufgebaut waren und ich konnte auf dem Tisch, auf den wir zusteuerten Schalen mit Nüssen und Oliven erkennen sowie einige Trinkbecher. Sie drückten mich auf einen der Stühle. Zwei der Römer setzten sich sodann rechts und links von mir hin und der dritte nahm mir gegenüber Platz. „So!", sagte er und knallte einen Lederbecher mit Würfeln auf den Tisch. „Ludamus! Lasst uns spielen!"

Ich saß also am 15. Januar im Jahre 28 nach Christus mit drei Römern in ihrem Wachlokal mit Eisenringen an den Füßen und spielte mit ihnen ein Würfelspiel. Und das gar nicht mal so schlecht. Wir spielten bis spät in den Abend und ich gewann insgesamt sieben Mal. Zwischendurch machten wir sogar einen kleinen Spaziergang durch das Lager und ich konnte viele weitere Römer hier sehen.

Nicht nur Soldaten, auch Frauen und Kinder. Manche wohnten also mit ihren Familien hier. Klar, warum auch nicht? In den britischen Kasernen in und um Hamburg fand auch ein Familienleben statt. Die Frauen lebten dort, arbeiteten nicht selten selbst beim Militär und die Kinder gingen dort zur Schule. Warum sollte das hier anders sein. Sie nutzen den freien Tag mit ihren Männern und genossen das römische Leben auf dem Garnisonsgelände. Natürlich gafften nicht wenige, als ich in Geleitschutz meiner drei Wachsoldaten und den Fußfesseln über die gepflasterte Straße hoppelte. Manche warfen mir zwar blöde Sprüche hinterher, aber für die meisten war es wohl ein gewöhnliches Bild, dass die Gefangenen am Sabbat eine Runde durch das Lager drehten. Oder sollte man besser sagen, sie wurden vorgeführt?

Als wir zurück ins Wachlokal zurückkamen, ließen sie mich sogar auf ihre Latrine, die um einiges komfortabler war, als das Loch in meiner Zelle. Ich konnte meine Notdurft verrichten und dabei sogar römische Klosprüche lesen, die die Soldaten in den Kalk geritzt hatten. Einige davon kannte ich sogar von meinem Besuch im Römerpark in Xanten.

Natürlich versäumte ich nicht, mehrfach darauf aufmerksam zu machen, dass ich nicht verstehen würde, warum ich gefangen gehalten wurde und dass ich nichts verbrochen hätte. Aber das interessierte sie herzlich wenig. Das würden nicht sie entscheiden, sondern die Hohepriester und letztendlich der Präfekt des römischen Kaisers Tiberius, der die Provinzen Judäa und Samaria befehligte.

Ich beteuerte, dass ich mit dem Konflikt nichts am Hut hätte, dass ich nicht mal Jude wäre und ich demnach auch nicht von den Hohepriestern verurteilt werden können, sondern dass ich eine ganz andere friedfertige Religion hätte und so weiter. Aber all das änderte an ihrer Einstellung nichts. Natürlich nicht, sie waren Befehlsempfänger und versuchten, ihren Tag so gut wie möglich rumzubringen. Um mich zu beruhigen sagten sie dann aber, dass ich das alles bei meinem Prozess anführen könne. Ob es was bringe, müsse ich abwarten. Damit solle ich mich nun zufriedengeben.

Ich konnte das einfach nicht glauben. Das war doch alles ein verrückter Alptraum, in den ich hier hineingeraten war. Zu guter Letzt versprachen sie mir sogar noch, mir direkt nach der Kreuzigung eine Lanze ins Herz zu stoßen, damit ich nicht solange leiden müsst. Das hätte bei den anderen auch immer geholfen. Ich trank so viel Wein wie ich konnte und war irgendwann sturzbetrunken. Ich konnte nur hoffen, dass Jesus Plan funktionierte.

Irgendwann brachten sie mich zurück in meine Zelle. Ich war vollkommen erschöpft. Mein letzter Gedanke galt der Normalität des Todes hier, die mich an die Massenexekutionen des IS oder der SS erinnerten. Wenn ich diese Bilder sah, fragte ich mich immer, ob die Menschen, die hingerichtet wurden, sich bereits damit abgefunden hatten. Beschleicht einen ein Taubheitsgefühl, wenn man weiß, dass man sterben wird. Hofft man als gläubiger Mensch auf Gerechtigkeit im Jenseits? Wie wenig oder wie viel Bedeutung hatte für sie das hiesige Leben? Hingen sie so sehr daran wie ich, der Atheist? Ich wollte meines jedenfalls nicht so ohne Weiteres aufgeben. Aber was, wenn die Hinrichtung wirklich nicht mehr aufzuhalten war? Ich wollte doch nicht hier schon sterben. Alles drehte sich, vom Alkohol und von diesen zermarternden Gedanken. Die Ohnmacht meiner Situation ließ mich schließlich in eine echte Ohnmacht fallen. Mit dieser Panik im Körper verfiel ich in einen zähen Schlaf.

Ein ununterbrochenes Kratzen an der Wand ließ mich Stunden später wieder aus dieser betrunkenen Trägheit aufwachen.

Es war Jesus. Er war gekommen, um mir den Ort zu nennen, an dem sie die Römer attackieren wollten.

Ich hörte mich fragen, ob Jesus mich retten werde und er antwortete: ja. Dabei war ich doch derjenige, der die Geschichte umschreiben wollte.

Als ich am nächsten Morgen zu meinem Prozess geweckt wurde, hatte ich höllische Kopfschmerzen. Mein Kopf fühlte sich an wie ein aufgeblasener Luftballon und ich fragte mich, wie ich damit in der Lage sein sollte, vor die Hohepriester zu treten und mich in einer fremden Sprache zu verteidigen. Das Wachpersonal hatte gewechselt und die neuen Soldaten gingen weitaus ruppiger mit mir um, als meine Spielkameraden vom Vortag. Als sie mich auf die breite Lagerstraße schleppten, die bis zum Ausgang führte, blendete mich das grelle Licht und das Gelächter der umstehenden römischen Soldaten gab mir eine Ahnung davon, wie sich die Menschen damals gefühlt haben mussten, wenn sie ihrer Hinrichtung nah waren. Mein Mund war ausgetrocknet und mir war speiübel. Ich hatte schrecklichen Durst und war kurz davor, mir in mein Leinenhemd zu pinkeln. Mit einer Dornenkrone auf dem Kopf wäre das meine persönliche Via Dolorosa geworden. So zumindest verging ich in eigenem Mitleid. *Ich will noch nicht sterben*, wiederholte ich immer wieder. Die Vorstellung, dass die Befreiungsaktion schief gehen könnte, bohrte sich tief in meinen lahmen Verstand.

Wie Jesus vermutet hatte, wurde ich am Eingang einem Trupp von zehn Mann übergeben, einer Dekurie. Offenbar wurde ich also nicht als Staatsfeind Nummer Eins angesehen. Vielleicht ließen sie mich ja doch einfach wieder gehen, wenn die Hohepriester gesehen hatten, wer da in ihre Stadt gekommen war. Wenn sie erkannten, dass ich keine merkwürdigen, umstürzlerischen Ideen mitbrachte, sondern ein einfacher Fremder ohne böse Absichten war, würden sie mich ohne Anklage ziehen lassen. Ich musste sie nur davon überzeugen, dass ich rein zufällig in diesen Menschenauflauf geraten und nach bestem Wissen und Gewissen einem in meinen Augen Unschuldigen helfen wollte, Was wusste ich denn schon von den Dingen, die hier geschahen? Sie fürchteten die Lehren Zarathustras, der vom Kampf zweier Gottheiten sprach, für die sich der Mensch zu entscheiden hatte. Außerdem sprach Zarathustras Gott zu allen Menschen, nicht nur zu den Israeliten. Vielleicht fürchteten sie auch die Ideen Siddharthas, die gar keinen Gott kannten, sondern nur die Erleuchtung des Selbst, das Licht der Erkenntnis, das in jedem wohnte, nicht nur in Gott und den Hohepriestern? Die Römer jedenfalls fürchteten neue Rebellen, die das römische Imperium bedrohten, das war klar. Und die Hohepriester sehr wohl diese neuen Ideen, die ihre religiöse Deutungshoheit bedrohten. Wenn sie aber sahen, dass von mir in dieser Hinsicht keine Gefahr ausging, hätte ich vielleicht eine Chance. Ich musste nur so harmlos und unwissend wie nur irgend möglich wirken. Nichts weiter als ein Durchreisender sein, der seine Verwandten besuchen will. Möglichst weit entfernt von diesem Ort.

Nachdem ich mich an das Tageslicht gewöhnt hatte, fühlte ich mich schon wieder etwas besser. Ich durfte sogar unter Bewachung gegen eine Palme pinkeln. Und mit dem Gedanken im Hinterkopf, wie ich den Hohepriestern gegenübertreten konnte, fühlte ich mich auch wieder etwas sicherer. Das geschichtliche Hintergrundwissen gab mir einen strategischen Vorteil. Ich würde ihnen nach dem Mund reden, falls es denn tatsächlich soweit käme. Die manichäischen Ideen vom Kampf zwischen Licht und Finsternis, die auch das Fundament von *Star Wars* bildeten, würde ich tunlichst für mich behalten. Das wollte ich mir für Jesus aufheben.

Kapitel 8 – Die Befreiung

Je näher wir dem Ort kamen, an dem Jesus und seine Männer zuschlagen wollten, rechnete ich damit, dass es passieren würde und auch funktionieren könnte. Ich hätte platzen können vor Aufregung. Meine Stimmung kippte in eine diebische Vorfreude, ich hatte es geschafft, mir wieder Mut zuzureden und fühlte mich wie im Zeltlager, wenn eine verfeindete Zeltgruppe der anderen auflauerte, um sie zu überfallen und das Banner abzunehmen, und ich war der einzige, der eingeweiht war.

Der Trupp lief weit auseinandergezogen. Ich vermutete, das diente dazu, alles möglichst gut im Blick zu haben und im Falle eines Angriffs nicht umzingelt werden zu können. Ich selbst war jedoch eng von vier Mann umgeben, damit ich nicht unerwartet ausbrechen konnte. Aber weit würde ich ohnehin nicht kommen. Diesmal hatten sie mir auch die Hände auf dem Rücken in Ketten gelegt, meine Knöchel waren von den Eisenringen schon blutig und jeder weitere Schritt grub sich schmerzhafter ins wunde Fleisch hinein. Aber so wie Jesus es mir erklärt hatte, sollten wir nicht mehr weit vom Anschlagsziel entfernt sein.

Sobald die Römer mit mir einen der offeneren Plätze passiert hatten und auf eine engere Gasse zusteuerten, wurden sie besonders aufmerksam und nervös. Vorhut und Nachhut beobachteten Anfang und Ende der Gasse. Die vier Soldaten dazwischen schauten ausschließlich nach oben zu den Dächern. Es war offensichtlich, dass sie schon öfter in solche Fallen geraten waren. Ich fragte mich, warum sie diese Gassen dann nicht mieden. Aber ich fragte sie natürlich nicht. Sie würden schon ihre Gründe haben und auch einen Plan, wie sie sich bei einem Angriff verhalten wollten. Anders konnte ich mir ihre Taktik nicht erklären. Ich lief einfach nur mit, schwieg und versuchte, den Schmerz an meinen Fesseln zu ignorieren. Ich dachte nur noch an das, was ich Jesus sagen werde, wenn ich diese Situation überstanden hatte, daran, wie ich meine Star Wars Vorführung vorbereiten und wo ich es ihm zeigen wollte. Ein alter Trick, der mir ein guter Freund mal verriet, als ich kurz vor meiner Fahrprüfung stand. Er sagte: denk nicht über die Prüfung nach, sondern über deine erste Fahrt, wenn du den Führerschein hast.

Plötzlich flog eine Tür mitten in der Gasse krachend auf, und es war nicht die Gasse, die wir verabredet hatten. Vertrauten sie mir nicht oder planten sie, auch mich zu überraschen? Im gleichen Moment hagelte es Steine von den Dächern. Dutzende schlugen mit großer Wucht auf dem Boden auf. Es dauerte keine Sekunde und die Römer schlugen Alarm, sowohl verbal als auch mit ihren Hörnern. Gleichzeitig zogen sie sich zum Schutz in die Hauseingänge zurück, so dass sie nicht mehr getroffen werden konnten. Zwei der Angreifer, deren Gesichter bis auf einen Sehschlitz mit Tüchern bedeckt waren, kamen aus einer der geöffneten Türen heraus gestürmt und wurden von den zwei Römern, die mich umstellt hatten, sofort mit ihren Schwertern in Schach gehalten, während mich die anderen beiden in den gegenüberliegenden Eingang zerrten. Ich konnte noch sehen, wie mindestens zwanzig oder dreißig Römer von beiden Seiten in die Gasse hereingelaufen kamen und in den Hauseingängen verschwanden. Sie waren also vorbereitet und würden nun versuchen von den Innenräumen aus auf die Dächer zu kommen und dort die Attentäter anzugreifen. Verdammt! Die Sache drohte tatsächlich zu scheitern. Die Römer zogen mich in den Raum hinein, ein älterer Mann und seine Frau saßen da. Sie erschreckten sich bei unserem Anblick fürchterlich. Vor meinen Augen sah ich durch die offene Tür, wie einer der Rebellen von einem Schwerthieb getroffen auf den Steinboden sank. Ich versuchte mich loszureißen, aber einer der Römer rammte sein Knie in meine Kniekehle, so dass ich zu Boden ging während der andere mit gezücktem Schwert auf die Angreifer wartete. Von oben hörte ich ein Rumpeln und Schreien und Klingen, die aufeinanderschlugen: Römer, die gegen die Steinwerfer vorgingen. Wir hatten nicht sie, sondern die Römer uns überrumpelt. Da draußen tobte ein Kampf, den wir zu verlieren drohten. Bald hörte ich nur noch römische Befehle und aramäische Flüche. Zumindest ging ich davon aus, dass es welche waren.

Die zwei Römer bei mir blieben in Position. Noch war die Gefahr für sie nicht gebannt. Sie warteten auf den Befehl, dass sie mich wieder nach draußen bringen können. Doch plötzlich stürmten mehrere Männer von der Hintertür aus, die vermutlich zum Hof führte, in den Raum. Ich konnte nicht sehen wie viele es waren, aber es waren viele und es waren keine Römer. Sie stürzten sich sofort auf die beiden Soldaten. Der vordere drehte sich um, als er die Männer heranstürmen sah, aber er hatte keine Zeit mehr sich zu wehren. Einer von ihnen hatte ihm schon ein Schwert in den Bauch gerammt. Der Mann hielt dem Soldaten den Mund zu, so dass dieser nicht schreien konnte und schaute ihm beim Sterben mit sanftem Blick in die Augen. An der Kleidung konnte ich sehen, dass es Judäer waren. Vor dem Gesicht und über dem Kopf hatten sie ein Tuch gebunden. Aber wer waren die Angreifer? Wie viele Männer hatte Jesus? Ich konnte hören, wie der zweite Römer, der hinter mir stand, zu röcheln begann. Kurz darauf tropfte eine warme Flüssigkeit in meinen Nacken und der Soldat brach zusammen. Ich roch sein Blut und mir wurde schlecht.

Die Rebellen rissen mich hoch und schleppten mich zum hinteren Ausgang. Ich drehte mich kurz noch mal um und sah die toten Römer dort liegen. Ich schaute in die entsetzten Augen des alten Paares. Zum Glück war es für sie nur bei einem Schrecken geblieben. Keiner von beiden war verletzt worden. Ich hätte mich gern bei ihnen entschuldigt, aber alles passierte so schnell. Am Türrahmen zum Hof konnte ich Jesus stehen sehen, der mir zunickte und lachend die Faust ballte. Wahrscheinlich wollte er mir mit der Geste Mut machen.

„Was ist passiert?", fragte ich ihn, während wir über den Hinterhof zum gegenüberliegenden Haus hetzten. „Warum nicht am vereinbarten Ort?"

„Die Zeloten haben uns einen Strich durch die Rechnung gemacht. Sie wollten dich wohl unbedingt haben", antwortete Jesus recht süffisant.

„Das waren Zeloten?", fragte ich erstaunt. „Warum? Was wollten die von mir? Woher? Ich meine …"

Jesus lachte. „Tja, du bist hier mittlerweile schon zu einer Berühmtheit geworden durch deinen Auftritt auf dem Marktplatz."

Wir liefen durch verschiedene Höfe und schmale Gassen, durch Keller und unterirdische Gänge. Uns wurden von den hier lebenden Menschen die Türen aufgehalten und hinter uns wieder verschlossen. Gänge waren leergeräumt, um uns den Weg frei zu machen und sobald wir über einen weiteren Hof kamen, bewachten sie die Zugänge und hielten die Türen nach draußen verschlossen, damit keiner unserer Verfolger durchbrechen konnte. Wer uns nicht von Anfang an folgte, würde uns nicht mehr hinterherkommen können. Irgendwann kamen wir in einen unterirdischen Raum. Ich hatte keine Ahnung, wie viele Abzweigungen wir mittlerweile genommen hatten oder wie lange wir unterwegs gewesen waren. Aber mir kam es unendlich vor. Mit anderen Worten, ich hatte keinen blassen Schimmer davon, wo wir uns in Jericho befanden und ob wir überhaupt noch in Jericho waren. Aber das wichtigste war: die Hetzjagd war vorbei und wir waren am Ziel.

Der Raum, den wir betraten, war relativ dunkel, schließlich befand er sich unter der Erde und es traf kein natürliches Licht ein. Überall waren jedoch Kerzen und Feuerschalen aufgestellt, um uns genügend Licht zu spenden. Er war recht groß und offensichtlich Teil eines Höhlensystems. Wie viel davon künstlich war und wie viel natürlich, konnte ich auf die Schnelle nicht erkennen; Mauerwerk entdeckte ich zumindest keines. Sicherlich gab es von dort auch direkte Zugänge, die nach draußen führten. Diesen langen Weg werden sie wohl kaum jedes Mal gehen, wenn sie ans Tageslicht wollten. Stellwände und Tücher unterteilten den Raum mehrfach, wahrscheinlich verbargen sich dahinter private Zonen. Mehrere Männer und Frauen erwarteten uns. Ich erkannte Maria und Sarah unter ihnen. Sarah trat Jesus entgegen und legte ihre Wange gegen seine. Gleichzeitig hielt sie meinen Arm zur Begrüßung fest und lachte mich an. „Großartig. Ihr habt es geschafft. Ich begrüße dich, Ben. Du bist jetzt bei den Lichtkriegern."

Ich bedankte mich und das erste was ich danach dachte war: das ist also der Rebellenstützpunkt.

Jesus ging auf die Männer zu, die sich im Raum versammelt hatten und drehte sich darauf zu mir. Nacheinander begann er, mir seine Leute vorzustellen.

„Da sind wir also, Ben. Herzlich Willkommen!", sagte er beschwingt.

Er nahm den ersten in den Arm und legte seine Fingerspitzen auf dessen Brust. Beide lächelten mich verstohlen an. „Das ist Simon. Simon Petrus. Mein Fels in der Brandung. Er war von Anfang an mit dabei." Ich musste mich zusammenreißen nicht zu sagen: *Ja ich weiß*. Stattdessen presste ich die Lippen aufeinander und nickte ihm anerkennend zu. Jesus ging zum nächsten, der im Halbkreis um mich stand und nahm ihn freundschaftlich mit beiden Händen auf den Schultern in die Mitte. „Und das ist sein Bruder Andreas."

„Sei gegrüßt", sagte der.

Ich hob die Hand zum Gruß und erwiderte: „Ich freue mich, dich kennenzulernen."

Jesus ging weiter und hob jeden durch Berühren der Schulter hervor. „Jakobus, der Sohn des Zebedäus. Und dessen Bruder Johannes. Das ist Philippus. Bartholomäus. Thomas. Hier haben wir Matthäus, einen ehemaligen Steuerpächter." Jesus hob die Brauen und grinste bei ihm besonders. Ich reichte ihm die Hand während Jesus zum nächsten ging und ihn nach vorn ins Licht holte. „Jakobus, Sohn des Alphäus. Thaddäus, Sohn des Jakobus. Und das ist Simon aus Kanaa." Jesus rüttelte ihn leicht und hob hervor, dass es sich bei ihm um einen Zeloten handeln würde. Genauso wie bei Judas Iskariot, den er mir als letzten vorstellte. „Iskariot, das heißt, er ist ein Sikarier, ein Messerkämpfer. Den Dolch führt er stets eng am Gürtel mit sich. Die Sikarier sind die schlimmsten", lachte Jesus und fügte hinzu: „Auch er kam von den Zeloten zu uns."

Judas ging auf mich zu und drückte mit beiden Händen meine Hand. „*Kam,* wohlbemerkt. Jetzt bin ich ein Lichtkrieger wie sie. Und ich sage es gleich: wer auch immer unseren Plan an die Zeloten verraten hat, ich war es nicht." Ich grinste ihn an. „Das hätte ich auch niemals gedacht", erwiderte ich. Es war Judas, der dem Römer hinter mir seinem Dolch durch die Kehle gezogen hatte. Ich hatte ihm kurz nach der Tat durch seinen Augenschlitz in die Augen geschaut und erkannte ihn nun wieder. Seinen kurz getrimmten Vollbart, den er jetzt offen zur Schau stellte hatte er bei dem Überfall mit einem Tuch abgedeckt.

Sie baten mich an eine große Tafel, die mitten im Raum stand und tischten Essen und Getränke auf. Ich griff ordentlich zu. Erst mal musste ich meinen unbändigen Durst löschen. Und zum Glück standen nicht nur Wein, sondern auch Wasser auf dem Tisch. Hunger hatte ich auch. Also nahm ich mir Brot, Käse und Oliven und baute mir daraus ein Sandwich. Es war köstlich. Alle sahen mir zu und amüsierten sich. „Ein Tag im Gefängnis", lachte Petrus, „und der Kerl ist schon vollkommen ausgemergelt."

Es war offensichtlich, dass sie sich darüber freuten, mich in ihrer Mitte zu haben. „Ben Faber", sagte Jesus grinsend, so dass man das Brot zwischen seinen Backenzähnen hervorblitzen sehen konnte, „vom Indusfluss. Das war eine spektakuläre Rettung, nicht wahr?" Er kippte das Brot mit einem Schluck Wein herunter und sprach weiter, bevor ich antworten konnte. „Wir hatten wirklich nicht mit den Zeloten gerechnet. Aber als du dich für Doron geopfert hattest, ging die Nachricht wie ein Lauffeuer durch Jericho. Als würden die Posaunen wieder geblasen." Er warf noch ein paar Brotreste von einer Backentasche in die andere. „Wir werden dich eine Weile hierbehalten müssen, bis sich der Lärm da draußen ein wenig gelegt hat. Sie werden nach dir suchen."

Ich hatte meinen Mund noch voll und zwinkerte ihm zustimmend zu. „Ja, spektakulär, das kannst du wohl sagen. Hätte nicht gedacht, dass die Sache so blutig abläuft."

„Nun ja“, lachte Jesus und breitete die Arme aus. „Wir sind nicht gekommen den Frieden zu bringen, sondern das Schwert, mein Freund. Wie sonst sollen wir uns gegen die Römer wehren? Steine und Schwerter gegen Steine und Schwerter. Feuer gegen Feuer. Wir sind nicht schwächer als sie.“

Ich grinste ihn an und dachte nur, du bist genau der Richtige, um das Gleichgewicht zu bringen. Meine neue Hoffnung.

Jesus sprach weiter von den Zielen der Lichtkrieger, aber ich hörte ihm schon gar nicht mehr zu. Denn ich musste an ein Gespräch denken, das ich schon vor einigen Jahren mit Nico geführt hatte. Darin hatte ich behauptet, dass Jesus nicht der liebe Mann war, für den ihn alle hielten, nicht der, der sich aufopferte, um die Menschheit von den Sünden zu befreien, nicht derjenige, der die rechte Wange hinhielt. All das waren Dinge, die ihm erst Jahre später zugeschrieben wurden, als die Bewegung der Christen schon einen Märtyrer aus ihm gemacht hatte und als es darum ging, die Obrigen davon zu überzeugen, dass es sich bei ihm um einen Freund handelte und nicht um einen Feind, der ihre Macht bedroht. Natürlich war dieser Jesus ein charismatischer Typ, ein Anführer, einer, der seine Anhänger überzeugen konnte und einer, der sie ermahnte, nicht den Gotteslästerern und Ungläubigen zu folgen, sondern dem rechten Weg Gottes, der das auserwählte Volk wie schon einmal aus der Knechtschaft in die Freiheit führt. Aber nicht ohne kriegerische Mittel. Jesus befand sich im Kampf. Ich hatte damals gesagt, dass Jesus aus Sicht der Römer ein Terrorist war, wie Osama Bin Laden aus Sicht der USA und ihren Verbündeten. Aber aus Sicht seiner Anhänger war er ein Held. Nico widersprach mir heftig. Auch wenn er sich selbst nicht als Supergläubigen sah, so war es ihm doch ein Dorn im Auge, Jesus mit Bin Laden verglichen zu sehen. Aber ich sagte ihm, dass er nicht zu dieser Bedeutung gelangt wäre, wenn er nicht ein bedeutender Rebell gewesen wäre. Um die Stimmung nicht weiter aufzuheizen, vermied ich den Begriff *Terrorist.* Ich sagte, die Römer hätten ihn niemals auf diese Art hingerichtet. Dass die Juden darauf bestanden war für mich eine Mär, die zu Beginn des Christentums dazu diente, sich als noch junge Bewegung deutlich vom Judentum abzugrenzen. Auch später bediente sich das Christentum immer wieder des Antisemitismus. Es war nichts Ungewöhnliches, die Juden für Ernteausfälle und wirtschaftliche Krisen verantwortlich zu machen. Die Moorleichen waren ein gutes Beispiel dafür. Selbst Luther wetterte in seiner umfangreichen Schrift „Von den Juden und ihren Lügen" aufs Heftigste gegen die Juden, um damit den eigenen Glauben zu festigen. Und was im zwanzigsten Jahrhundert passierte, wissen wir ja. Die Ressentiments der Bevölkerung, die diesen Holocaust schweigend unterstützte waren jedoch tief verwurzelt und begründeten sich in einem Missverständnis, dass schon im Urchristentum geschaffen wurde. Der Gründer einer neuen Religion, der sich für die Bewegung im Kampf gegen Rom geopfert hatte, musste gefeiert werden. Da Rom aber siegte und diese Bewegung als neue Gefahr niederschlagen wollte, wurde sie einfach umgedeutet, um sie hoffähig zu machen. Hey, unser Gott und sein Sohn sind nicht die Bösen, sie sind die Guten. Sie stehen auf eurer Seite. Nico lachte mich aus. So einen Quatsch hätte er ja noch nie gehört, schimpfte er. Ich aber sagte ihm, pass auf, wenn Al Quaida gewinnt – zur Zeit dieses Gesprächs gab es den IS noch nicht – also, wenn Al Quaida gewinnt, dann wird man in hundert Jahren Osama Bin Laden zu einem Heiligen erklären, vielleicht sogar zu einem Vorläufer einer neuen, noch radikaleren Auslegung seines Glaubensverständnisses, als es der Wahabismus ohnehin schon war. Und man wird ihn natürlich zu den Guten zählen, zu denjenigen, die für ihr Volk gekämpft und sich dafür geopfert haben. Vielleicht würde man ihn auch zu einem Gott machen, zumindest aber zu einem neuen Propheten. Und man wird heilige Bücher über ihn schreiben, in denen sowas steht wie: Und seht, dann sprach er zu seinen Jüngern, euch wird eine schwierige Aufgabe zu Teil kommen, aber ich verheiße euch den Sieg. Denn nur der Gläubige wird das Paradies sehen. Und so lehrte er sie das Fliegen, dass sie sich gegen den das Böse erheben mögen und seht sie stiegen in die Luft und beherrschten den Himmel. Und sie brachten mit ihrem festen Glauben die Türme des Mammons zum Einsturz. Und die Erschütterung war groß und weckte alle Engel, um dem Propheten im Kampf gegen die Ungläubigen beizustehen.

Sie rüsteten die Krieger Gottes und standen ihnen bei. Und so ward der Sieg denen, die geglaubt haben. Gelobt sei Osama!

Ich bemerkte, wie Jesus am Ende seines Satzes die Stimme anhob. Er hatte mich also etwas gefragt.

„Hörst du mir überhaupt zu?“, sagte er dann.

„Entschuldige, ich bin etwas erschöpft. Wir müssen noch meine Sachen aus der Herberge holen. Wie wollen wir das machen? Es wird doch wimmeln von Römern da oben. Wie wird die Bevölkerung reagieren?“

„Schwer einzuschätzen. Ich denke, die meisten werden nun verleugnen, dich gekannt zu haben. Wir sollten wie gesagt erst mal ein paar Tage hierbleiben. Dann werden die Römer ihre Suche bald aufgeben, weil sie davon ausgehen, dass du das Weite gesucht hast.“

„Ich brauche meine Sachen, Jesus. Ohne, kann ich dir nichts von mir erzählen. Sie sind wichtig.“

„Ist gut, ist gut. Ich werde jemanden schicken, sie zu holen.“

„Nein, das geht nicht. Ich möchte dabei sein.“

„Vertraust du uns nicht?“

„Doch sicher. Das hat damit nichts zu tun.“ Ich schaute in die Runde. Alle Blicke ruhten auf mir. Ich zog die Brauen zusammen, als wollte ich mich entschuldigen. „Es gibt nur ein paar Dinge, die ich gern selbst tragen möchte. Es … es hat ideelle Gründe.“

Jesus legte seine Hand auf meine Schulter. „Also gut, Ben. Wir gehen morgen Nacht. Und nun iss weiter. Es soll dir an nichts fehlen.“

Nach dem Essen wiesen sie mir einen Platz zum Schlafen zu. Ich wusch mich und legte mich recht früh hin. Ich brauchte ein wenig Ruhe und die gewährten sie mir auch. Das was heute passiert war, gehörte nicht mehr in die Erfahrungswelt eines Mittdreißigers aus Norddeutschland. Tote kannten ich und meinesgleichen nur aus dem Fernsehen. Und wenn man sie überhaupt gezeigt bekam, dann nur dann, wenn sie bereits tot waren. Einen Kampf, einen Meuchelmord, Blut, das durch gewaltsam zugeführte Stichverletzungen floss, hatte ich noch nicht gesehen. Der Gefahr, tatsächlich hingerichtet zu werden war ich noch nicht ausgeliefert. Das musste ich erst mal verarbeiten. Dabei erinnerte ich mich gut an eine Unterhaltung, die ich mit einem Kollegen in der Mittagspause hatte. Ich sagte ihm, das Schlimmste, was ich befürchtete wäre, noch einmal einen Krieg erleben zu müssen. Das, was für mich in den Jahren, in denen ich aufgewachsen bin, unvorstellbar war, war wieder in eine mögliche Zukunft gerückt. Bis in meine Zwanziger war ich davon ausgegangen, dass mein Arbeits- und Rentnerleben von einem gewissen Wohlstand, einem Dach über dem Kopf, genügend zu Essen, fließendem Wasser und einer Heizung, die man jederzeit ein- und ausschalten konnte geprägt sein würde. Das hatte sich in den letzten Jahren geändert. Ich musste an die vielen alten Menschen in den Weltkriegen denken, die in Ruhe ihre letzten Jahre verbringen wollten und noch einmal in die schrecklichsten Ereignisse eines Krieges gerissen wurden. Sie hatten ihr Zuhause verloren, wurden ausgebombt oder vertrieben, sie waren Entbehrungen ausgesetzt, Hunger und Kälte. Natürlich waren darunter auch viele, die zuvor „Hurra!“ geschrien hatten, als genau das gleiche Leid durch deutsche Hand anderen Menschen zugefügt wurde. Das Wesentliche meiner Überlegung war, dass es überhaupt passierte und dass man niemals davor geschützt war. Auch ich könnte all das noch im hohen Alter erleben: Hungern, Frieren, auf der Straße sitzen und nicht wissen wohin, vor Bomben und Gewalt fliehen und vielleicht elendiglich irgendwo verrecken. So viele Menschen hatten es erlebt und erlebten es gerade in anderen Teilen der Welt wieder. Aber wo war der Unterschied? Noch lebten wir auf einer Insel des Friedens. Ich fragte mich, wie lange noch. Und mein Kollege gab mir recht.

Der nächste Tag verlief relativ ruhig. Jesus war mit ein paar seiner Lichtkrieger unterwegs, während ich im Lager zurückblieb. Sie wollten schon einmal die Herberge auskundschaften, den besten Weg raussuchen, sehen, ob nach mir gesucht wurde. Ich hatte mich ohnehin gefragt, wie es passieren konnte, dass ich so schnell bekannt wurde. Maria erzählte mir beim Frühstück, dass Eli geplaudert hatte nachdem Doron wieder bei ihm war. Jeder wollte natürlich wissen, wer derjenige war, der sich für Doron geopfert hatte. Doron habe sich zurückgehalten, aber Eli hatte wohl ein bisschen übertrieben. Er war sichtlich stolz gewesen, mich zu kennen, erzählte sie, und er hatte von meiner Herkunft und meinen Weisheiten berichtet, die ich vom Indus mitgebracht hatte. Vielleicht, sagte ich mir, hätte ich auf dem Boot nicht so viel herumphilosophieren sollen. Es war klar, dass meine Kenntnisse über andere Religionen, deren Vergangenheit und Zukunft mich wie einen Seher hatten erscheinen lassen. Es hatte mir wie immer Spaß gemacht, ein wenig mit Wissen zu prahlen, über Dinge, die noch geschehen werden und die ich ihnen als vorausschauende Vermutungen verkauft hatte. Doron hatte seine Zweifel, aber Eli war mir nicht von den Lippen gewichen. Ich musste mich also nicht wundern, wenn er vor seinen Zuhörern ebenso geprahlt hatte.

Die Zeloten waren untereinander verstritten und ein Teil von ihnen suchte nach einem neuen, bedeutenden Anführer. Es war ihnen nicht verborgen geblieben, dass Jesus neue Lichtkriegerbewegung immer mehr Freunde und Zulauf fand. Und nachdem Eli auch noch erzählen musste, dass ich die Bootsfahrt bar mit Silberschekel und aus einem gefüllten Beutel bezahlt hatte, wurde ich natürlich noch interessanter für sie. Ich hoffte nur inständig, dass Jesus recht behielt, dass ich genauso schnell wieder vergessen würde, wie ich zur Berühmtheit gelangt war.

Jesus und seine Mitstreiter kamen am späten Nachmittag zurück. Wie ich von ihnen erfuhr, hatte der Gastwirt mich nicht verraten. Die Römer seien zwar da gewesen und hätten nach mir gefragt, wie in jeder Unterkunft in Jericho, aber mein Vermieter hatte tatsächlich die Klappe gehalten. Jesus grinste über beide Backen. Auch Shlomo, so hieß der Gastwirt, unterstütze unsere Bewegung, lachte er. Es würden immer mehr. Die Aktion, die gar keine große Aktion werden sollte, konnte also starten. Die Zeloten, sagte er, hätten sich zurückgezogen und würden zunächst mal ihre Wunden lecken. Vielmehr hieß es, strebten sie nun ein Bündnis mit uns an, nachdem sie gemerkt hätten, dass unsere Bewegung immer stärker wurde. Das war genau der Ansatz, den ich brauchte, um meine frohe Botschaft zu verkünden. Jetzt musste ich nur noch genau planen, wie. Und vor allem, an welcher Stelle ich mit meiner Lehre ansetzen sollte. Bislang war ich davon ausgegangen, dass er stark beeindruckt von den Reden von Johannes dem Täufer war und vieles davon in seinen Botschaften und Predigten übernommen hatte. Aber anscheinend war das nicht so. Der Täufer sei ihm viel zu lasch und harmlos, hatte er gesagt. Um aus ihm einen Jedi zu machen, musste aber auch eine Portion Liebe her. Die helle Seite der Macht kam zwar nicht ohne Gewalt aus, aber ohne das Gute war sie wirkungslos. Ich würde mich ein bisschen beim Buddhismus bedienen, um genügend Harmonie und Achtsamkeit in meine Botschaft zu bringen. Nur so würde Jesus weltweit erfolgreich sein. Die Frage war nur, wann und wo? Mein ursprünglicher Plan war, ihn mit in die nahegelegene Wüste zu nehmen, für die bekannten 40 Tage, bis er soweit mit *Star Wars* geimpft war, dass er den Rebellen von nichts anderem mehr erzählte und seine Heilslehre darauf aufbaute. Aber jetzt war ich ja schon im Rebellenstützpunkt. Sollte ich gleich alle einweihen oder sollte Jesus der alleinige Überbringer der Botschaft sein. Sollte ich bei ihm bleiben oder machte mich aus dem Staub, sobald ich ihm alles gezeigt und erzählt hatte. Das Ganze war auch eine Frage der Logistik: wenn ich erst alles hier hatte, sollte ich es dann noch mal in die Wüste schleppen? Unbemerkt? Hier könnte ich mir in aller Ruhe einen Raum aussuchen, in dem ich ihm die Filme zeigte. Und genauso, wollte ich vorgehen: ich suche mir hier einen Raum, sagte ich mir, der sich hinter einem der vielen Seitengänge verbirgt und richte dort mein Kino ein. Das ist doch perfekt. Während oben die Römer und Zeloten nach mir fahndeten, bereitete ich hier unten den Krieg der Sterne vor!

Wider Erwarten verlief die Beschaffung meiner Ausrüstung reibungslos. Jesus hatte nicht nur den Gastwirt auf unser Kommen vorbereitet, auch die Bewohner der Häuser und Höfe, die wir durchqueren mussten, waren eingeweiht. Sie schützten wie zuvor unseren Weg, öffneten uns Tür und Tor, ließen uns passieren oder wiesen uns den nächsten Gang. Manche überreichten Jesus oder seinen Männern sogar Gebäck, Brot oder Getreide aus Dankbarkeit, dass die Bewegung sich für ihre Belange und Sorgen einsetzte. Man merkte, dass die Menschen sehr unter der römischen Besatzung litten. Das aber motivierte sie nur umso mehr. Dieses gut funktionierende Netzwerk, das ich schon bei meiner Befreiung kennenlernen durfte, lief auch hier reibungslos ab.

Das erste, was ich machte, nachdem wir meine Taschen in meinem Schlafbereich abgestellt hatten, war zu kontrollieren, ob noch alles da war. Deutsch, wie ich bin, habe ich natürlich als erstes vermutet, dass der gute Gastwirt, der mich vor den Römern geschützt und bei der Rückführung meines Krempels unterstützt hat, meine Sachen dennoch durchwühlt und nach brauchbarem Material für sich untersucht hatte. Aber nichts dergleichen schien der Fall gewesen zu sein und wie so häufig wurde mein Misstrauen eines Besseren belehrt. Es war alles noch da.

Auf dem Rückweg hatte ich am Ende des Ganges, der sich vor dem Stützpunkt der Lichtkrieger befand, einen leeren Raum entdeckt. Kurzentschlossen trat ich mit der Bitte an Jesus heran, diesen Raum nutzen zu können. Ich bräuchte ihn als Rückzugsort für meine Meditation. Bei der Gelegenheit ließ ich die Katze auch aus dem Sack und erzählte ihm ein wenig von meiner Induskultur, in der man sehr viel Zeit damit verbringt, seine Stärken durch innere Betrachtung aufzubauen und zu festigen. Er war schon da sehr interessiert an meinen Ideen und freute sich fast kindisch darauf, mehr zu erfahren. Er hatte eine ulkige Lache, bei der er am Ende immer die Stimme anhob.

Kapitel 9 – Der Abend über Jericho

Ich vermied es wie geplant vorerst, mich an der Oberfläche zu zeigen. Doch tagelang den Himmel nicht zu sehen und frische Luft einzuatmen, fiel auch mir schwer. So schlug ich Jesus eines Abends vor, ein bisschen an die frische Luft zu gehen, außerhalb von Jericho einen Spaziergang zu machen oder von einer ruhigen Anhöhe aus auf die Stadt zu schauen. Ich wäre nun soweit, fügte ich an, ihm einige Dinge zu eröffnen.

Wie zu erwarten war er sofort einverstanden und es freute ihn auch, der Einzige zu sein, den ich fragte. So fühlte er sich als Eingeweihter mit einem Wissensvorschuss den anderen gegenüber. Mir war seine Reaktion sehr recht, unterstützte es doch mein Vorhaben.

Tatsächlich schlug er vor, auf den Berg der Versuchung zu steigen, dort, wo laut Bibelgeschichte Jesus Fastenzeit begann. Er sagte, es sei einer seiner liebsten Orte und er würde häufig dorthin gehen, wenn er alleine sein wollte und wenn er Zeit zum Nachdenken bräuchte, von dort habe man einen großartigen Blick über die Stadt. Hier hätte er auch seine Ideen entwickelt, wie er Judäa und sein Volk von den Römern befreien wollte. Natürlich wollte ich seine Philosophie zuerst kennenlernen, denn so hatte ich bessere Ansatzmöglichkeiten, um ihm die Welt von *Star Wars* nahebringen zu können.

Wir mussten ein gutes Stück laufen und als wenn wir uns das Wesentliche für unseren Aussichtsort aufheben wollten, schwiegen wir die meiste Zeit oder unterhielten uns über relativ belanglose Dinge, obwohl ich alles interessant fand, was mir das Leben in dieser Zeit anschaulicher machte. Wäre ich nicht so angespannt gewesen, hätte ich ihn vermutlich mit Fragen durchlöchert.

Hier, außerhalb Jerichos war die Vegetation wesentlich spärlicher. Ein paar Gräser und Büsche und hier und da ein größerer Strauch, sonst war der Boden eher karg und steinig. Grober Sand und trockene Erde knirschte unter unseren Sandalen. Die gelb-rötliche Tönung des Gesteins rührte vermutlich vom Eisengehalt im Boden. Da es aber bereits dunkel war, konnte man von der sonst tagsüber im Sonnenlicht leuchtenden Farbe nichts mehr sehen. Jesus kannte einen Weg, der nicht so beschwerlich war. Man musste zwar etwas länger laufen, aber dafür ging uns, vor allem mir, nicht die Puste aus. Und der Aufstieg lohnte sich. Jesus führte mich zu einem großen Stein, der etwas abseits zwischen den Felsen stand und wir ließen uns daneben nieder. Von hier hatten wir tatsächlich einen fantastischen Blick auf die Stadt. Der Himmel war klar und das Firmament mit leuchtenden Sternen gefüllt. Es wehte ein leichter Wind und es war recht frisch, kein Wunder bei der Jahreszeit. Wenn man aus der angenehmen Wärme des Tales aufstieg, spürte man den Winter doch noch. Es war interessant zu sehen, wie lebendig sich diese Stadt auch noch um diese Tageszeit zeigte. In vielen Häusern brannte Licht und auf den Straßen und in den Gassen konnten wir Menschen umherlaufen sehen. Es mochte jetzt etwa zehn Uhr sein. Bei meinem letzten Blick auf mein Smartphone hatte die Uhr halb neun angezeigt. Morgen Vormittag würde ich erstmals strampeln müssen, denn mein Akku ging langsam zur Neige. Dann würde ich sehen, ob mein Stromgenerator unter realen Bedingungen seinen Dienst tat. Das würde ein großer Spaß, dachte ich ironisch, denn für eine Akkuladung musste ich etwa 90 Minuten ununterbrochen den Stepper betätigen, der den Akku auflud. Ich hoffte, dass ich dabei unbeobachtet blieb, um keine schwierigen Fragen beantworten zu müssen. Die Rebellen hielten mich ja ohnehin schon für einen Menschen aus einer anderen Welt mit all meinem Krempel, den ich vor ihren Augen unter Verschluss hielt. Solange ich noch nichts offenbart hatte, wollte ich auf keinen Fall negativ auffallen oder gar noch jemanden verschrecken. Vielleicht strampelte ich die 90 Minuten auch noch nach unserer Rückkehr in den Stützpunkt, dann, wenn alle schliefen. Aber wer wusste schon, wie lang diese Nacht dauern und wie sie enden würde.

„Weißt du“, sagte Jesus, „wenn die Menschen wissen, dass Gott auf unserer Seite ist, dass wir, die Lichtkrieger, die Auserwählten sind, jeder von uns, dann werden sie auch auf unserer Seite sein.“

„Glaubst du, dass Gott alleine ist?“, fragte ich ihn.

„Wie meinst du das?“

„Na, ob es nur das Gute gibt. Den guten Gott. Und das Böse steckt nur im Menschen, weil er das Gute nicht erkennt.“

„In uns allen steckt auch eine dunkle Seite. Aber meine Religion kennt keinen zweiten Gott der böse ist, keinen Kampf zwischen dem Gott der Dunkelheit und des Lichts. Allerdings habe ich von solchen Ideen gehört.“

Er kannte also die Konzepte Zarathustras und der Manichäer, dachte ich, wollte ihn aber nicht unterbrechen.

„Es gibt Wanderprediger“, sprach Jesus weiter, „die von einem Gott der Finsternis berichten. Die Finsternis aber ist die Versuchung, Gott gleichen oder gar über ihm stehen zu wollen. Das ist uns Juden fremd. Ich sage dir, wie aus mir wurde, was ich bin.“ Er lehnte sich zurück und stütze sich mit den Armen auf, so dass sich seine Schultern unter seinem Gewand deutlich abzeichneten.

„Es gibt die Finsternis in Form der Versuchung. Und sie ist allgegenwärtig. Ich erkannte sie schon in jungen Jahren in den Neidern, den Eifersüchtigen und den Lästerern. Und ich erkannte sie während meiner Lehrjahre in den Missgünstigen und Geizigen und ich sehe sie jetzt, seit einigen Jahren schon in denen, die sich vom Licht abgewandt und der Finsternis zugewandt haben. Die Finsternis ist in denen, die nur an sich denken und darüber hinaus das Licht vergessen, Gott vergessen, in sich und in den anderen. Die Versuchung zeigt sich heute in den Römern. Ihre hässliche Fratze kommt mit falschen Vorstellungen von der Welt in unser heiliges, auserwähltes Land. Und viel zu viele von uns, die Eifersüchtigen, die Neider und die Egoisten, sie greifen zu, sie lassen sich von der Versuchung verführen, sie nehmen ihr Geld, sie nehmen ihre Kultur und sie nehmen ihren Glauben an, um sich einen fetten Platz in ihren Ämtern zu sichern. Sie verleugnen sich und ihre Herkunft. Sie sind vergiftet. Unser Land ist vergiftet durch diese Ungläubigen. Ihre Herzen verdunkeln sich immer mehr und irgendwann haben sie das Licht vergessen. Ich bin gekommen, um sie daran zu erinnern, um ihnen zu zeigen, dass sie den falschen Weg gegangen sind, dass sie den Weg des Lichts und den Weg Gottes verlassen haben. Viele Seelen sind schon an die Finsternis verloren gegangen. Aber ich glaube daran und ich will alles dafür tun, dass wir sie auf die Seite des Lichts zurückholen können. Aber das geht nicht, ohne Gewalt. Wer uns mit Gewalt das Licht in uns stehlen will, soll die Macht derer spüren, die es verteidigen. Das sind wir, die Lichtkrieger."

Ich hatte fast Pipi in den Augen als ich das hörte. Alles was ich machen musste, war die Lichtkrieger mit der richtigen Waffe auszustatten. Dem Lichtschwert. Gut, das gab es noch nicht. Aber hey, wenn ich die Idee eines Lichtschwertes in diese Zeit pflanzte, dann wird es in zweitausend Jahren vielleicht schon Realität sein. Ich würde ihm einfach sagen, dass die Zeit kommen wird, in der er das Lichtschwert von höchster Stelle in Empfang nehmen wird.

Ich beugte mich vor, legte meine Arme auf die Knie und schaute ihm direkt in die Augen. „Jesus", sagte ich, „das, was ich dir zeigen werde, ist nicht von dieser Welt. Ich komme von einem Ort und aus einer Zeit, in der man die Vergangenheit sehen kann."

Jesus wunderte sich. „Aber das kann ich doch auch."

„Klar. Aber dieser Ort liegt in einer Zeit, in der auch deine Zukunft schon Vergangenheit sein wird. Ich eröffne dir ein Fenster in eine Welt, die dir deinen Weg zeigen wird. Dort wo ich herkomme, ist die Welt von den Römern schon befreit. Ich bin der Bote, der dir zeigen soll, was du tun musst."

Jesus schaute mich an und sagte nur: „Ich weiß."

Ich schluckte. Erlebte ich das gerade wirklich? Ich konnte nichts antworten. Und Jesus sagte nur: „Zeig mir das Fenster. Ich bin bereit."

Es war also soweit, nur ich war es noch nicht. Statt einen Ton zu sagen, schaute ich einen Moment auf die Stadt, von der man sagte, dass sie zu den ältesten der Welt zählte und deren Lichter langsam ausgingen.

„Sag mal, bist du eigentlich Vegetarier?“ Ich hatte ganz vergessen, dass ich noch einige Fragen hatte, die ich Jesus unbedingt stellen wollte, wenn ich ihn traf. Diese Fragen hatte ich schon, bevor ich wusste, dass ich ihn treffen würde. Ich weiß nicht, wie oft ich mir diesen Moment vorgestellt habe und wie viele Male ich mir überlegt habe, was ich ihn fragen und was ich ihm sagen will. Ich wollte wissen, wie er dazu stand, dass Menschen Gottes Geschöpfe aßen, ich wollte wissen, wie er zur Homosexualität stand und natürlich zum Zölibat. Dass er eine Freundin hatte, wusste ich ja, aber ich wollte wissen, ob er das auch seinen Lichtkriegern zugestand, wenn sie einst losziehen sollten, um seine Botschaft zu verkünden, und vor allem, was er davon hielt, wenn Frauen seine Lehren verbreiteten. Aber so gemischt, wie sich die Rebellen mir zeigten, war das offenbar gar kein Thema für ihn, im Gegensatz zu seinen selbsternannten Nachfolgern. Ich war gespannt auf seine Antworten.

„Was sind Vegetarier?“, fragte er.

„Na Menschen, die kein Fleisch essen“, sagte ich knapp.

Er schüttelte den Kopf. „Nein, ich esse nichts was Gott mit Leben gefüllt hat. Er hat es mit Leben gefüllt, damit es lebt und glücklich ist, damit es die Welt erkennen kann, die er geschaffen hat und sich daran erfreut. Wer bin ich, der ihm diese Freude für einen kurzen Gaumenschmaus nimmt? Sie kennen die Versuchung nicht, nur das, was Gott ihnen gibt. Sie sind nicht böse, sie sollen leben.“

Wow! dachte ich. Das war mehr als ich erwartet hatte. Ich war gespannt, was er zur Homosexualität sagen würde.

„Du meinst, wenn Männer Männer lieben?“, vergewisserte er sich. Natürlich gab es Begriffe wie Vegetarismus und Homosexualität nicht im Aramäischen, jedenfalls nicht in der latinisierten Form, wie wir sie benutzten. Vegetarier umschrieb man einfach mit: kein Fleisch essen. Und für Homosexualität gab es gar kein Wort. Man konnte es nur mit Männer lieben Männer umschreiben. Meine Fragestellung *was denkst du darüber, wenn zwei Männer, na du weißt schon …* und die dazugehörige Geste mit den Händen war wohl etwas umständlich. Aber auch auf diese Frage antwortete er, wie ich es gehofft hatte. Und ich wünschte mir, ich hätte ein Aufnahmegerät dabei gehabt, um den Pfaffen, die über Jahrhunderte Menschen wegen ihrer sexuellen Neigungen gefoltert haben – es sei denn, es waren ihre eigenen – Jesus Worte vorspielen zu können. Verdrehte Sexualmoral. Aber mein Plan war ja ein anderer. Wenn alles so liefe, wie ich es mir wünschte, würde es wohl weder Katholiken noch Protestanten geben. Und wenn, dann waren sie die Sith-Lords! Ha ha!

„Wenn Männer sich lieben", begann er, „dann ist es Gottes Wille. Denn dann geht es um die Liebe und nicht um die Fortpflanzung. Es sterben Kinder nach der Geburt, es gibt Frauen, die nicht gebären können und dennoch stirbt Gottes Schöpfung nicht aus, weil er es nicht will. Im Gegenteil, wir werden immer mehr. Wenn es also Menschen gibt, die sich lieben ohne sich fortzupflanzen, erfüllen sie dennoch Gottes Plan. Ich weiß, dass die Hohepriester das als Gräuel fremder Völker ansehen und bestrafen. Sie beschreiben diese Taten als schwere kultische Vergehen und ausländische Bräuche, die unsere Identität als auserwähltes Volk gefährden. Aber ich sehe das nicht so. Es ist nicht die Liebe, die ich bekämpfe, sondern den Hass. Und gibt es die gleichgeschlechtliche Liebe nicht auch unter den Tieren? Sie sind noch viel mehr als wir Gottes Ebenbild, denn sie sind perfekt, ohne darüber nachdenken zu müssen."

Richtige Antwort, dachte ich. Der Kandidat hat 100 Punkte!

„Möchtest du noch etwas wissen, bevor du mir antwortest", fragte er mich mit leicht zynischem, aber heiterem Unterton.

„Ja", druckste ich. „Es tut mir leid, aber es gibt tatsächlich noch eine Frage."

„Ja?"

„Mich würde interessieren, ob du eine Freundin hast. Also ich meine, ob du mit einer Frau zusammen bist."

„Ob ich einer Frau beiliege, willst du wissen?"

„Ja, genau, beiliegen ist wohl das richtige Wort."

„Nun, du fragst mich, wie ich zur liebe zwischen Männern stehe und ob ich einer Frau beiliege? Ich frage dich, wie steht es mit dir? Liegst du einer Frau bei, an dem Ort, von dem du kommst?“

„Oh, ach so, ja. Natürlich. Ich habe eine Frau in meiner Heimat. Wir lieben uns sehr.“

Jesus nickte. „Also gut, ja. Ich habe auch eine. Und auch wir lieben uns sehr.“

„Ist es Maria?“

„Nein. Es ist Sarah.“

„Oh, Sarah. Das … sie ist sehr schön. Mein Glückwunsch. Seid ihr verheiratet?“

Jesus schürzte seine Lippen und zögerte. Ich ging davon aus, dass sie nicht verheiratet waren und dass der Beschlaf Unverheirateter verboten war. Er hatte mir eigentlich schon zu viel verraten. Daher hatte er sie mir auch nur als Freundin, so wie Maria vorgestellt. Durch meine intimen Fragen fühlte er sich wohl gezwungen, Farbe zu bekennen, denn er wusste, dass auf Homosexualität die Todesstrafe stand. Also entlastete ich ihn und fragte nicht weiter. Denn vielmehr interessierte mich ja, wie er zum Zölibat stand und von der Stellung der Frau innerhalb der Glaubensgemeinschaft.

„Und könntest du dir vorstellen, dass auch sie deine Ideen verbreitet? Dich also nicht nur unterstützt, sondern selbständig predigt?“

„Nun, ich bin noch kein Prediger, dafür ist das, was mich antreibt noch nicht so in Worte gefasst, dass ich etwas predigen könnte. Ich ermutige die Menschen mit zu machen, sich uns anzuschließen und mit uns in den Widerstand zu gehen. Johannes der Täufer predigt. Ich handle. Aber um deine Fragen zu beantworten: natürlich will ich, dass Sarah ebenso das Wort ergreift. Sie unterstützt mich ja bereits. Wir sprechen alle unsere Aktionen gemeinsam durch und viele Ideen und Einfälle dazu sind von ihr. Sie ist mitunter sogar die treibende Kraft, denn ihr weiblicher Blick auf die Dinge ist oftmals viel konkreter und sie kann sie auch besser formulieren. Ohne sie wäre ich nichts.“

„Möchtet ihr heiraten?“

„Klar“, nickte er eifrig. „Wir sind eine perfekte Gemeinschaft. Gemeinsam sind wir stark. Ohne sie werde ich diesen Weg nicht weiter gehen.“

Ich freute mich, das alles so zu hören. Ehrlich gesagt, hätte ich mir auch gar nichts anderes vorstellen können. Denn schließlich entsprach es dem gesunden Menschenverstand, so mit Menschen und Tieren umzugehen. Wie die Natur durch den Klerus gewürgt und verdreht wurde, um sich die eigenen verkorksten Ansichten theologisch zurechtzubiegen, war einfach nicht normal. Bei all den Verboten, die die Kirchen hervorgebracht haben, angefangen mit dem Untersuchen der Natur bis hin zum Lachen, handelte es sich nie um die Frage, ob Gott das will, sondern immer nur, ob die Menschen es wollen. Wenn ein Mann Zeit seines Lebens keine Frau hatte, dann gönnt er sie auch keinem anderen. Wenn ein Mann Zeit seines Lebens keine Erkenntnis hatte, dann gönnt er sie auch keinem anderen. Wenn jemand nicht in der Lage ist, Gelerntes auch durch neue Entdeckungen zu bereichern, dann hasst er denjenigen, der Neues entdeckt. So viele Menschen wurden Opfer solch geistiger Haltungen. Jesus gehörte zu denen, der genau gegen diese Betonköpfe ankämpfte.

Jesus runzelte leicht die Stirn. „Aber sag, warum fragst du mich das. Ich dachte, die Welt aus der du kommst, zeigt dir alles.“

„Nicht die Seele eines Menschen“, entgegnete ich, um mich seinem Weltbild anzupassen. Denn an eine Seele glaubte ich natürlich nicht, nur an das, was der Geist hervorbrachte und eine Person ausmachte. Und brachte er nichts mehr hervor, war auch die Person weg. Davon war ich überzeugt.

„So gehört meine Seele weiterhin mir?“, schmunzelte er.

„Nun, ich bin nur ein Bote. Die Geheimnisse der Seele sieht nur Gott allein.“

„Gut, gut. Dann zeigst du mir jetzt das Fenster zu Gott?“

Ich nickte und antwortete: „In Ordnung. Gib mir nur einen Tag, dann wird sich das Fenster öffnen.“

Kapitel 10 – Wie ich Jesus Star Wars zeigte

Nachdem wir den Berg wieder heruntergestiegen und zurück in der Unterkunft waren, verabschiedete ich mich von Jesus. Ich sagte ihm, ich müsse noch einige Vorbereitungen treffen. Er stellte mir keine Fragen und redete mir auch nicht rein. Zum einen schien er müde und froh, selbst schlafen gehen zu können. Zum anderen hatte er anscheinend schon jetzt genügend Respekt vor mir, dass er sich gar nicht traute, von einem Götterboten wie mir wissen zu wollen, was ich tat, um das Fenster zum Jenseits zu öffnen. Das war mir sehr recht. Er ging wahrscheinlich davon aus, dass ich mehrere Stunden beten und meditieren musste, bis sich ein Kanal zu meinem Herrn öffnete und er sich mir offenbarte. Ich musste ihm vorher noch deutlich machen, dass nicht sein oder mein Gott zu ihm sprechen würden, sondern dass er Bilder zu sehen bekäme, die ihm eine Geschichte erzählten, in die er aber nicht eingreifen könne. Das würde ihn sicher erst mal irritieren. Alles würde ihn irritieren, die Musik, die Titel, die Schrift, die Sprache. Aber das spannende war ja, auch er würde sich daran gewöhnen und es als gegeben hinnehmen. Das war das Faszinierende an uns Lebewesen.

Unter den Blicken einiger Rebellen schleppte ich meine Sachen in den von mir ausgewählten Raum. Einige andere hatten sich auch in ihre Schlafecken zurückgezogen oder schliefen außerhalb bei den Eltern oder ihren Frauen und Kindern. Auch Jesus und Sarah hatten sich schlafen gelegt. Ich hatte keine Vorstellung davon, ob und was er ihr von unserem Gespräch erzählen würde, aber so wie er mich ihr präsentiert hatte, müsste er ihr alles erzählen. Zumindest würde sie ihn sicherlich mit Fragen durchlöchern. Mir konnte es erst mal egal sein, ich hatte genug andere Sorgen. Alles musste für die Vorführung gut vorbereitet sein, die Technik ihren Dienst tun. Die Illusion musste perfekt werden, damit sie funktionierte. Ich wollte keine Fehler machen. Aber wahrscheinlich wäre alles so neu und verblüffend für ihn, dass kleinere Patzer, so sie denn geschehen sollten, ihm gar nicht auffallen würden.

Ich packte also die Leinwand aus, die kleinen Lautsprecher, und natürlich den Cougar, meinen Stromgenerator, der aussah wie ein kleiner Stepper. Ich überprüfte, ob er noch genügend Strom für eine Vorführung hatte, aber da er ja noch nicht benutzt worden war, musste ich gar nicht strampeln, was bei voller Entladung bis zu neun Stunden in Anspruch nehmen würde. Mir graute vor dieser Vorstellung, aber irgendwann würde es soweit sein. Wenn er voll war konnte ich aber einen kompletten Film damit abspielen. Leider schien die Sonne hier nicht herein, denn sonst hätte ich das Gerät sogar solar aufladen können. Nun musste ich aber erst einmal die Leinwand installieren. Sie war hochauflösend und flexibel, solche Dinger wurden in der Regel auf Messen benutzt. Der Vorteil: ich brauchte keinen Beamer, sondern musste nur das Abspielgerät, in dem Fall mein Laptop anschließen. Die Projektion erfolgte dann direkt über die Leinwand. Es hatte eine Weile gedauert, bis ich so ein Gerät und die dazugehörige Bauanleitung gefunden hatte, aber in Zeiten von Internet und YouTube-Tutorials war das letztendlich kein Problem gewesen. Nun musste ich nur noch alles zusammenstecken.

Kurze Zeit später war alles eingerichtet. Die Leinwand hatte ich, wenn man den Raum betrat links an der Wand befestigt. Gegenüber hatte ich uns eine bequeme Sitzgelegenheit aus mit Leinen bezogenen Strohballen wie große Sitzkissen zurechtgemacht. Ich nahm Episode IV aus meiner Tasche und legte sie in das DVD-Fach meines Laptops ein. Ich hatte lange überlegt, wie ich beginnen wollte. Ob mit Anakin oder mit Luke Skywalker. Aber die Geschichte, die ich ihm erzählen wollte, sollte seine sein. Ich würde ihm sagen, dass das Fenster ihm die Geschichte des Kampfes der Mächte zeigte, wie sie am Anfang der Welt stattgefunden hat, zwischen dem Weg zum Licht und dem Weg zur Finsternis. Es soll ihm zeigen, wie sein Weg in dieser Welt aussehen soll. Alles funktionierte. Ich schaute mir bei geringer Lautstärke die erste Viertelstunde des Filmes an. Auch um zu sehen, wie viel Strom verbraucht würde. Natürlich hatte ich das zuhause auch schon getestet, aber dennoch wollte ich auf Nummer sicher gehen. Wer wusste schon, ob vor 2000 Jahren wirklich alles gleich ablief. Ich hätte den Film bis zu Ende sehen können, so sehr begeisterte er mich immer wieder. Die Atmosphäre in diesem Raum, der Sound, der leicht steinige, kalte Geruch unterstützten das Filmerlebnis zusätzlich. Und so wie das Licht nur von der Leinwand in den Raum strahlte, hatte man wirklich das Gefühl, dass sich einem ein Fenster in eine andere Welt öffnete. Ich war sicher, mein Plan würde funktionieren und ich würde Jesus nachhaltig mit meiner Vorführung beeindrucken können. Ich schaltete den Beamer aus und merkte plötzlich, dass jemand im Eingang stand. Es war Jesus.

„Was war das?“, fragte er und machte einige Schritte in den Raum. Neugierig aber voller Ehrfurcht schaute er die Stelle, an der eben noch ein für ihn vollkommen unverständliches Spektakel stattgefunden hatte. Ich sprang sofort auf.

„Entschuldige, dass ich hier so reinplatze“, sagte er vorsichtig. „Ich hatte diese Fanfaren gehört. Ich dachte, die Posaunen von Jericho ertönen wieder. Ich habe dich gestört, nicht wahr?“

Als er die Leinwand entdeckte, ging er auf sie zu. „Nicht anfassen!“, rief ich energisch. Ich hielt in fest. „Bitte, das ist sehr empfindlich.“

Jesus hielt sofort inne und sah mich entsetzt an. „Es tut mir leid, ich ....“ Er grinste verstohlen. „Ich hab’s einfach nicht mehr ausgehalten.“

Das Öl in der Feuerschale brannte noch und warf flackernd unsere Schatten an die Wand. Jesus schaute sich um und entdeckte die ihm vollkommen fremden Geräte. Ich wollte sie bis zur Vorführung eigentlich komplett verborgen haben. Aber viel konnte er bei dem Licht ohnehin nicht erkennen. Ich fragte mich, wofür er die Sachen hielt. Der Monitor des Laptops war in der Ruhephase und somit schwarz. Zusammen mit den beiden kleinen Lautsprechern mussten diese Dinge auf ihn wirken, wie geschliffene, glänzende Steine. Das Kabel, als Verbindung zur Leinwand, wurde fast vom Boden verschluckt. Dann lagen da aber noch die DVD-Hüllen. Vielleicht glaubte er, es waren irgendwelche Bildnisse. Ich denke nicht, dass er überhaupt erkannte, aus welchem Material sie waren. Er schaute mich verunsichert an. Ich bückte mich und schob die Hüllen zur Seite, hinter die Sitzkissen. „Schon gut", sagte ich dabei. „Ich kann dich verstehen. Ich hätte auch keine Sekunde mehr warten können." Ich stand wieder auf. „Es ist einfach alles so aufregend", ergänzte ich. Jesus nickte mir erleichtert zu.

Ich führte ihn mit leichtem Druck zu dem Platz gegenüber der Leinwand. „Was soll's. Komm, setz dich. Ich zeig dir jetzt alles."

Ich merkte wie aufgeregt Jesus war. Er wippte auf dem Sitzkissen leicht vor und zurück und fuhr sich mit den Händen über das Gesicht. Ich entzündete die zweite Feuerschale mit dem Petroleum wieder, damit der Lichtunterschied nicht zu krass auf ihn wirkte, wenn ich den Laptop wieder aktivierte. Gut, dass ich zuhause schon daran gedacht hatte, die Beleuchtung und die Farben zu reduzieren. Dennoch schaute Jesus verwirrt, ja fast ängstlich herüber, als der Monitor anging. Aber er grinste und blinzelte mir zu, um zu zeigen, dass er sich nicht fürchtete und mich einfach machen lässt, ohne Fragen zu stellen. Ich war der Zauberer, der Engel aus der Götterwelt. Irgendwelche Wunder und komischen Dinge musste ich ja vollbringen. Sicherlich würde seine Chemie im Körper gerade verrückt spielen.

„Hat jemand mitbekommen, dass du hergekommen bist?", fragte ich ihn.

Jesus schüttelte ohne zu zögern den Kopf. „Nein, nein. Niemand. Ganz bestimmt. Sie schlafen alle."

Ich lächelte. „Na gut. Vielleicht sollten wir den Eingang irgendwie versperren? Ich möchte wirklich, dass nur du die Botschaft erhältst. Du sollst derjenige sein, der sie deinen Anhängern verkündet."

„In Ordnung." Jesus sprang auf. „Da liegt ein Stein neben dem Eingang. Lass ihn uns geschwind vorschieben."

Ich stand ebenso auf. Ich hatte Hunger. Und wer wusste, wie lang die Nacht würde. Also packte ich ihn an der Schulter. „Warte.

Möchtest du vielleicht noch ein paar Kleinigkeiten zu Essen holen? Oliven, Käse, Brot. Und vielleicht etwas Wein?"

Er sah mich zunächst überrascht an und hob dann die Brauen. „Ah, ich verstehe. Wir brauchen es für ein Ritual, nicht wahr?" Mir schossen sofort Bilder von Popcorn, Nachos mit Käsesauce und Erdnüsse in den Kopf, dazu einen 2-Liter-Becher Cola. Obwohl ich mir sowas nie im Kino kaufte, war für mich Filme schauen doch unmittelbar mit Knabberei verbunden. Zuhause machte ich das jedenfalls, hin und wieder – ich sollte es mir abgewöhnen. Es geht einfach zu sehr auf die Hüften.

Ich nickte ihm also zu, denn unser letztes Mahl war schon einige Stunden her und ich glaubte auch, dass mir der Wein half, freier plaudern zu können und die richtigen Worte zu dem zu finden, was ich Jesus zeigte.

Er eilte los und ich nutze die Gelegenheit, alles was zu modern aussah abzudecken und zu verstauen. Gleichzeitig kramte ich meine Aufzeichnungen heraus. Zwar hatte ich die Fassung mit hebräischen Untertiteln von Krieg der Sterne dabei, aber ich wollte ihm natürlich auch den Katalog mit all den handschriftlichen Texten und Illustrationen zeigen, in der die Geschichte niedergeschrieben stand und auch einige Begriffe in Psalmen erklärt wurden. Das sollte schließlich seine Bibel werden.

Jesus hatte es wirklich eilig, denn schon nach kurzer Zeit war er wieder zurück. Anscheinend hatte er ernsthaft Angst, er würde etwas verpassen oder ich könnte mich noch anders entschieden haben oder wäre sogar plötzlich verschwunden. Sein Gesichtsausdruck, als er mich unverändert da stehen zu sah, sprach jedenfalls Bände. Nachdem er alles abgestellt hatte, drängte er förmlich darauf, den Stein vor den Eingang zu schieben. Er konnte es nicht mehr abwarten. Und ich auch nicht.

Es war ein ziemlich wuchtiger Brocken, aber zu zweit schafften wir es recht gut. Der Stein war schon so präpariert gewesen, dass man ihn gut rollen konnte, groß und flach. Wenn er erst mal den Zugang versperrte, war an eine unerwartete Flucht undenkbar. Ich konnte in keiner Weise einschätzen, welche Auswirkungen die Bilder auf ihn und seine Psyche haben könnten. Auf der anderen Seite war es mir aber lieber so, denn unerwünschte Zuschauer wollte ich noch weniger. Ich hoffte vielmehr darauf, dass uns dieses Erlebnis zu einem eingeschworenen Team werden ließ.

Um den Film abspielen zu lassen, musste ich nur noch auf die Entertaste des Laptops drücken. Aber ich hatte auch die *Star Wars*-Bibel auf meinen Schoß gelegt, damit ich sie nach meiner kurzen Ansprache schon zeigen konnte und er einen Eindruck davon bekam, was noch alles auf ihn zukam.

Ich faltete meine Hände über den Aufzeichnungen und legte los.

„Also, das was du jetzt zu sehen bekommst ist etwas, was du noch nie zuvor gesehen hast. Du wirst auf Menschen und Orte in diesem Raum treffen, die dir eine neue Geschichte erzählen. Es ist wie die Begebenheiten, die du aus dem Testament kennst, die von Abraham und seinem Sohn Isaac zum Beispiel, die von Moses und dem Auszug aus Ägypten oder die Geschichte vom Kampf zwischen David und Goliath. Aber es ist nicht so, dass ich sie dir erzähle, als würde ich aus dem Testament vorlesen.“ Ich hob die Aufzeichnungen an. „Natürlich ist auch alles hier niedergeschrieben. Aber was du jetzt sehen wirst, ist die Geschichte selbst, so wie sie stattgefunden hat. Du wirst den Ereignissen durch dieses Fenster zusehen können. Es ist wie die Oberfläche eines magischen Sees, durch den du in die Vergangenheit an einen fernen Ort schauen kannst und sehen kannst, was geschehen ist. Gott wird uns nicht erscheinen, um mit uns zu sprechen. Das musst du wissen, okay?“

„Okay? Was heißt das?“, wunderte er sich.

„Oh, das sagt man da so, wo ich herkomme. Es bedeutet so viel wie in Ordnung.“

„Okay.“

Ich musste mich kurz sammeln. „Aber die Geschichte, die wir sehen ist von Gott gesandt, verstehst du?“

Jesus sah mich mit großen Augen an und nickte.

„Sie erzählt uns von den Erlebnissen eines großen Helden, der mit der Finsternis konfrontiert wird und sie bekämpft und so die

Menschheit errettet. Und sie erzählt von der guten Seite der Macht, die uns umgibt und in uns wohnt und die uns hilft, gegen die Versuchung der dunklen Seite aufzubegehren. Du sollst diese Ereignisse sehen, damit du aus ihnen lernen kannst."

Er überlegte einen Moment und runzelte dabei die Stirn. „Ich denke, ich verstehe, was du mir sagen willst. Es ist wie das Theater der Griechen oder Ägypter, nicht wahr?"

„Ja genau, so kann man es sagen."

„Gut. Ich will es sehen."

Ich beugte mich zum Laptop und betätigte die Enter-Taste.

„In Ordnung", sagte ich. „Dann geht's jetzt los. Mach's dir gemütlich."

Das Twentieth Century Fox-Logo knallte auf die Leinwand und der Raum war mit einem Mal hell erleuchtet. Aus den Lautsprechern tönte die untrennbar mit der *Star-Wars* Titelmelodie verbundene Fanfare der Fox-Hymne. Und Jesus wurde förmlich gegen die Wand geschleudert, gegen die er ohnehin schon lehnte. Ich musste ihn natürlich beobachten, denn das war für mich der spannendste Moment – auf den ich seit über drei Jahren hingearbeitet hatte. Jesus riss Augen und Mund auf und klammerte sich an den Seiten des Sitzkissens fest. Die Show konnte beginnen. Ich hatte die Lautsprecher relativ leise eingestellt, denn die ersten Töne des Hauptthemas hätten ihn sonst vollkommen weggeblasen. Schon liefen die gelben Zeilen dem Sternenhimmel entgegen, die Übersetzung in Hebräisch zog am unteren Bildrand seine Bahn, und ich konnte sehen, wie Jesus Augen über die Buchstaben rasten. Da stand was vom Imperium, da stand was von den Rebellen. Er hechelte wie eine Katze, die die Orientierung verloren hatte. Das war seine Geschichte. Die heilige Schrift wurde ihm durch ein Fenster aus der Welt Gottes in goldenen Lettern präsentiert. Und dann, als der Text in der Tiefe des Horizonts verschwunden war und der Blick sich nach unten senkte – ich konnte mich kaum halten vor innerer Anspannung, Aufregung und Glückseligkeit – sah er ein gigantisches Raumschiff, gefolgt von noch einem Gigantischeren, von dem grelle Blitze ausgestoßen wurden, um das kleinere Schiff gleich einer Jagd zu treffen. Einschläge und Erschütterungen, gewaltige Explosionen, Menschen in merkwürdigen Rüstungen, die durcheinanderflogen und Götterboten aus Metall, die hektisch schnatternd und fiepend durch sterile, weiße Gänge huschten. Und dann sah er diese verzweifelte Frau, die einen Hilferuf ausstößt: *Hilf uns, Obi Wan Kenobi, ihr seid unsere letzte Hoffnung!*

Ich hielt den Film an. Ich hatte das Gefühl, Jesus hatte schon an dieser Stelle dringenden Aufklärungsbedarf. Er starrte unvermindert auf die Leinwand, war an die vorderste Kante seines Sitzkissens gerutscht, atmete schnell und beruhigte sich nur langsam, während ich versuchte, die Geschichte mit seinen Augen zu sehen und den popkulturellen Kontext zu vergessen, um mich so auf sein Niveau zu bringen.

Sein Blick wanderte zu mir. „Hilf mir, Obi Wan Kenobi, ihr seid meine letzte Hoffnung?“, wiederholte er Leias Satz auf Hebräisch: *Ata hatikwa hajechida shelanu.* Ich war erstaunt, dass er den Hilferuf trotz dieser gewaltigen Menge an Bildern herausgefiltert und wahrgenommen hatte.

„Ja“, sagte ich nur und versuchte, ihn so beruhigend wie möglich anzuschauen.

„Sieht so die Welt Gottes aus? Hat so alles angefangen?“

„So ist es, Jesus. Da beginnt die Geschichte, die die Welt retten wird.“

„Und bist du so jemand wie dieser Ben Kenobi, der gekommen ist, um den den rechten Weg weisen?“

Ich wiegte den Kopf hin und her. „Na ja, sowas in der Richtung vielleicht. Aber Ben Kenobi war viel bedeutender als ich.“

„Jetzt machst du dich aber kleiner als du bist, hm?“ Er machte kaum eine Sprechpause. „Wer ist diese Frau? Ist sie ein Engel? Ich glaube, so habe ich sie mir immer vorgestellt.“

Ich lächelte. „Nein. Sie ist kein Engel. Sie ist eine Prinzessin. Aber du wirst alles noch erfahren. Oder ist es zu viel für dich? Die Bilder, der Ton, das Licht.“

„Nein. Überhaupt nicht. Es ist gewaltig. Ich habe erwartet, dass es gewaltig ist, aber das übertrifft alles. Es ist einfach umwerfend. Riesige fliegende Donnervögel, Blitze, goldene Wesen und eine Prinzessin, die aussieht wie ein Engel. So hat also das Himmelreich zu Anbeginn ausgesehen, als noch die Dunkelheit herrschte?"

Ich presste die Lippen zusammen und nickte ihm zu. „Dann wollen wir weiterschauen?"

„Unbedingt!"

Ich betätigte wieder die Entertaste, griff darauf nach der Schale mit den Snacks und reichte sie ihm. „Was zu knabbern?"

Er riss sie mehr förmlich aus der Hand. „Ja, gib her!"

Der Hunger nach Input schien sich auch auf so gewöhnliche Dinge wie Essen zu übertragen. Er konnte wohl gar nicht genug bekommen. Ich fragte mich, wie er die 40 Tage Fastenzeit in der Wüste bei dem Donnerwetter an Erkenntnissen, die dort über ihn eingeprasselt waren, überstehen konnte. Aber die wird es ja jetzt ohnehin nicht mehr geben, seine göttlichen Eingebungen würde ich fortan übernehmen.

Wir schauten Episode IV bis zum Ende, in einem Stück. Und wie zu erwarten war Jesus nicht nur vollkommen erschöpft, sondern er hatte auch gleich mehrere Dutzend Fragen. Allerdings waren wir beide zu müde für lange Diskussionen und so vereinbarten wir nach kurzem zähen Ringen, am nächsten Tag weiterzumachen. Ich hatte auch das Gefühl, dass Jesus die Eindrücke dieser Filmvorführung erstmal in Ruhe und alleine für sich verarbeiten wollte und sollte. Aber natürlich versäumte er nicht mir zu sagen, wie tief ergriffen und beeindruckt er von der Geschichte von Luke, Leia und Han Solo war, von den vielen fremden Wesen, der furchterregenden Figur des Darth Vader und den überwältigenden Schlachten im Weltraum mit einer Kraft und Wucht, wie er sie noch nie zuvor gesehen hatte.

Wir schoben also wieder den Stein zur Seite und Jesus verabschiedete sich zur Nachtruhe. Ich blieb in dem Raum, verstaute noch alles und rollte die Leinwand wieder zusammen. Nach meinem letzten Blick auf mein Smartphone war es zwischenzeitlich kurz vor vier Uhr morgens. Ich war hundemüde, legte mich quer über die

Sitzkissen und zog noch ein weiteres Leinentuch aus der Ecke über mich. Was für ein Tag. Es dauerte nicht lange, da war ich eingeschlafen.

Es mussten keine zwei Stunden vergangen sein, da saß Jesus wieder neben mir und rüttelte mich wach. „Ben? Ben!“, flüsterte er. „Es tut mir leid, aber ich kann nicht einschlafen. Ich bin immer noch total aufgewühlt. Was soll ich denn jetzt machen?“

Ich murmelte irgendwas von „schlafen“ und „morgen“ und drehte mich gleich wieder zur Seite. Aber mir war klar, dass das keinen Sinn hatte. Er rüttelte direkt wieder an mir. „Ben! Wach bitte auf. Ich muss mit jemandem reden. Das war doch alles zu viel. Wo soll ich denn jetzt ein Lichtschwert herbekommen?“

Jessesmaria, dachte ich, sagte es aber nicht. „Können wir nicht morgen darüber reden? Dann erkläre ich dir alles.“ Ich knurrte. Zum ersten Mal merkte ich, dass mir hier der Kaffee fehlte. Ich war vollkommen gerädert und nicht in der Lage, klare Gedanken zu fassen, geschweige denn, ihm jetzt noch die *Star* Wars-Lehre zu erklären, die er daraus ziehen sollte. Zusätzlich machte mir noch der Wein zu schaffen. Ich spürte einen stechenden Schmerz, der meinen Kopf rhythmisch marterte. Jede Aussage, die ich jetzt traf, konnte verheerende Folgen haben.

Aber da er ohnehin nicht locker ließ, drehte ich mich wieder zu ihm und setzte mich auf. Ich rieb mir die Augen und riss meinen Mund auf, um meine Gesichtsmuskulatur zu lockern.

„Soll ich dir ein Getränk bringen, das dich munter macht?“, fragte er aus heiterem Himmel.

„Was? Was hast du denn?“, stotterte ich träge. „Das wäre großartig.“

„Warte, ich gieß dir was auf. Danach wirst du dich wie neugeboren fühlen.“

Er eilte hinaus und ich machte währenddessen eine der Feuerschalen mit Streichhölzern, die ich in der Tasche versteckt hatte, wieder an. Was mochte er mir jetzt bringen? Ich war gespannt.

Kurze Zeit darauf kam er wieder und brachte einen mit Wasser gefüllten Beutel aus Ziegenleder und einen weiteren Beutel, aber aus Stoff, der mit irgendetwas Trockenem gefüllt sein musste, denn er knisterte leicht. „Ah, das Feuer brennt schon“, sagte ich.

Er runzelte etwas verwundert die Stirn. Aber wer Fenster in das Himmelreich öffnen konnte, musste wohl auch in der Lage sein, ein kleines Feuer zu entzünden, dachte er wohl.

„Ich hol noch ein Eisengitter und eine feste Trinkschale“, sagte er. „Außerdem brauchen wir noch vier Steine, auf denen wir das Gitter über dem Feuer abstellen können. Schaust du mal, ob du hier was findest?“

Aha, dachte ich, er will mir wohl einen Kräutersud brauen. Warum nicht? Irgendwelche Drogen mussten sie ja auch damals schon gekannt haben. Opium war bekanntlich uralt.

Tatsächlich fand ich ein paar Steine, die in einer Ecke lagen. Der Raum hatte was von einer Baustelle. Er sah aus, als wäre er, nachdem man ihn freigelegt hatte, nicht mehr benutzt worden. Ein paar Tonscherben lagen noch hier rum. Wahrscheinlich wurde er einst als Lager genutzt. Ich drapierte vier etwa gleich große Steine um die Feuerschale. Einen musste ich noch etwas in den Boden graben, damit alle mit der gleichen Höhe abschlossen. Es dauerte auch nicht lang, da kam Jesus schon wieder mit den erwähnten Gegenständen zurückgeeilt. Wir legten den Rost auf die Steine über das Feuer und Jesus stellte die Trinkschale darauf. Danach holte er Zweige mit kleinen Beeren aus dem Stoffbeutel hervor, die er zerrupfte und in die Schale legte.

„Das hat mir ein Händler aus dem fernen Land der Mitte mitgebracht. Er kommt nur alle zwei Jahre, dann kaufe ich auf Vorrat. Es ist noch genug da. Wir nehmen es vor unseren Einsätzen, das hilft uns, klar zu bleiben.“

Er nahm den Wasserschlauch und füllte die Schale damit auf.

“Was ist das?“, fragte ich. Ich hatte diese Pflanze noch nicht gesehen.

„Das ist Meerträubel“, grinste er. „Es wirkt sehr stimulierend. Ma Huang nennt es der Händler. Davon wirst du garantiert wieder wach.“

Meerträubel. Den Namen hatte ich zumindest schon mal gehört. War das nicht ein Erfrischungsgetränk bei den Mormonen? Eine uralte Heilpflanze, die schon die Neandertaler benutzten, um sich aufzuputschen? Der gute Herr Jesus. Wer hätte das gedacht? Ich beschloss erst mal nur kurz daran zu nippen und abzuwarten, wie stark die Wirkung war. Ich setzte mich wieder zurück auf das Sitzkissen und zog mir meine Decke drüber. Der Tee musste noch etwas ziehen und mir fröstelte.

Jesus nahm neben mir Platz und schaute mich erwartungsvoll an. Ich hingegen hatte Schwierigkeiten, meine Augen offen zu halten. „Gleich ist es soweit“, versuchte er mich zu beruhigen. Als ich nicht reagierte und schon atmete, als würde ich schlafen, zupfte er noch ein paar Blüten der Meerträubel aus seinem Beutel und reichte sie mir. Ich nahm sie und kaute langsam darauf herum, während ich sein aufgeregtes Gesicht aus dem Augenwinkel beobachtete. Sie schmeckten fürchterlich bitter und mein Mund war zu trocken, um die Blüten herunterzuschlucken. So reichte er mir die Schale mit dem Tee hinterher. „Hier nimm! Zusammen mit den Blüten wird es seine Wirkung tun. Bis du wieder etwas brauchst, wird der Sud genügend durchgezogen sein.“

Ich sah schon, an Schlafen dachte er in dieser Nacht wohl überhaupt nicht mehr.

Aber die Droge tat, was sie versprach. Mein Motor sprang wieder an und meine Gedanken wurden klarer. Nun war ich bereit, ihm das Weltraummärchen von George Lucas ins Judäa der Antike zu übersetzen. Ich nahm meine Aufzeichnungen zur Unterstützung zur Hand und blätterte die ersten Seiten neben ihm auf, so dass er alles gut erkennen konnte. Jesus verlor sich neugierig in den Texten und Zeichnungen. Ich musste ihn fast zurückdrängen und machte ihm deutlich, dass er alles nach und nach erfahren werde. Dies seien die Schriften, die mir mitgegeben wurden. Die Worte entstammten aus der Zeit und dem Ort, aus dem ich gekommen war.

„Ich habe alles so aufgeschrieben, wie es mir gesagt wurde, um dich einzuweihen. Das Schwert, das du gesehen hast, muss für diese Welt noch geschaffen werden. Doch der Schmied, der es anfertigen wird, wurde noch nicht geboren. Bis dahin wirst du das leuchtende Schwert sein. Deine Lehren werden den Schmied anleiten."
Ich machte eine kurze Pause, falls Jesus eine Frage hatte. Aber er schaute mich nur hungrig an. Also sprach ich weiter." Der Mann aus der Wüste, den du gesehen hast, Luke, er wusste nichts von der Macht, bevor sie ihm begegnete. Und dennoch trug er sie schon immer in sich. Aber sie musste erst geweckt werden. Und sie wurde geweckt, weil er der Auserwählte war, um die Finsternis zu bekämpfen, die zu dieser Zeit herrschte: Das Imperium. Und der Imperator war nicht irgendwer, es war der Herr der Finsternis selbst, der das Reich der Dunkelheit anführte. Er war mehr als Gabriel, er war mehr als Goliath, er war der Herr, der die Welt geschaffen hatte, in der das Licht erlosch. Bis auf ein einziges: das von Luke Skywalker. Es glomm in ihm in der Ferne, aber es war noch nicht tot. Es wartete auf ihn. Und alles, was in dieser Zeit geschah, geschah nur, damit dieses Licht in ihm erwachen konnte, damit er den Kampf gegen die Finsternis aufnehmen konnte. Denn die absolute Finsternis kann ohne Licht nicht existieren. Selbst in der dunkelsten Dunkelheit wird es einen Raum erhellen. In ihm bündeln sich die Kräfte, die die Dunkelheit besiegen können. Auch du trägst dieses Licht in dir und ich weiß, dass es nicht mehr nur schlummert, es brennt bereits, wie die Flamme einer Kerze. Deswegen bin ich gekommen, um daraus ein Feuer zu entfachen. Die Kraft dieses Lichts hat mich zu dir geführt, so wie sie einst Leia und Obi Wan Kenobi zu Luke geführt haben. Es hat sich in dir gerettet und nun sucht es sich die Verbündeten, die es braucht, um gegen das Imperium aufzustehen. Gegen den Herrn der Finsternis, gegen Rom." Jesus griff sich an sein Herz und nickte, so als hätte er dieses Licht doch schon lange in sich gespürt.

„Die Soldaten, die du durch das Fenster gesehen hast", fuhr ich fort, „sie waren die Römer jener Welt und der schwarze Lord, die rechte Hand des Imperators, ist das, was Pontius Pilatus für den Kaiser ist. Was Luke von Obi Wan lernen musste, war, das Licht, das er in sich trug zu erkennen und seine Macht zu spüren. Denn in dieser Macht versammelte sich die letzte göttliche Kraft, die einst die Welt beherrschte und die die Dunkelheit längst besiegt hatte. An der Seite des Lichts kämpften tapfere Engel. Sie waren Lichtkrieger wie ihr. Man nannte sie die jüdischen Reiter. Oder die Ritter Jehudis oder kürzer, wie du im Fenster gesehen hast, die Jedi-Ritter. Sie führten einst das Lichtschwert und sorgten für Gerechtigkeit in der Welt, bevor sie vom Herrscher der Finsternis geschlagen und vertrieben wurden. Fast alle bis auf zwei der der Jedi-Ritter starben, als der Imperator durch eine Intrige die Welt in seine Dunkelheit stürzte. Das gesamte Reich der Jedi wurde davon erfasst. Und das schlimmste war, der Imperator nahm sich auch einen der tapfersten Ritter und holte ihn auf seine Seite. Dieser Engel war fortan ein Gefallener. Wie hat er das gemacht? Er hat ihn versucht. Er hat ihm etwas angeboten, was dieser Ritter nicht ausschlagen konnte. Es war kein Gold, das er ihm gab. Auch kein Wissen. Nein, es war die Macht über das Leben, wonach dem Ritter dürstete. Und der dunkle Imperator, der selbst einst das Leben schuf, versprach ihm diese Gabe und nahm dafür seine Seele. Das war seine Versuchung. Und wir begegnen der Versuchung auch hier wieder. Es wäre einfach, sich ihr hinzugeben, denn das, was geboten wird ist viel. Rom ist reich, Rom beherrscht die Welt. Die Völker gehen vor Rom in die Knie und nehmen ihre Kultur an, ihre Schrift und ihre Gesetze. Aber dafür geben sie sich selbst auf. Wenn es noch ein Licht in ihnen gab, so wurde es von der dunklen Seite des römischen Imperators gelöscht. Denn wer sich der dunklen Seite angeschlossen hat, ist verloren. Aber es gibt Hoffnung für diejenigen, die der Versuchung widerstehen wollen. Was ihnen jedoch fehlt, ist Orientierung. Sie brauchen jemanden, der sie aus der Dunkelheit führt. Der sie daran erinnert, woher sie kommen und dass sie einst zu einem stolzen Volk gehörten. Ein junger Reiter der Jedi muss kommen, um sich dem Bösen zu stellen. Er muss die Menschen an das Licht erinnern und sie aus der Finsternis führen. So wie es Luke Skywalker getan hat. Und so wie Luke seinen Lehrmeister hatte, wirst auch du einen Lehrer haben: Ich werde dir alles sagen, was du wissen musst. Es stimmt, was du von den Zoroastern, den Anhängern Zarathustras, gehört hast. Das, was du von dort als Kampf zwischen Licht und Finsternis kennst, ist in Wirklichkeit der Kampf zwischen der hellen und der dunklen Seite der Macht." Ich schaute ihn fest an. „Jesus, das ist der Kern der Botschaft. Die Jedi Ritter tragen die helle Seite der Macht in sich. Sie stehen für das Gute und bekämpfen die dunkle Seite, das Böse, den Neid, den Hass und die Verführung.

Aber es müssen viele sein, damit der Kampf gewonnen und der Imperator vernichtet werden kann. Es braucht viele, um die Soldaten des Imperators zu bekämpfen und es braucht einen, der am Ende dem Imperator gegenüberstellt und ihn besiegt. Nur dann kann sich das Licht wieder ausbreiten und die Dunkelheit besiegen. Und wenn der Kampf erst gewonnen ist, dann wird die wichtigste Aufgabe sein, das Wissen über die helle und die dunkle Seite der Macht zu verbreiten und vor allem die helle aufrecht zu erhalten. Das wird die Aufgabe der Jedi Ritter sein, die noch kommen werden. Auch sie werden wiederum einen Lehrer brauchen. Und das wirst dann du sein.

Lehre sie, dass die Macht alles umgibt und alles erfüllt. Dass man sie spüren und beherrschen muss. Und dass man stark sein muss, um nicht von der dunklen Seite verführt zu werden. Ein Jedi Ritter übt stets Achtsamkeit allem gegenüber, was ihn umgibt. Er spürt, wenn jemand in Not ist und beschützt ihn. Er spürt, wenn die Macht eine Erschütterung erlebt und er gleicht sie aus. Er hält nicht an Besitz fest und fürchtet nicht seinen Verlust. Er ist frei von Trauer und Wut und stark in seinem Willen. Er ist edel und rein. Und er widersteht jederzeit der Versuchung, denn er überprüft seine Gefühle, wann immer er ihnen begegnet. Die Gefühle der dunklen Seite, Furcht, Trauer, Wut und Hass sind ihm fremd, denn die helle Seite der Macht, das Licht ist stark in ihm. Immer. So wird er stets das Gute verteidigen und das Böse aus der Welt verbannen. Diese Ritter, diese Engel des Lichts, deine Lichtkrieger werden mit dieser Lehre ein neues Heer an Jedi Rittern auferstehen lassen, die die Welt vor der dunklen Seite beschützen und bewahren. Und du wirst ihr Meister und Anführer sein. Der größte und stärkste Jedi aller Zeiten.

Die Welt begann nicht nur mit dem Licht, sondern auch mit der Dunkelheit. Die Macht erschuf beides, um die Welt im Gleichgewicht zu halten. Aber das Gleichgewicht ist sehr zerbrechlich und die dunkle Seite ist stark. Um das Gleichgewicht dauerhaft herzustellen, bedarf es einem dauerhaften Kampf der hellen Seite. Das Licht muss nicht nur bewahrt, sondern immer wieder erneuert werden. Dafür braucht es jemanden, der die Menschen ermahnt und erinnert und es braucht die Wächter, die es hüten. Du und deine Lichtkrieger, ihr werdet die Jehudi-Reiter sein, die Jedi Ritter dieser Welt. Du wirst vollenden, was Luke Skywalker begonnen hat. Dein Lord Vader ist Pontius Pilatus und dein Imperator ist Kaiser Augustus. Deine Lichtkrieger sind dein Heer. Bilde sie aus, wie einst Luke ausgebildet wurde. Dann werden ihr die dunkle Seite der Macht vertreiben und das Gleichgewicht wird wiederhergestellt sein.“

Tja, ich musste zugeben, ich hatte mir meine Rede und diesen Moment ergreifender vorgestellt. Stattdessen hatte ich das Gefühl, mich ständig wiederholt zu haben. Was ein Gelaber. Aber eigentlich gibt es ja nur zwei bis drei Kernaussagen. Man muss es halt einmal begreifen und davon ergriffen sein. Alles andere machen die Story und die Vorstellungen, die dabei in einem entstehen. Hundert Mal hatte ich mir überlegt, was und wie ich ihm alles sagen wollte. Aber mein Kopf war einfach doch zu erschöpft und leer. Egal. Ich hatte das Gefühl, er hatte alles geschluckt. Und ich meine, hey, für mich scheint das vielleicht abgedroschen klingen, aber er hörte das Zeug schließlich zum ersten Mal. Er hatte alles, was ich sagte, aufgesogen wie ein Schwamm und schaute mich so glücklich an wie ein kleines Kind an Weihnachten. Ich hatte ihn vollgepumpt mit Informationen und neuen Ansichten. Er war jetzt im Besitz einer vollkommen neuen Wahrheit. Er alleine. Und ich denke, das musste bereits einen gewaltigen Adrenalinausstoß in ihm hervorgerufen haben. Die Fährte hatte ich auf jeden Fall gelegt, die Lunte war angezündet, der Wurm im Wasser. Und Jesus hatte angebissen. Alles andere würde ich ihm erklären, wenn es die Situation ergab oder wenn er mich fragte.

Aber nun ging es daran, all das umzusetzen, was ich ihm eingeflößt hatte und vor allem darauf zu achten, dass Jesus auch alles so machte, wie ich es mir vorstellte. Ich musste ihn führen, ich musste ihn anleiten. Ich hatte automatisch die Rolle eines Lehrers übernommen. Ich war sein Jedimeister, sein Obi Wan. Ich hatte es schließlich selbst gesagt. Und er war mein Padawan, mein Schüler. Endlich verließ er meine Schlafstätte. „Bis morgen", hatte er noch glücklich geträllert und mit der offenen Handfläche vor sich einen Halbkreis gewischt, wie Obi Wan vor dem Sturmtruppler als sie durch Mos Eisley fuhren. „Du kannst jetzt schlafen", gluckste er. Er hatte sich schon die Gestik abgeschaut. Er zuckte mit den Augenbrauen, lachte mich an und verschwand. Und ich drehte mich auf den Bauch und versenkte meinen Kopf in den Händen. Erst in diesem Moment wurde mir klar, dass meine Arbeit jetzt erst begann. Es genügte nicht, ihm einfach nur die Filme zu zeigen und alles zu erklären. Ursprünglich hatte ich mir vorgenommen, an dieser Stelle im Kapitel „Jesus goes Jedi" wieder zu verschwinden. Mein Job war erledigt, nun wollte ich nur noch abwarten, was daraus wird. Aber ich hatte nicht bedacht, was es mit Jesus Psyche machte. Er würde mich jetzt niemals gehen lassen. Er war wie ein aufgeschrecktes Küken, das gerade gefüttert wurde, aber noch längst nicht flügge war, um auf die Welt losgelassen zu werden. Drei Filme, mehr als dreihundert Minuten und dann noch meine ganzen Aufzeichnungen. Mag sein, dass ich in ihm Träume geweckt hatte. Aber nun begann die Wirklichkeit. Wenn ich wollte, dass er ein echter Jediritter wird, der die Römer aus Palästina jagt und eine neue Weltreligion gründet, musste ich meinen Worten Taten folgen lassen und hierbleiben. Wenigsten bis zum Tag seiner Kreuzigung. Denn die durfte nun nicht mehr stattfinden. Kaum hatte ich den Gedanken zu Ende gedacht, blinzelte Jesus noch mal rein.

„Wie sollen wir die Römer besiegen? Ihre Waffen sind stärker als unsere, die Zahl ihrer Soldaten ist größer. Sie beherrschen die gesamte Welt!"

Ich schreckte hoch – und seufzte. „Na ja, nicht ganz. Aber mach dir darum keine Sorgen. Ich habe an alles Nötige gedacht. Wir machen das Schritt für Schritt. Erst die Menschen, dann die Waffen. Und nun schlaf. Wir müssen für unsere Aufgabe ausgeruht sein."

„Natürlich. Gute Nacht", sagte er und verschwand. Ich wartete noch einen Moment, dann holte mich die Müdigkeit ein und ich schlief durch bis zum nächsten Mittag.

Kapitel 11 – Maria

Als ich aufwachte saß Jesus im Schneidersitz vor mir und starrte mich an. „Guten Morgen Ben. Ich habe für heute eine Versammlung einberufen. Nicht nur wir Lichtkrieger werden kommen, sondern auch all unsere Anhänger und Sympathisanten. Wir treffen uns an einem geheimen Ort, so dass die Römer nichts von unserer Zusammenkunft mitbekommen."

„Was?", stammelte ich noch vollkommen übermüdet. Ich raffte mich auf, schlug die Decke um mich und musste ausgesehen haben, wie ein geprügelter Hund. Ich hatte wahrscheinlich nicht mal drei Stunden geschlafen.

„Eine Versammlung. Wir müssen die neue Botschaft verkünden. Sie ist viel besser als die von Johannes. Die Menschen müssen es erfahren. Du musst zu ihnen sprechen so wie du zu mir gesprochen hast!"

Ich hob abwehrend meine linke Hand. Durch die kleinen Luftlöcher oben in der Wand fielen dünne Sonnenstrahlen und kleine Staubpartikel des rötlichen Bodens schwebten darin. Von unserem Gelage des gestrigen Abends kroch mir der talgige Geruch der erkalteten Öllampen in die Nase.

„Nein, nein. Du musst zu den Menschen sprechen. Es ist von nun an deine Aufgabe. Ich bin nur der Bote, der dir das Wissen über die Welt gebracht hat."

„Du bist der Messias!"

Erneut winkte ich ab. „Nein, bin ich nicht. Und das weißt du auch. Du hast es selbst gesehen. Jeder muss die Rolle einnehmen, die ihm zugeteilt wurde. Außerdem werde ich irgendwann wieder gehen müssen."

„Wir alle müssen irgendwann mal gehen", stellte Jesus nüchtern fest.

„Nein, ich muss zurück zu dem Ort, von dem ich gekommen bin. Dort warten sie auf mich."

Die Enttäuschung stand ihm ins Gesicht geschrieben. Für ihn konnte das nur eins bedeuten: „Dann musst du zurück ins Himmelreich, um weitere wichtige Aufgaben an der Seite Gottes zu regeln?"

Um ihn nicht für die Sache zu verlieren, musste ich ihn dringend beruhigen. Und das, obwohl ich mich von der kurzen Nacht vollkommen gerädert fühlte. Mein Kopf brannte und er sah mich an, als hätte man einem großen Jungen den Lolli geklaut. Er hatte gefunden, was er gesucht hatte. Und nun wollte es gleich wieder verschwinden? Mir war klar, dass das nicht möglich war.

„Na ja, so ähnlich. Eigentlich nicht. Der Ort ist sehr irdisch. Aber er liegt in einer anderen Zeit, er …"

Jesus schaute mich mit noch größeren Augen an.

„Das ist jetzt zu kompliziert. Aber ja, du hast recht, es warten dort noch weitere Aufgaben auf mich."

Demütig senkte er den Kopf. „Gibt es denn wichtigere als diese?"

„Nun ja, weißt du, die Welt ist größer als du dir momentan vielleicht vorstellen kannst. Und die Zeit ist noch größer. Will man den Raum mit der Zeit multiplizieren, dann sind die Dinge, die darin passieren, die Schicksale der Menschen, die Ereignisse, die ihre Wege beeinflussen unendlich."

„Ich verstehe nicht."

„In der Welt, aus der ich komme, spielen Raum und Zeit keine Rolle mehr. Das was heute und hier passiert, wird unglaubliche Umwälzungen mit sich bringen. Und ich muss mich darum kümmern."

Ich nahm seine Hand. Er versuchte zunächst sie wegzuziehen, ließ es dann aber geschehen. Ich schaute ihm fest in die Augen. „Jesus, wir sind über ein Band verbunden, das Raum und Zeit nicht trennen kann. Du wirst deine Aufgaben hier haben, ich habe sie in einer Zeit, die noch kommen wird. Aber beide haben wir das gleiche Ziel: Die Herrlichkeit des Reiches Gottes zu den Menschen in diese Welt zu bringen."

Ich spürte wie er innerlich bebte und hoffte inständig, dass er sich damit zufrieden gab. Es würde noch schwer genug werden, all das hier zu regeln. Wie viele Jahre würden vergehen, was musste alles geschehen, bis ich die Früchte meiner Tat ernten konnte? Ich durfte nicht darüber nachdenken, sonst würde ich verrückt. Ich hatte meine Idee in die Welt gebracht und nun musste ich mich darum kümmern, dass sie in meinem Sinne gedieh. Darüber hatte ich mir noch zu wenig Gedanken gemacht. Das Ziel war klar, der Weg dorthin würde sich schon ergeben.

„Jesus."

„Ja?"

„Ich werde solange bleiben, wie du mich brauchst. Dich leiten und dein Lehrer sein. Aber irgendwann, ich hoffe sehr bald, wirst du selbst soweit sein, andere lehren und leiten zu können. Und dann brauchst du mich nicht mehr."

„Ich werde dich immer brauchen."

„Denk an das Band."

Jesus nickte. „Das Band. Okay …" Er runzelte die Stirn. „Es heißt doch okay, oder?"

„Okay!"

Ich glaubte es nicht. Jesus hatte sich für seine erste Ansprache ausgerechnet den Ort ausgesucht, die in der Bibelgeschichte als Ort seiner Seligpreisungen oder Bergpredigt berühmt wurde: Tabgah, am Nordrand vom See Genezareth. Ich hatte die Versammlung hier im Vorhof oder vielleicht draußen in den Bergen erwartet. Tabgah bedeutete mindestens eine Tagesreise für uns alle und für alle, die daran teilhaben wollten. Ein netter Ausflug, aber ich musste ihm das ausreden. Eine solche Völkerwanderung wäre ein gefundenes Fressen für die Römer und alle sonstigen Gegner unserer Bewegung. Er versicherte mir jedoch mehrfach, dass es der beste Weg sei. Er legte seine Hand auf meine Schulter und sagte: „Frag Belazel, Eli und Doron. Sind sie noch hier? Sie sollen uns nach Tabgah bringen. Du wirst sehen. Hier sind wir gerade so viele wie unser beider Hände zählen können, aber dort werden es Tausende sein. Ich kenne den Ort. Er ist sicher."

Ich fragte mich, ob es an der Sprache lag, an der Art zu reden in dieser Zeit oder ob ihn die Vorstellungen eines neuen Zeitalters beflügelte, aber er hörte sich jetzt schon an wie ein Prediger. Und das war gut so.

Wie es der Zufall wollte, waren meine drei judäischen Freunde ohnehin gerade im Begriff, zum See Genezareth aufzubrechen. Ich traf sie wie vermutet auf dem Markt, und das Wiedersehen und die Begrüßung fielen herzlich aus.

„Was habt ihr vor?", wollte Doron natürlich zuerst wissen. Belazel hielt sich ein wenig zurück. Ihm war das Gerede um uns schon beim letzten Mal zu viel gewesen. Aber Doron und Eli waren ganz aufgeregt und starrten mich erwartungsvoll an.

„Wir haben so viel von euch gehört seit deiner Befreiung. Das war wirklich eine unglaubliche Aktion. Wirst du nicht gesucht?"

"Was denkt ihr, warum ich meine Kapuze aufhabe und mit euch in abseits in einer Seitengasse stehe?"

„Natürlich. Meinetwegen könnt ihr alle mitkommen", betonte Doron.

„Wegen mir auch", lächelte Eli beseelt."

„Wir müssen aber noch Bezalel überzeugen. Du weißt ja, ihm ist die Vernunft wichtiger als das Abenteuer."

„Holt ihn her", bestimmte ich. „Ich werde mit ihm sprechen."

Es dauerte nicht lange, da stand er vor mir. Er zögerte und druckste herum. Er wolle nicht auffallen. Es ginge doch um das Geschäft und die Familie, er dürfe seinen Ruf als verlässlicher Geschäftsmann nicht verlieren. Natürlich hatte ich Verständnis für ihn. Ihm jetzt damit zu kommen, dass es doch um etwas Größeres ginge, hielt ich für ausweglos. Schließlich aber wurden wir uns einig. Er wollte wissen, wie viel denn mitfahren wollten. Ich sagte ihm, etwa zwei Dutzend und für ein Säckchen Silbermünzen willigte er ein. „Also gut!", sagte er kraftvoll. „Aber ich habe zwei Bedingungen:

Erstens, wir fahren mit drei Booten und ihr verteilt euch darauf. Ich habe Freunde, von denen ich weiß, dass sie mit euch sympathisieren. Sie legen heute und morgen ab. Zweitens sollen nie mehr als vier von euch an Deck sein. Wechselt euch ab. Seht zu, wie ihr euch in der Kajüte zusammen kauert. Legt das Tuch eines Predigers über eure Köpfe und zeigt eure Gesichter nicht. Wenn all das eingehalten wird, so werde ich euch fahren."

Ich legte ihm meine Hand auf die Schulter. „Wenn das deine Bedingungen sind, Bezalel, dann soll es so gemacht werden und nicht anders."

Alles lief wie geplant. Ich wusste selbst nicht, womit ich das verdient hatte. Offensichtlich war ich so überzeugt von meinem Vorhaben, dass ich nicht mehr viel dazu beitragen musste, um auch andere zu überzeugen. Das war in meinem bisherigen Leben nicht immer so.

Schon am nächsten Morgen stach das erste Boot in See, oder besser gesagt, legte vom Ufer des Jordan ab. Es waren Bezalel und die ersten Lichtkriegern aus unserer Gruppe.

Als nächstes gingen Jesus und ich, Sarah, Maria, Petrus, Andreas und Jakobus zusammen mit Eli und Doron an Bord. Zuletzt folgten noch zwei weitere Boote mit Anhängern aus Jericho, die sich uns zwischenzeitlich angeschlossen hatten und von der noch geheimen Versammlung nichts verpassen wollten. Zu Beginn hatte ich noch Zweifel, ob es wirklich eine so gute Idee war, so weit weg zu fahren und sich der Öffentlichkeit wie auf dem Präsentierteller zu zeigen. Denn trotz unserer Tarnung und Sicherheitsvorkehrungen, hatte ich ein komisches Gefühl bei der Sache. Vor allem fragte ich mich, warum uns die Menschen folgen sollten. Wir würden am Ende mit genau den Menschen auf dem Hügel von Tabgah stehen, mit denen wir losgefahren sind. Wo also war der Unterschied? Wozu der ganze Aufwand dort hinzufahren, zumal mit dieser beschwerlichen Art zu reisen. Aber meine Zweifel wurden recht schnell zerstreut. Denn Jesus behielt recht. Einige Menschen, die unsere Boote vom Ufer aus sahen, wussten, wer wir waren. Und Jesus wusste, dass sie es wussten. So funktionierte nun mal die Kommunikation im

Untergrund. „Das sind die Lichtkrieger, flüsterten sie sich zu. „Wo wollen sie hin?“ und „Was haben sie vor?“ Und so folgten uns einige und verbreiteten es, so dass die Gruppe der Anhänger wuchs und wuchs. Gleichzeitig verteilten sie sich so, dass es nicht wirkte wie eine Völkerwanderung. Ein unglaublicher Anblick und Vorgang und aus meiner zukünftigen Sicht kaum vorstellbar, welche Bedeutung es hatte, wenn die sogenannten Lichtkrieger zum See Genezareth auf einem Boot von Gleichgesinnten fuhren.

Den Menschen dürstete nach Veränderungen. Sie hatten es satt, unter dem Joch des römischen Imperiums zu stehen und ein Leben in Unfreiheit zu führen. Wenn dann welche kamen, die sich dagegen auflehnten, dann wurden sie gefeiert wie Pop-Stars. Die Menschen setzten all ihre Hoffnungen in uns, es war als hätten sie nur darauf gewartet, dass sich jemand erhob und sie anführte. Ich suchte nach Vergleichen, aber mir fielen auf Anhieb nur die Beatles und der IS ein. Und beides wollte nicht so richtig passen.

Die lange Fahrt gab mir die Gelegenheit, mit Jesus seine Ansprache nochmal durchzugehen. Er sagte, seine Rede müsse kämpferisch sein und gleichzeitig solle sie den Menschen das Vertrauen in das Gute in der Welt zurückbringen. Ein klares Feindbild sei von Nöten. Mit den Worten von Johannes könne man die Römer wohl kaum aus dem Land vertreiben. Später sollte ich erfahren, dass er das noch mal anders sehen würde. Sein Verhältnis zu Johannes war nach wie vor zwiespältig: er mochte die Ideen, aber er wollte sie nicht mögen, weil es nicht seine waren.

„Sprich zu deinen Anhängern!“, beschwor ich ihn. „Und wenn sie fragen, was mit dem Frieden ist, dann wiederhole die Worte, die du zu mir gesprochen hattest. Sag ihnen, du bist nicht gekommen, den Frieden zu bringen, sondern das Schwert. Erst wenn derjenige besiegt ist, der das Leid und die Not und den Krieg über die Menschen gebracht hat, kann ewiger Frieden herrschen.“

Er war einverstanden. „Das klingt gut, so mach ich es. machen. Guter Spruch.“ Er lachte mit einer Träne in den Augen. „Ist er nicht von mir?“

Vor meiner Abreise aus Hamburg hatte ich mir natürlich aus dem Internet alles über den Jedismus als Religion herausgesucht. Es gab ja tatsächlich Anhänger und sie lebten diese Religion wie eine echte, inklusive Kodex und eine Art „Jedi Unser". Das mussten wir noch auswendig lernen, aber schließlich hatten wir genug Zeit. Die Sonne stand im Zenit und strahlte uns von einem blauen Himmel an. Streckenweise wurde es schon unangenehm warm. Nachdem wir den Text zweimal durchgegangen waren, ließ ich ihn damit allein, damit er das freie Sprechen üben konnte. Ich ging nach hinten, setzte mich auf den Hosenboden und lehnte mich gegen die hintere Bootswand. Mit dem Tuch über dem Kopf war ich für einen Moment unsichtbar, zusätzlich spendete das Holzhaus auf dem Boot etwas Schatten. Ich hatte das dringende Bedürfnis, mich etwas zu erholen. Alle waren mit ihren Aufgaben beschäftig und so konnte ich eine kleine Pause einlegen.

Doch dann passierte etwas, womit ich überhaupt nicht gerechnet hatte. Wir hatten vielleicht die Hälfte der Strecke geschafft, da setzte sich Maria neben mich. Ich muss eingenickt gewesen sein, aber ich spürte die Nähe und die Wärme eines Menschen neben mir und hob den Kopf.

Sie hockte ebenfalls auf dem Hosenboden, hatte die Beine herangezogen und ihre Arme auf die Knie gelegt.

„Na großer Meister." Sie lachte mich an. „Ist das Fass leer?"

Ich runzelte kurz die Stirn. *Das Fass* leer? Das bedeutete in ihrer Welt wohl so viel wie: Batterie oder Tank leer. Demnach musste ich wirklich fertig ausgesehen haben. Die zweite Nacht hintereinander kaum geschlafen. Oder war es bereits die dritte? Die ganzen Gespräche und Erklärungen, ich fragte mich, ob ich schon Flecken im Gesicht hatte wie ein Aussätziger. Ich hob den Kopf und brummte mit halbgeschlossenen Augen und einem leichten Grinsen nur ein „Mmm" heraus.

Maria stand direkt wieder auf und schlenderte zur Reling. Sie hielt sich an der Bordkante fest und ließ den Wind durch ihre dunklen Locken wehen. Den Blick hielt sie in Fahrtrichtung gerichtet. „Ich habe Jesus noch nie so glücklich und voller Begeisterung gesehen."

Ich blinzelte sie an. „Ich hoffe, er hält an seiner Begeisterung fest. Das wäre gut für die Sache."

Ich stand auf und lehnte mich neben sie.

„Er kann sehr engagiert sein", erwiderte sie. „Aber ihm fehlte immer der richtige Weg und das richtige Ziel. Beides scheint er jetzt gefunden zu haben. Durch dich.

Ich nickte nur. Wir ließen einen Moment verstreichen.

„Wo kommst du nur so plötzlich her?", fragte sie mit einem Mal. Sie drehte sich zu mir.

„Na ja, was heißt so plötzlich", entgegnete ich. „Es war ein langer Weg."

„War es Zufall, dass du ausgerechnet hier her gekommen bist?"

Ich versenkte meinen Kopf in den Schultern. „Um ehrlich zu sein, nein."

Maria schaute mich fragend an.

„Ich habe von Jesus gehört", erklärte ich. „Er hat Spuren hinterlassen während seiner Wanderjahre als Zimmermann. Sie sprachen von dem Mann aus Nazareth, der zweifelte und suchte. Er sagte, Ungläubige hätten den Fuß auf heiliges Land gesetzt. Das müsse beendet werden."

„Ja, das stimmt. Das hat er gesagt. Als er zurückkam, ging er nach Jericho. Er wollte zunächst noch als Zimmermann arbeiten, aber er schaffte es nicht. Er schaffte es nicht, einen geregelten Tagesablauf zu meistern, wenn er das Gefühl hatte, dass seine Heimat fremdbestimmt sei. Dann traf er Zeloten und Sikarier, die sich das auch nicht mehr gefallen lassen wollten. Es brodelt schon so lange in diesem Land."

„Ja ich weiß. Das war auch ein Grund für mein Kommen. Und wieso schloss er sich nicht den Sikariern oder Zeloten an?"

„Das ist auch typisch für ihn. Er mag auf den ersten Blick nicht so wirken, aber er ordnet sich ungern unter."

Maria machte eine kleine Pause.

„Es sei denn, es kommt so jemand wie du."

Ich lachte etwas verschämt und sie lachte mit mir. Ihr langes Haar überdeckte ihr Gesicht und ihr Gewand lag nur sehr locker auf ihrer braungebrannten Haut. Ich beobachte sie während sie nach vorn auf das Wasser schaute und ich glaube, sie spürte es und schien es zu genießen. Die Sonnenstrahlen, die der Fluss auf uns reflektierte, tanzten auf ihrer Nasenspitze herum. Einen Moment sagten wir nichts und dann kam es bei ihr wie aus der Pistole geschossen.

„Wartet jemand auf dich an dem Ort, von dem du kommst?"

„Nein", entgegnete ich nur knapp.

Sie lächelte und ich bildete mir ein, aus Erleichterung. „Erzähl mir von dort", forderte sie mich auf.

„Nun, es ist alles anders und doch ist vieles gleich."

Sie fiel mir ins Wort. „Hör auf in Rätsel zu sprechen, du klingst ja selbst schon wie ein Wanderprediger."

Ich zuckte mit den Schultern. „Es gibt Dinge, die sind überall gleich und die werden sich auch niemals ändern, denke ich. Egal wie unterschiedlich die Kulturen und die Denkweisen sind, in denen sie leben."

„Zum Beispiel?"

Ich merkte, dass ich rot wurde.

„Meinst du die Liebe?", fragte sie keck mit erhobenen Brauen.

Ich grinste und nickte. Ich trug zwischenzeitlich einen Bart wie Obi Wan in Episode II und ich musste dabei ausgesehen haben wie ein betrunkener Teddybär.

Sie drehte ihren Kopf wieder in Fahrtrichtung. „Ich freue mich jedenfalls, dass du hier bist."

In diesem Moment schwappte eine Welle gegen das Boot und brachte es zum Schwanken. Das Wasser peitschte über die Reling und macht uns ordentlich nass. Maria schrie auf, lachte und ließ sich unbeholfen auf mich fallen. „Waaaa!", schrie sie und ich ließ es geschehen. Ich fing sie auf und drückte sie an mich. Im gleichen Moment schnappte ich Dorons Lachen auf. Er stand am Ruder und lenkte gekonnt das Boot gegen die Wellen und aus den Strudeln heraus, und ich hätte meinen Allerwertesten darauf verwetten können, dass der kleine Platscher von ihm beabsichtigte Absicht war. Er hatte sich damit auf jeden Fall einen Becher Wein auf meine Kosten verdient.

Kapitel 12 – Die Bergpredigt

Am nächsten Tag waren wir alle wieder vereint. Das letzte Boot hatte am Vorabend angelegt und jeder von uns hatte eine Unterkunft gefunden. Schon da kamen die Leute ans Ufer , um uns zu sehen. Wir kehrten in eine Gaststätte ein und genossen die Aufmerksamkeit, die Menschen folgten uns zur geselligen Runde und die Gastwirte waren erfreut über die Mehreinnahmen. Jesus und ich verabschiedeten uns jedoch schon nach wenigen Bechern guten Rotweins. Die Frauen ließen uns gehen, denn sie und wir wussten, was uns am nächsten Tag erwartete.

Ich suchte nach einem Vergleich, aber mir fiel spontan keiner ein. Woodstock? Wacken? Selten hatte ich so viele Menschen an einem Ort gesehen. Und es kamen immer mehr. Ich stand mit Jesus, Sarah, Maria, Petrus und einigen anderen von uns auf einem Hügel über Tabgah und schauten auf das Gelände um uns herum. Es mag zehn Uhr am Morgen gewesen sein, aber es war bereits angenehm warm und die Sonne schien von einem leicht bewölkten Himmel. Unser Blick wanderte über Tabgah vor uns und über die weiteren Ortschaften, die sich um den See von Genezareth verteilten. Ich fühlte mich ein wenig wie im Urlaub und musste an einen Ausflug mit meiner damaligen Freundin nach Bregenz am Bodensee denken. Der Blick vom dortigen Pfänder hoch über dem größten Binnensee Deutschlands war ähnlich atemberaubend.

Die Menschen strömten von allen Seiten herbei und verteilten sich um uns herum. Viele saßen schon eine Weile da, Alleinstehende, Paare und Familien. Einige hatten Decken ausgebreitet, nahmen wie bei einem Picknick ihr Frühstück aus Brot, Käse und Oliven ein und tranken dazu Ziegenmilch. Der Hügel selbst zeigte sich sanft und grün und nur hier und da von steinigem Boden unterbrochen. Es herrschte eine unglaublich friedliche und hoffnungsvolle Stimmung und ich spürte an diesem nach Frühling duftenden Morgen, wie gespannt alle darauf waren, was Jesus, der Lichtkrieger, ihnen nun zu sagen hatte.

Sarah, Maria und Petrus setzten sich in unmittelbare Nähe von uns zu den anderen Rebellen, die mit uns gekommen waren während Jesus und ich eine prominentere, für alle sichtbare Position einnahmen. In meinen Augen waren die Menschen hier jetzt schon Jesus kommende Schüler. Zu alt für Padawans, aber nicht zu alt, um die Wahrheit, meine Wahrheit, kennen zu lernen.

Ich blieb bei ihm stehen. Darum hatte er mich gebeten, denn er wollte mich den Zuhörern vorstellen und es gab ihm, wie er sagte, ein sichereres Gefühl. Falls er sich verhaspelte oder nicht weiterwusste, sollte ich ihm im Notfall soufflieren.

Jesus trat vor und breitete seine Arme aus. Damit machte er schon mal eine gute Figur. Für einen kurzen Moment musste ich jedoch an Sven Plöger, den Wettermann vom ZDF denken. Vielleicht sollte er sich doch eine andere Predigergeste überlegen?

„Setz dich doch“, flüsterte ich ihm zu. „Das bringt dich näher zu ihnen.“

Ich machte es ihm vor und ließ mich im Schneidersitz nieder. Dabei nickte ich ihm zu, was er als Aufforderung verstand, es mir gleich zu tun. Er lächelte, denn offenbar spürte er, dass es das Richtige war.

Und dann begann er zu sprechen.

„Es ist nur wenige Tage her, da durfte ich in die Wahrheit blicken. Und sie verkündete etwas, dass unser alle Rettung sein wird. Ich sah, dass wir das Böse besiegen können. Ich sah das Böse in den Armen des Erlösers Luke liegen. Es versteckte sich hinter einer Maske und im Ringen mit dem Tod sprach es die folgenden Worte: *Luke, nimm mir diese Maske ab. Ich will dich nur ein einziges Mal mit eigenen Augen sehen.*

Der Erlöser warnte ihn, denn die Maske, die er trug, um sich für uns zu tarnen, würde ihm den Odem des Lebens nehmen, sobald er sie absetzte. Aber er wollte es so, denn er wollte die Herrlichkeit mit eigenen Augen sehen. Und dann sagte der Allvater der Dunkelheit Lord Darth Vader: „Du, Luke Skywalker, Herr des Lichtes, dein Weg ist der richtige. Du hast mich, das Böse besiegt. Geh und verkünde es deinen Brüdern und Schwestern. Lass mich sterben, damit dein Weg frei von der Dunkelheit ist. Führe deine Schüler und Anhänger ins Licht."

Also gut, dachte ich. Erstmal war ich erstaunt, dass er sich überhaupt so viel von den Filmen merken konnte. Er zitierte teilweise sogar richtig, allerdings mit einer höchst eigenen Interpretation. Aber das war ja so von mir gewollt. Was ich nicht in diese Zeit übersetzen konnte, tat er von ganz alleine. Es basierte auf seinem Wissen und seinem Verständnis von der Welt. Der Kampf zwischen Gut und Böse war der Kampf zwischen der Dunkelheit und dem Licht, ein himmlischer Kampf zwischen den Mächten, den Engeln, dem Gott des Lichts und dem Gott der Finsternis. Das gnostische Prinzip des Dualismus, das schon seit Jahrtausenden in den Köpfen der Menschen herumgeisterte, irgendwann den Teufel schaffte und erklären konnte, warum die Welt kein Paradies und kein Hort der ewigen Liebe war, sondern ein Ort ewiger Gewalt, voller Kampf und Leid. Ich musste also gar nichts anderes machen als ihn reden zu lassen. Und es sprudelte nur so aus ihm heraus. Was er solange bei dem Täufer beneidet hatte, hatte er nun gefunden: seine Wahrheit. Alles lief perfekt. Er erzählte die ganze Story, bis hin zur vermeintlichen unbefleckten Empfängnis von Anakins Mutter Shmi, von der ich ihm erzählt hatte. Wobei ich ja immer noch glaube, dass Darth Sidious ihr eines Nachts einen Besuch abgestattet und damit den Sohn Satans gezeugt hatte, um das Böse auf der nächsten Stufe in die Welt zu bringen. Die Idee der Jungfrauengeburt war den Menschen hier wahrscheinlich durch Horus, dem ägyptischen Sonnengott bekannt, der auch von einer Jungfrau geboren worden sein soll. Ein Konzept, das also funktionierte, nicht hinterfragt wurde und als Nachweis für eine göttliche Geburt galt. Er selbst sah sich natürlich nicht als Jungfrauengeburt. Maria und Josef waren seine Eltern. Fertig, aus!

„Wer ist Luke?“, wollte einer wissen. „Wer ist Lord Darth Vader?“, fragte ein anderer.

Also begann Jesus die Heilsgeschichte von Annakin, Luke und Leia zu erzählen. Was dabei am Ende aber wie eine Bombe einschlug, wenn man in der Antike von einer Bombe sprechen konnte, war folgendes:

Die Idee, dass aus dem Bösen selbst heraus Gutes entstehen konnte. Selbst wenn der Herrscher der Finsternis einen Sohn gebären ließ, konnte aus ihm wiederum das Gute, das Licht geboren werden. Das, so erklärte es Jesus den Menschen, war der kleine Funken Licht, der in allem von uns steckte, die Hoffnung, die, wenn man an ihr festhielt, die Dunkelheit vertrieb. Ein dunkler Fleck, so kam er zum Schluss, nachdem er die komplette erste *Star Wars*-Trilogie in seinen eigenen Worten erzählt hatte – es war zwischenzeitlich Nachmittag – ein dunkler Fleck im Licht, wird vom Licht verschlungen, aber ein Lichtpunkt in der Dunkelheit lässt die Dunkelheit verschwinden. Und dann formulierte er es nochmal anders: Dunkelheit im Licht ist unsichtbar, Licht in der Dunkelheit hingegen löst die Dunkelheit auf. Er versuchte noch ein paar weitere Versionen, aber vom Prinzip her war es klar. Er hatte die Menschen überzeugt. Und hätte ich ihm die Geschichte nicht selbst erzählt, wäre auch ich an diesem Tag sein Anhänger geworden. So ergriffen war ich von seinen Worten.

„Was ist ein Jedi“, rief einer aus den vordersten Reihen.

Es kam mir vor, als hätte Jesus auf diese Frage gewartet. „Wenn der Frieden einst erreicht ist, die Dunkelheit besiegt und für alle Zeit das Licht der hellen Seite leuchtet, dann werden die Jedi die Friedenswächter auf Erden sein, so wie die Engel die Friedenswächter im Himmelreich sind.“

„Es gibt keine Engel“, flüsterte ich ihm zu. „Das hatten wir doch besprochen.“ Während der gesamten Rede hatte ich ihn kein einziges Mal unterbrochen. Aber mussten jetzt auch noch Engel dazu kommen? Ich wollte ja eigentlich weg von dem Hokuspokus, aber wie ich bereits festgestellt hatte, funktionierte das hier einfach nicht. Und so wunderte es mich nicht, dass Jesus abwinkte. „Sie werden es so besser verstehen. Lass mich nur machen. Wir können das ja immer noch richtig stellen."

Ich ließ ihn. Er hatte mich und alle anderen ja längst überzeugt.

So sprach er weiter: „Lasst mich euch sagen, wie das Leben eines Jedis ist. Es ist voller Demut, Achtsamkeit und Liebe für die Schöpfung." Er machte eine kurze Pause.

„Nun höret mir zu und präget euch diese Worte ein:

Die Jedi nutzen ihre Kraft zur Verteidigung und zum Schutz anderer, nie jedoch zum Angriff.

Die Jedi achten alles Leben, in jeder Form.

Die Jedi dienen, anstatt zu herrschen, zum Wohle der Menschheit.

Die Jedi streben nach Vervollkommnung durch Wissen und Ausbildung.

Die Jedi sind Teil der Gemeinschaft und stärken diese durch ihr eigenes Tun.

Niemals schädigen sie den Orden, nie lassen sie einen Jedi im Stich.

Und höret, was ich euch noch zu sagen habe:

Wenn ihr fragt, was ist mit meinen Gefühlen, wenn ich zornig bin und eifersüchtig. Dann sage ich euch, wenn du so fühlst, übe Frieden.

Wenn ihr fragt, woher sollen wir wissen, was wir tun sollen? Dann sage ich, es gibt kein Unwissen, wisse!

Ihr frag, aber wenn mich die Leidenschaft packt, wie soll ich da ruhig bleiben? Ich sage euch, wenn du die Leidenschaft spürst, so übe Gelassenheit.

Ihr fragt, aber wie sollen wir in all dem Chaos den richtigen Weg finden? Nun, dann sage ich euch, übt Harmonie, dann wird das Chaos verschwinden.

Ihr fragt, wenn uns der Tod ereilt, wo werden wir hingehen? Ich sage euch, wer in der Macht ist, wird ewig sein, denn die Macht ist ewiglich."

Er schaute mich an und ich nickte ihm zufrieden zu. Nun fehlte nur noch eine Sache: Das Gebet, das „Vater Unser" der Jedi.

Jesus hob wieder die Arme wie Sven Plöger, senkte sie aber nicht wieder ab und sprach:

„So lasset uns beten.
Ich glaube an die lebendige Macht der Schöpfung;
Ich bin ein Jedi, ein Instrument des Friedens;
Dort wo es Hass gibt, werde Ich die Liebe bringen;
Dort wo es Verletzung gibt, bringe ich die Vergebung;
Dort wo Zweifel bestehen, Glaube;
Dort wo es die Verzweiflung gibt, bringe ich Hoffnung;
Dort wo es Dunkelheit gibt, bringe ich Licht;
Und dort wo es Trauer gibt, bringe ich Freude;
Ich bin ein Jedi
Ich werde nie danach trachten, mehr getröstet zu werden als zu trösten;
Mehr verstanden zu werden als zu verstehen;
Mehr geliebt zu werden als zu lieben;
Denn im Geben liegt das, was wir empfangen;
In der Vergebung, dass uns vergeben wird;
Und im Sterben, dass wir zu ewigem Leben geboren werden.
Die lebendige Macht der Schöpfung ist immer bei mir, ich bin ein Jedi."

Jesus Ansprache war zu Ende und man konnte die Erschöpfung und gleichzeitig die Beseeltheit unter den Zuhörern spüren. Auch Jesus war erschöpft, das sah ich ihm an. Er hatte wirklich großartiges geleistet. Ich war mir sicher, dass wir die Menschen nun hinter uns hatten, denn die Vorstellung, dass nur ein Funke Hoffnung, nur ein kleiner Lichtpunkt genügt, um die Dunkelheit und das Böse aus der Welt zu vertreiben, ja dass das Böse selbst zur Einkehr bereit ist und das Licht aus sich heraus gebären kann, das hatte alle überzeugt. Sarah schaute ihren Jesus mit großem Stolz an, so auch die anderen Rebellen, Doron, Eli und selbst der skeptische und vorsichtige Bezalel. Maria lächelte mich an und zwinkerte mir zu, als wollte sie sagen: Alles richtig gemacht. Aber jetzt musste der nächste Schritt folgen. Die Umsetzung von Jesus Worten. Und ich war nicht der Einzige, der das dachte, denn nach dem kurzen Moment der Stille brach Gemurmel aus. Und ich wusste, jetzt war ich an der Reihe.

„Aber wie sollen wir die Römer jemals besiegen?“, fragte auch schon eine junge Frau. „Wir haben nicht mehr als Schaufeln und Mistgabeln!“

Jesus deutete mit der flachen Hand einladend auf mich. „Er wird es euch sagen. Er ist derjenige, der gesandt wurde, um uns die Nachricht von Luke und Leia zu überbringen. Er wird uns sagen können, welche Mittel die Vorsehung für uns auserwählt hat, um die Jedi im Kampf gegen das Imperium auszurüsten.

Im Gegensatz zu ihm stand ich auf. Denn sie sollten von Anfang an spüren, dass meine Worte nicht die eines Predigers, sondern eines Kommandeurs waren. Ich trat hervor und begann mit meinem Teil der Ansprache:

„Nun möchte auch ich mich vorstellen. Mein Name ist Ben Faber. Ich komme aus einem fernen Land am Indus-Fluss aus der Stadt Harrapa. Ich begegnete Jesus dort auf seinen Wanderjahren, wo er sein Wissen über die Welt erlangte.

Jesus schaute mich entsetzt an. „Du sollst doch nicht …“

Ich schloss nur kurz die Augen und schüttelte leicht den Kopf, um ihm anzudeuten, dass jetzt keine Zeit für Moses Gebote sei. Es handelte sich um eine Notlüge. Er seufzte. Ich war immer noch sein Meister, egal wie gut er geredet hatte. Also sprach ich weiter. „Ich stehe an Jesus Seite und ich werde die Rolle des militärischen Führers einnehmen. Ich bin vertraut mit den Kriegsmethoden und Taktiken der Römer. Ich habe Konstruktionspläne für Waffen dabei, wie ihr sie noch nicht gesehen habt. Ich brauche erfahrene Ingenieure und Konstrukteure. Ich brauche Bergleute, Schmiede, Köche, Handwerker aller Art, um eine Gegenwehr zu schaffen, die die Römer aus unserem Land fegt wie die Fliegen auf einem Scheißhaufen." Das war mir so rausgerutscht. „Werde ich diese Männer und Frauen unter euch finden? Wenn ja, können wir schon heute mit dem Kampf beginnen."

Jesus sprang auf, ballte die Fäuste, spreizte die Arme ab und rief laut „Jaaaa!". Ich erschreckte mich, denn für einen Moment erinnerte er mich mit dieser Geste an Cristiano Ronaldo, wenn er ein Tor geschossen hatte. Auf der anderen Seite freute ich mich über seine Begeisterung, denn sie war wichtiger als alles andere. Nur mit ihm, dem offiziellen Anführer der Lichtkrieger, würde ich das nötige Vertrauen bei den Menschen hier finden. Schließlich brauchte ich sie, um dieses Land, ja diese Welt von Grund auf umzukrempeln und um meine Idee in die Wirklichkeit umzusetzen. Ich ließ mich sogar von seinem Enthusiasmus anstecken, hob selbst die Arme wie ein Prediger und sagte: „Ihr seid alle Lichtkrieger, ihr seid Jedi, ihr seid geborgen, im Schoße der Macht. Sie ist da, sie ist überall, sie ist es, die uns durchdringt und das Universum zusammenhält. Mit ihrer Hilfe, werden wir das Böse und die Dunkelheit besiegen!" Ich schaute zu Jesus und er nickte mir aufmunternd zu. Meine eigenen Worte und der süße Rausch der begeisterten Massen vor mir elektrisierten mich. Ich rief: „Ich, Ben Faber, sage euch, wir werden Palästina von den Römern befreien, wir werden Ägypten von den Römern befreien, wir werden Karthago von den Römern befreien und wir werden Francia und Germanien von den Römern befreien. Denn erst wenn die Welt vom Imperium des Bösen endgültig gereinigt wurde, kann Frieden in der Galaxis herrschen!" Ich merkte, dass sich meine Stimme bei den letzten Worten fast überschlagen hatte und aus dem tiefsten meiner Kehle hervorgekommen war.

Das Volk vor uns jubelte eher zögerlich. Hatte ich etwas Falsches gesagt? Jesus schaute zu mir herüber. „Galaxis? Ist das nicht das griechische Wort für Milch … Milch irgendwas?"

„Milchstraße", unterstützte ich ihn. „Ja, sie, die Galaxis ist unser Universum. Sie ist alles, was es gibt und die Macht wirkt überall in ihr."

„Ahh", machte Jesus. „Ja, das klingt gut."

Er hob du Arme und rief. „Die Galaxis, die Milchstraße, das Universum, die Macht wirkt überall. So soll es sein!“

Es mag albern klingen, aber nach diesen Worten, tobte auch endlich die Masse und ich fühlte mich in der Rolle des Ben Faber immer wohler. War Obi Wan nicht auch General und befehligte in den Clone Wars die Armeen der Republik? Ich musste bei all der Euphorie nur aufpassen, dass ich den eigentlichen Grund für mein Hiersein nicht aus den Augen verlor. Religionsgeschichte war austauschbar. Es geschah in diesem Moment, hier vor meinen Augen. Ein weiterer Schritt zu meinem Ziel war vollbracht.

In kürzester Zeit kamen mehr als zwei Dutzend Menschen zu uns, die sich als Helfer und Unterstützer unserer Militarisierung anboten. Sie kamen aus den unterschiedlichsten Bereichen des Handwerks, des Handels und des Konstruktionswesens. Und wir konnten sie alle gebrauchen, denn im Prinzip musste eine komplette Industrie aufgebaut werden, mit allem was dazu gehörte, um denjenigen, die schließlich die Waffen für uns produzieren sollten, erstmal die nötigen Voraussetzungen zu ermöglichen. Mit anderen Worten, wir mussten erstmal Maschinen konstruieren, mit denen die Waffen produziert werden konnten und wir mussten das Material heranschaffen, um diese Maschinen konstruieren zu können.

Wir hatten uns für die Planung ein großes Zelt errichtet, in dem wir uns zusammensetzten und die ersten Schritte besprachen. Ich war selbst erstaunt, wie viele sich uns tatsächlich anschließen wollten und bereit waren, für die Durchsetzung ihrer Rechte in den Krieg zu ziehen. Erst jetzt begriff ich, wie groß ihre Not wirklich war und wie sehr sie uns als ihre Befreier ansahen. Wir waren ihre neue Hoffnung und mir wurde bewusst, welche Verantwortung damit auf uns lastete.

Unser erstes Ziel musste sein, einen Ort zu finden, an dem wir unsere Produktion errichten konnten. Ich machte ihnen von vornherein deutlich, dass es sich hierbei nicht nur um Schwerter handeln würde, die durch ihre Klingen töten, sondern um solche, die Feuer spucken konnten, die schneller waren als das Auge und im besten Falle größer als der Mensch, der sie bediente. Ich dachte dabei vorausschauend schon an Panzer und so ein Zeug. Sie schauten mich nur mit großen Augen an, aber nachdem ich meine Pläne vor ihnen ausgebreitet hatte, schienen sie zwar noch immer unentschlossen, wie sie so eine Meisterleistung bewerkstelligen sollten, aber meine und Jesus Zuversicht ließ sie zunehmend daran glauben, dass von nun an alles möglich sei.

Ich saß im Schneidersitz auf dem Boden und hatte verschiedene Konstruktionszeichnungen für die Maschinen und Feuerwaffen vor mir ausgebreitet. Die Frauen und Männer saßen um mich herum und starrten mit fragenden Gesichtern auf die Papiere. Jesus hockte wie ich im Schneidersitz gleich neben mir, aber im Gegensatz zu mir mit durchgedrückten Rücken. Die Hände hatte er ordentlich auf den Knien abgelegt und so blickte er einen nach dem anderen freundlich lächelnd und wie ein Allwissender voller Sanftmut und Demut in die Augen, obwohl er kein Wort von dem verstand, was ich da erzählte. Er war einfach nur stolz, jemanden wie mich zu kennen, der all dieses Wissen mitbrachte. Offenbar erschien ich ihm als der große Stratege, der im Auftrag Gottes gekommen war, um ausgerechnet ihn und sein Volk für diese große Aufgabe auszuwählen. Er musste also bisher alles richtig gemacht haben.

Ich erinnerte mich an Kleinschmidts Worte und mir wurde klar, dass es nur eine Möglichkeit gab, wo wir unsere Produktionsstätte hochziehen konnten: wir mussten zu den Kupferminen in der Negevwüste.

Aus den Recherchen damals wusste ich noch, dass es in der Wüste südlich des Jordan Bergwerke gab, deren Ursprung bis in die frühe Bronzezeit zurückreichten. Bereits im fünften Jahrtausend vor Christus wurde zwischen dem alten Hethiterreich und Ägypten Eisen aus Eisenerz gewonnen, das zur Herstellung von Waffen, aber auch von Kultgegenständen, Schmuck und medizinischen Geräten genutzt wurde. Pyramidentexte beschreiben unter anderem eiserne Throne, Stricke und Ketten, die aus Erz hergestellt wurden. Auch die Königsgräber von Ur enthielten einige Eisenfragmente und Herodot beschrieb den Pyramidenbau mit Eisenwerkzeugen. Ich erinnerte mich zudem, dass es große Eisenerzvorkommen im Libanon gab, das in der Antike noch zum syrischen Reich gehörte. Hier in der Negevwüste gab es jedoch nur Kupfer. Dennoch wollten wir das Bergwerk für unsere geheime und unter Tage stattfindende Waffenproduktion nutzen, denn es erschien mir als der unwahrscheinlichste Ort für die Planung einer Rebellion. Darauf würden die Römer nie kommen.

Das Eisen musste daher von den Orten, an denen es vorkam herangeschafft werden. Ein sehr zeitaufwändiges Unterfangen, aber was blieb uns anderes übrig? Ich schlug also vor, das Eisenerz im Süden Syriens zu besorgen, die nächste und einzige Quelle, die mir für unsere Zwecke machbar erschien.

„Aber was ist mit Penuel?“, fragte einer. Er klang dabei so überrascht, dass es mir fast peinlich war, noch nichts davon gehört zu haben. Ich antwortete also besser nicht, sondern wartete ab, was er zu sagen hatte. Schon raunte es durch die Menge. „Ja, Penuel!“, sagte ein anderer. „Wenn wir in die Jordanwüste wollen, dann ist Penuel die nächste Möglichkeit, um an Eisenerz zu kommen. All unser Kochgeschirr kommt von dort. Töpfe, Pfannen …“

„Wo liegt Penuel?“, fragte ich.

Es liegt östlich des Jordan am Jabbuk-Fluss“, sagte der andere wieder. „Von Jericho vielleicht eine halbe Tagesreise entfernt.“

Ich nickte. „Das ist gut. Danke! Dann wollen wir es von dort besorgen.“

Die erste Feuerwaffe, die ich produzieren wollte, sollte eine schnelle Handfeuerwaffe sein. Bekannterweise war es Gotthard Glas aus Weimar gewesen, der *die* israelische Maschinenpistole entwickelt hatte, und das mit den einfachsten Mitteln: die Uzi.

Gotthard Glas emigrierte nach der Machtergreifung Hitlers nach Großbritannien und drei Jahre später nach Palästina in einen Kibbuz, wo er den hebräischen Namen Uziel Gal annahm. Daher auch der Name der Waffe. Die Maschinenpistole war eine recht simple Konstruktion aus Federn, ein paar Metallteilen und Stiften und sie funktionierte mit einem einfachen Massenverschluß. Sie ließ sich also selbst für uns relativ einfach bauen, was sie zu einer perfekten Einstiegswaffe für unsere erste Eroberung machte. Danach war die

AK47 dran, damit war die Basis für unsere Welteroberung geschaffen.

Die Welteroberung selbst sollte so beginnen: Wir mussten zuerst die römische Garnison Masada in der Negevwüste erobern. Das wäre der bestmögliche Stützpunkt, um von dort aus weitere Operationen, Angriffe und Feldzüge zu starten und zudem eine perfekte Versorgungsstation für das nahegelegene Bergwerk. Die Römer mussten dort also weg!

Die Abbildungen, die ich vom Nordpalast des Festungshügels gesehen hatte, ähnelte ein wenig dem Palast von Jabba dem Hutten auf Tatooine. Jesus mussten diese Bilder von Jabbas Zitadelle in der Anfangssequenz von *Rückkehr der Jedi-Ritter* also vertraut vorgekommen sein. Alles Vertraute erleichterte mir mein Vorhaben, so auch dort unseren ersten militärischen Stützpunkt zu errichten. Geschichtlich würde es im Übrigen genau solch einen Angriff jüdischer Rebellen auf Masada in etwa 40 Jahren geben. Eine Gruppe von Sikariern überraschte laut Geschichtsbüchern im Jahr 66 n. Chr. die römische Garnison und nahm Masada ein. Rebellen aus verschiedenen politischen Gruppierungen siedelten sich auf dem Gelände der Festung an. Was waren 40 Jahre in einer Welt, in der Uhren noch nicht die Bedeutung hatten wie in meiner Zeit? Ich beschloss also, diesen Angriff einfach ein paar Jahre vorzulegen. Sobald wir das geschafft hatten, hatten wir eine gute Ausgangslage, für weitere schnelle Eroberungen und konnten die Produktion schwerer Geschütze nach oben, über Tage verlegen. Bis die erste römische Armee anrückte, die sich traute, gegen unsere Schnellfeuerwaffen vorzugehen, würden die Haubitzen und Raketenwerfer stehen, die sie aus ihrer gewohnt präzisen Kampfformation fegen sollten. Um diese Festung allerdings erobern zu können, mussten wir mit der Uzi ausgerüstet sein. Der erste Schritt war also die Gewinnung von Roheisen, um Maschinen und Gussformen herzustellen, mit denen wir unsere Einzelteile für die Maschinenpistole produzieren konnten.

Leider hatte ich keine Pläne für größere Waffen mitgenommen. Aber ich dachte mir, wenn hier ein paar schlaue Konstrukteure unter uns sind, werden sie das Prinzip einer Schusswaffe begreifen und weitere entwerfen können. Zumindest war ich in der Lage, aus dem Gedächtnis die eine oder andere auch größere Waffe aufzuzeichnen, bis hin zum Maschinengewehr oder zu Artilleriegeschützen. Das nächste wäre dann die Konstruktion von gepanzerten und motorbetriebenen Vehikeln. Und gemäß den berühmten Sätzen aus der Feuerzangenbowle würde ich mit der Dampfmaschine beginnen. Mit dem Prinzip des Automatismus also und mit mechanischen Antrieb durch Energie. Ich sagte mir, wenn wir erst Masada erobert hatten, und das würde mit der Feuerkraft hunderter Uzis gelingen, würde ich die Zeit haben, mit Hilfe der Ingenieure Zeichnungen von Maschinen und Motoren zu erstellen. Und dann konnte uns nichts mehr aufhalten.

Erschöpft aber mit den Köpfen voller Ideen löste sich unsere Gemeinschaft auf und begab sich zur Nachtruhe.

Kapitel 13 – Bei Maria und Josef

Dann kam der Tag des Aufbruchs vom See Genezareth. Die ersten Boote legten früh am Morgen ab. Wieder sollten sie in einem gewissen zeitlichen Abstand starten. Viele gingen aber wie sie gekommen waren zu Fuß zurück in ihre Dörfer. Wir hatten verabredet, dass wir in den nächsten Monaten nach und nach in die Wüste aufbrachen. Zunächst auch nur die wichtigsten, die nötig waren, um den ersten Prototypen einer Uzi herzustellen und die Infrastruktur zu schaffen, damit wir mit Material, Nahrung und vor allem genügend Wasser versorgt waren.

Jesus hingegen wollte seinen Eltern im relativ nahe gelegenen Nazareth noch einen Besuch abstatten und er bat Sarah, Maria und mich darum mitzukommen. Nicht mal eine halbe Tagesreise würde uns von ihnen trennen und so stimmte ich zu. Ich war sehr aufgeregt, diesen Ort zu Jesu Lebzeiten sehen zu dürfen, war es doch meine erste Station in Israel, nachdem ich mit dem Flugzeug in Tel Aviv gelandet war. Und die Vorstellung, Jesus Eltern leibhaftig zu begegnen, war selbst für so ein ungläubiges Ketzermaul wie mich sehr berührend.

Wir bewegten uns über Land auf Eseln, was zu der Zeit mit zu den praktischsten Fortbewegungsmitteln bei der ärmeren Bevölkerung zählte. Soweit es ging, lief ich aber neben dem störrischen Gesellen her, da ich als Vegetarier mit der Vorstellung, Tiere auszubeuten so meine Schwierigkeiten hatte. Dass sie als Lasttiere jedoch mein Gepäck schleppten, ließ ich gern geschehen, denn es war in dem teils unwegsamen Gelände durchaus eine große Erleichterung.

Nach etwa acht Stunden erreichten wir das hügelige Gelände um Nazareth. Kinder hatten uns beim Klettern in den Felsen herannahen sehen und kamen uns entgegengelaufen. Sie tanzten um uns herum und einer rief: „Bist du Jesus?"

„Das bin ich", entgegnete er. „Und wenn mich nicht alles täuscht, ruft man dich Samuel."

Die Kinder schrien auf, weil er den Jungen erkannt hatte und liefen davon. „Jesus ist wieder da! Jesus ist da!"

Jesus grinste mich an. „Es würde mich nicht wundern, wenn wir jetzt erwartet werden."

Der Gedanke, irgendetwas in Nazareth wiederzuerkennen, nur weil ich zweitausend Jahre später einmal durchgefahren und in einem Falafelladen Halt gemacht hatte, war natürlich vollkommen absurd. Das wurde mir klar, als wir die zerklüftete Siedlung auf den Abhängen um das Tal herum erreichten. Das dünn besiedelte Gebiet wurde aufgrund der geringen Funde von Besiedlungsnachweisen lange Zeit in den Geschichtsbüchern als nicht bewohnt beschrieben. Daher wurde Nazareth bis in die Neuzeit sogar als Herkunftsort von Jesus bezweifelt. Ich durfte nun Zeuge davon sein, dass es nicht so war.

Als wir den weitläufigen Hof von Maria und Josefs Haus betraten, kamen uns die beiden schon mit Jesus Brüdern Jakobus, Joses, Judas und Simon entgegen gelaufen. Auch sie waren Zimmermänner. Allesamt hatten sie wie der Vater den Beruf des Zimmermanns gewählt. Sie waren jünger als Jesus und erst am Vortag von ihrem gemeinsamen Auftrag nach Hause gekommen.

Der Vater gab Jesus eine Ohrfeige und drückte ihn danach an sich. „Willst du, dass wir umkommen vor Sorge? Wo treibst du dich nur rum?"

„Ich war in Jericho, Vater. Das weißt du doch. Ich habe mich taufen lassen."

„Von diesem Johannes? Was weißt *du* schon darüber?", schimpfte er. „Der Mann ist ein Aufwiegler. Er bringt die Römer gegen sich und gegen alle auf, die ihm hinterherlaufen. Willst du, dass sie eines Tages auch vor unserer Tür stehen?“

Jesus zuckte mit den Schultern und warf mir einen genervten Blick zu. Gleichzeitig schmunzelte er, weil er wahrscheinlich an meine Nacht im römischen Garnisonsgefängnis denken musste. „Nein, Vater“, brummte er.

„Aber nun ist er ja hier“, sagte die Mutter. Sie nahm Jesus aus der Umarmung des Vaters und zog ihn zu sich. „Wir haben schon gehört, dass du in der Nähe bist.“

Jesus schaute hinter sich. Die Kinder standen noch immer da und gafften. „Ja,“ lachte er und rief: „Die Spatzen pfeifen's von den Dächern!“ Er drehte sich zu den Kindern und lief mit hochgerissen Armen auf sie zu. Die Hände hatte er zu Krallen geformt. „Und diese Spatzen werde ich mir jetzt holen! Rooaaarrr!“

Schreiend und kreischend liefen die Kinder davon.

Sarah und Maria lachten. Die Mutter schüttelte den Kopf. „Ich hoffe, er weiß, was er tut. Er ist doch selbst noch ein Kind.“

Jesus kam lachend und beschwingt zurück und seine Brüder liefen auf ihn zu, packten und schubsten ihn und legten ihre Arme um seine Schultern.

„Aber nun lasst uns erst mal reingehen“, bestimmte die Mutter. „Ihr habt doch sicher alle Hunger.“

„Mehr als eine römische Legion Soldaten nach einem Dreitagemarsch“, rief Jesus und ich fragte mich, ob das hier ein Standardspruch war. Gemeinsam betraten wir das Haus.

Das Innere des Hauses bot zu meiner Überraschung genügend Platz für alle. Die Einrichtung zeigte sich mir wie erwartet eher karg. Mörtel, Lehm, Holz und Ziegel bildeten das Material, aus dem der Vater und seine Söhne das Haus mit eigenen Händen erbaut hatten. Es ging über zwei Etagen, hatte auf der oberen Etage einen Rundgang und schloss mit einem Schrägdach aus Dachpfannen ab, so dass der Regen über Rinnen abfließen konnte. Von dort sammelten sie das Wasser in einer Zisterne, die im Fels eingelassen war, an den das Haus angelehnt war. Der Hof lag auf einem Hügelzug, der sich hufeisenförmig um eine Geländemulde legte. In dieser Geländemulde sollte in vielen Jahren einmal die Altstadt von Nazareth entstehen. Jetzt gab es nur eine Ansiedlung kleinerer Gebäude, in denen insgesamt nicht mehr als 500 Menschen wohnten.

Der Tisch bog sich fast, unter der Last der Speisen und Getränke. Maria und Josef hatten Hülsenfrüchte, Nüsse, Wein, frisches Brot, Oliven, Ziegenkäse, gebratenen Salat, Feigen, Datteln und Honig für uns zubereitet. Damit zeigten sie uns, wie sehr sie sich über ihre Gäste freuten.

Und sogar ein Fisch hatte daran glauben müssen, ein Buntbarsch des Simon vom See Genezareth, wie Josef mir erklärte. Mit reichlichen Kräutern gewürzt garte er im eigenen Saft vor sich hin. Ich musste ja nichts davon essen.

„Vater!“, sagte Jesus unvermittelt. „Es ist etwas ganz Neues. Die Macht durchdringt uns alle. Sie hält unsere Welt zusammen. Man muss sie nur nutzen, dann kann man das Böse besiegen.“

Wir waren alle satt geworden und saßen nun auf Kissen in einer Ecke gegen die Wand gelehnt, die ich als Sofaecke bezeichnen würde. Die Mutter hatte uns ein erfrischendes Getränk aus Kräutern zubereitet. Ich meinte, Minze und Dill als Hauptbestandteile herauszuschmecken.

Während des Essens erzählte Jesus wie ein Wasserfall von seinen Erlebnissen in Jericho, von der Taufe und was er alles gelernt habe. Wir saßen dabei und hörten zu, alberten hin und wieder und lachten viel. Auch der Vater hatte zugehört und nichts gesagt. Aber allen war klar, dass unser Gespräch noch ernster werden würde. Spätestens nachdem Jesus angefangen hatte von mir und von der Macht zu erzählen. Über unsere Pläne schwieg er vorerst hingegen.

Josef hatte die Knie angezogen und seine Arme darauf gelegt. Er brummte, führte seine Schale mit dem Kräutergetränk zum Mund und nippte daran. „Gott ist die Macht“, sagte er dann. „Niemand sonst. Und er ist auf unserer Seite. Mehr brauchen wir nicht.“

„Davon spüre ich nichts“, entgegnete Jesus karg.

Josef wurde laut. Dicke Adern zeichneten sich auf seiner Stirn ab. „Das ist Gotteslästerung! Was ist nur los mit euch jungen Leuten?"

„Nein!" Jesus schüttelte energisch den Kopf. „Es ist die Erkenntnis, dass die Energie, die uns umgibt, kein Gesicht hat außer dem, das wir ihm geben. Die Macht, die Energie ist in jedem von uns. Sie ist stark, aber sie sagt uns nicht, was wir tun sollen. Wir selbst müssen das Gute in uns erkennen. Daraus bestimmen wir unser leben."

Ich dachte bloß, das läuft ja wie am Schnürchen. Die Saat war gesät, sie ging auf und entwickelte sich ganz von allein.

„Wir selbst?", knurrte der Vater. „Wer sind wir, dass wir entscheiden können, was Gut und was Böse ist? Willst du das bestimmen? Oder ist es Gott, die Schriften und die Gebote, die uns den Weg leiten?"

„Wir haben keine Zeit mehr, auf Gott zu warten. Seine Gebote helfen uns nicht, den wahren Feind zu bekämpfen. Das Böse ist mitten unter uns. Und es hat sich ebenso ein Gesicht ausgesucht. Es wird verkörpert von den Römern, von Pontius Pilatus, von Augustus. Niemand muss sich von der dunklen Seite der Macht bekehren lassen, wenn er es nicht will. Aber es ist so viel einfacher, Angst zu haben, wütend zu sein, zu hassen und unendliches Leid über die Welt zu bringen. Wir aber, die wir der Versuchung widerstehen, wir, die wir das Licht in uns erkennen, wir werden die dunkle Seite vertreiben. Hier und jetzt. Nicht erst im Himmelreich."

Ich schluckte. Damit hatte er in einem Satz die christliche Lehre mit ihrer Jenseitsgläubigkeit auf den Kopf gestellt. War es wirklich so einfach?"

Der Vater schüttelte zornig den Kopf. Er wollte von all dem nichts hören, von der Macht und vom Kampf gegen die Römer. Er fühlte sich zu alt für einen neuen Krieg. „Diese neue Lehre, von der du sprichst, sie wird doch nur großes Leid über uns alle bringen." Er ballte seine freie Hand zur Faust. „Was hast du denn vor? Willst du gegen die Römer in den Krieg ziehen? Willst du, dass deine Mutter und ich uns den Soldaten des Statthalters entgegen stellen sollen?"

„Euch wird nichts geschehen. Dafür werde ich sorgen, wenn es soweit ist."

Josef und Maria schauten uns entsetzt an, seine Brüder wechselten irritierte Blicke. „Dann ist das Gerede über dich wahr? Du, du bist ein Rebell. Hast du schon etwa schon jemanden getötet?“

Jesus verzog das Gesicht und antwortete nicht direkt.

Der Vater sprang auf und ging Richtung Tür.

„Nein, Vater. Ich habe noch nie jemanden getötet.“

„Du bringst Gott gegen dich auf“, zürnte der Vater. Er blieb stehen und drehte sich zu uns. „Du versündigst dich! Ich will deine Worte nicht mehr in meinem Haus hören!“

„Josef!“, mahnte die Mutter. „Verstoße unseren Sohn nicht.“

Jesus griff beruhigend nach den Händen der Mutter. „Reg dich nicht. Nichts dergleichen wird geschehen.“

Er sprang auf. „Hörst du Vater. Nichts dergleichen wird geschehen.“

Josef atmete schwer und schnell. Irritiert suchte er nach klaren Gedanken. Mit glasigen Augen schaute er Jesus fest an. „Was … was hast du denn nun vor?“

Jesus hob abwehrend beide Hände und schaute zu Boden. „Ich werde mich zurückziehen. Ich werde in die Wüste gehen, fasten und der Versuchung wiederstehen. Ich werde über deine Worte nachdenken und den rechten Weg finden. Das ist es doch, was Gott von uns verlangt.“ Er schaute zu mir herüber.

In meinem Kopf entstanden automatisch die Versuchungsszenen von Luke auf Dagobah und von Rey auf Ankh-To. Jesus hingegen dachte dabei wohl eher an unsere Pläne und suchte nach einem Weg, wie er seinen Vater beruhigen konnte, ohne ihn zu belügen. Gott, die Macht, das war für ihn jetzt eins. Er musste seine Worte nur geschickt einsetzen.

Josef nahm seinen ältesten Sohn bei der Schulter und führte ihn zurück zur Sitzecke. „Also dieses Taufen von diesem Johannes“, murmelte er mit ruhiger Stimme. „Wie war das eigentlich? Hast du da Wasser geschluckt?“

Als es schon dunkel war und die hügelige Landschaft Galiläas in Schatten versank, saß ich mit Jesus noch auf einem Felsen vor dem

Haus und wir schauten in den machtvollen Sternenhimmel. Für einen kurzen Moment war ich versucht, ihm mehr über die Welt zu erzählen, über die Naturwissenschaften und wie sie in der Lage waren, das Universum zu erforschen. Er hatte ja keine Ahnung davon, was noch alles kommen würde. Aber ich entschied mich anders. Solange der Zauber noch in ihm wirkte, wie bei einem kleinen Jungen, der zum ersten Mal leibhaftig den Weihnachtsmann gesehen hatte, sollte das auch so lange wie möglich aufrecht erhalten bleiben. Aber ich kam ohnehin nicht dazu, denn plötzlich hörten wir das Knirschen von Sandalen auf Stein hinter uns. Es waren Judas und Simon. Sie setzten sich zu uns, denn sie hatten einen Entschluss gefasst.

„Nun sag uns, Bruderherz", begann Simon nach einer Weile. „Was hast du wirklich vor in der Wüste? Du wirst doch nicht fasten, ihr plant eine Revolte, nicht wahr? Wie Vater sagte, sind uns die Geschichten von den Lichtkriegern nicht entgangen. Man erzählt überall von deren Heldentaten." Er hob sein Kinn und deutete auf mich. „Auch von seiner spektakulären Befreiung."

„Du steckst dahinter, nicht wahr", fragte Judas. Seine Stimme zitterte vor Aufregung. „Du bist der Anführer der Lichtkrieger."

„Und wenn es so ist?", entgegnete Jesus.

Die jüngeren Brüder schauten sich an. „Dann wollen wir mitkommen", sagte Judas schließlich. Und Simon ergänzte: „Unsere Sachen sind schon gepackt."

Die Negev-Wüste erstreckte sich von Jericho bis hinunter nach Eilat am nördlichsten Zipfel des roten Meeres. Sie war fast so groß wie Schleswig-Holstein und nahm mehr als die Hälfte vom heutigen Israel ein. Genug Platz also, um sich dort irgendwo zu verschanzen und seinen Welteroberungsplan zu schüren, ohne dabei entdeckt zu werden. Von erfahrenen Kaufleuten in unserer Truppe erfuhren wir, dass die Römer vor etwa achtzig Jahren die Kupferminen unter ihrer Besatzung wieder in Betrieb genommen hatten. Bis dahin lagen sie faktisch brach. In diesem unwegsamen Gelände gab es nur wenige kleine Ortschaften, niemand wollte hier leben. Ein immenser Vorteil für uns. Wir würden zwar ein gut funktionierendes Versorgungssystem errichten müssen, aber so konnten wir sicher sein, dass wir vorwiegend unbehelligt agieren konnten. Ein junger Mann aus einer Bergmannsfamilie konnte uns Minen nennen, die noch nicht oder schon nicht mehr von den Römern betrieben wurden. So hatten wir die Auswahl und entschieden uns für eine, die am weitesten von möglichen Zugangsstraßen und Passagen entfernt lag. Es erschwerte zwar die Versorgung, aber wir mussten sicher gehen, dass die Schlote, die das Hochofengas bei der Verschmelzung ausspukten, nicht entdeckt wurden, denn das war für mich noch die größte Schwierigkeit bei der ganzen Aktion: wir mussten zusehen, dass wir das giftige Zeug auch zur Sicherheit der Arbeiter möglichst absaugten und in entfernte Bergwerke und Höhlensystem umleiteten. Eine gigantische logistische Aufgabe, aber es ging nicht anders. Ich sah mich jetzt schon als der größte Umweltsünder der Antike.

Nicht nur Jesus Brüder hatten sich uns angeschlossen. Auch Doron und Eli wollten dabei sein, wenn wir mit Hilfe der Macht die stärkste Gegenwehr aufstellten, die je gegen die Römer eingesetzt wurde. Woche für Woche, Monat um Monat gab es mehr Menschen, die uns unterstützen wollten und schon bald konnten wir in unserem Minensystem nicht nur tüfteln und testen, sondern auch ein den Umständen entsprechend erträgliches Leben führen. Wie in einem kleinen Dorf gab es aus allen Berufszweigen Helfer, die dafür sorgten, dass unsere Arbeit störungsfrei ablaufen konnte. Schon bald sollte der erste Prototyp unserer Maschinenpistole fertig gestellt sein. Wenn der überzeugte, konnten wir richtig in die Produktion gehen.

In dieser Zeit kamen auch Sarah, Maria und andere Frauen häufig in unser kleines Untertagewerk. Sie wollten mithelfen und ein Teil der Produktion sein. Und da es genug zu tun gab, fanden sich auch schnell Aufgaben für sie. Sie entschieden sich für die Arbeit an den filigranen Einzelteilen für die Uzi und wurden so schnell ein Teil des Produktionsteams.

In dieser Zeit wich Maria nur selten von meiner Seite, schon bald kamen wir uns näher und sie verbrachte die Nächte bei mir.

Am Tag, an dem wir unseren ersten Prototypen erfolgreich testeten, eröffnete sie mir, dass sie schwanger war. Eigentlich eine Katastrophe, denn so sehr ich mich auch darüber freute, eigentlich sollte es nicht dazu kommen, dass ein Kind von mir in der Antike zurückbleibt. Wir testeten den Prototyp über Stunden, verbesserten immer wieder und wenn er uns auseinanderflog, bauten wir ihn wieder zusammen. Aber wirklich konzentrieren konnte ich mich nicht darauf. Ich begann, Maria zu lieben. Sie war eine bezaubernde Frau, intelligent, witzig und wunderschön. Aber ich konnte doch nicht hierbleiben und eine Familie gründen. Oder?

Um mich auf andere Gedanken zu bringen, begann ich mit Jesus selbst Kontrollgänge zu machen. Die Gefahr bestand immer, dass Patrouillen der Römer das Gelände kreuzten. Natürlich hatten wir Wachen abbestellt, ich konnte nicht nur unter Tage sein. Außerdem hatte ich das Gefühl, mit jemandem sprechen zu müssen. Wenn ich tatsächlich hierbleiben sollte, musste ich mich zumindest über die Regeln informieren, wie man hier als Mann und Frau zusammenlebte. Aber die Vorstellung, nicht in meine Zeit zurück zu kehren und nicht zu erfahren, was aus all dem geworden war, was ich angezettelt hatte, zermarterte mir den Kopf. Vielleicht sollte ich immer wieder kleine Ausflüge in die Zukunft machen oder Maria mit in die Zukunft nehmen, so wie John Smith Pocahontas nach Großbritannien mitnahm? In meinem Kopf drehte sich alles und ich musste zur Ruhe kommen. Ein Spaziergang durch die bergige Landschaft mit Jesus war dafür die beste Gelegenheit.

Aber sonderlich weit kamen mir nicht. Plötzlich griff mich Jesus am Arm und zog mich runter. „Sieh da vorn! Schaut aus wie eine Römerpatrouille."

Ich hatte den Prototypen der Uzi mitgenommen. Einfach nur zur Sicherheit. Hier draußen üben konnten wir nicht, denn im Vergleich zu meiner Zukunft gab es nichts, was das Knallen eines oder mehrerer Schüsse abschwächen konnte. Kein Straßenlärm, kein Maschinenlärm, kein Flugzeuglärm. Nichts. Man würde das Geballer wahrscheinlich von Eilat bis Jerusalem hören. In der Tiefe des

Bergwerkes verschluckte zumindest der Fels unsere Schießtests. Ich ging also in die Knie und hielt meine Uzi fest in den Händen. Sollte es zu einem Zusammenstoß kommen, würde ich wohl trotz allem nicht zögern, von der Waffe Gebrauch zu machen. Ein oder zwei Schüsse waren doch was anderes als ein paar Hundert; vielleicht verpufften sie unbemerkt. Andererseits hoffte ich, bis zu unserem Ansturm, bei dem alle den Donnerhall der Jedi hören sollten, nicht davon Gebrauch machen zu müssen. Diese Hoffnung schwand in diesem Moment.

Wir sahen vier Reiter, also nicht mal eine Dekurie. Was zur Hölle suchten sie hier draußen? Das Glänzen der Rüstung, die roten Umhänge und die Pferde wiesen sie eindeutig als Römer aus. Offenbar handelte es sich um Kundschafter. Ich hoffte, dass sie an unserer Mine vorbeiritten, aber diese Hoffnung zerschlug sich, denn sie ritten direkt auf uns zu.

Wir kauerten hinter einem Felsen. „Verdammt, was machen wir jetzt?“, zischte ich durch die Zähne. „Was machen wir, wenn sie unser Bergwerk entdecken?“

„Ja, sieht ganz so aus, als wollten sie herausfinden, was aus den alten Minen geworden ist. Vielleicht sollen sie wieder betrieben werden“, vermutete Jesus.

„Das darf auf keinen Fall geschehen. Wir dürfen sie hier nicht wegkommen lassen.“

„Wie sollen wir sie bezwingen?“

Ich hob meine Uzi an. „Hiermit! Ich knall sie ab!“

„Das wird ganz Rom gegen uns aufbringen!“

„Bald ist es soweit. Dann können wir in Serie produzieren. Bis Rom reagiert, haben wir Masada eingenommen.“

Jesus seufzte. „Dein Wort in Gottes Ohr.“

„Sag lieber in Yodas.“

Jesus schnaufte.

„Bist du bewaffnet?“, fragte ich.

Er zog ein langes Messer unter seinem Gewand hervor. „Klar.“

„Dann los! Wenn wir nicht auffliegen wollen, ist das unsere einzige Chance."

Ich sprang auf und lief mit meiner Waffe zwischen den Felsen hervor den Abhang hinunter. Jesus folgte mir. Als wir auf der Höhe des Eingangs zum Bergwerk waren, blieben wir stehen. Die Reiter kamen ungehindert auf uns zugeritten. Ich überlegte kurz, ob wir mit ihnen diskutieren sollten, aber was sollten wir ihnen schon erzählen, was sie dazu brachte, unverrichteter Dinge wieder abzuziehen. Es war ihr Land, ihr Bergwerk. Wir hatten kein Recht hier zu sein. Und selbst wenn sie uns gewähren ließen, unseren Erklärungen glaubten, dass wir zum Beispiel eine jüdische Glaubensgruppe seien, die es bevorzugte, zurückgezogen und in Askese zu leben, so wie die Essener, und sie tatsächlich wieder abzogen, würden sie dann nicht irgendwann mit einer ganzen Streitmacht zurückkommen, um uns zu vertreiben? Unser Glaube interessierte sie nicht. Und was sollte ich sagen, wenn sie fragten, was ich da für ein glänzendes Ding in Händen hielt? Alles Quatsch! So hob die Uzi an und gab einen gezielten Schuss auf den ersten Reiter ab. Treffer! Die Kugel traf ihn am linken Schulterblatt, durchschlug es und riss den Reiter vom Pferd. Wie ein nasser Sack stürzte er zu Boden während sein Pferd sich aufbäumte und darauf panisch davonlief. Auch die Pferde der drei anderen Reiter gingen auf die Hinterläufe, wieherten und schreckten unruhig zurück. Die Römer starrten uns ungläubig an und ich konnte auch den fassungslosen Blick von Jesus in meinem Rücken spüren. Mit der Gewalt, die von dieser Waffe ausging, hatte er sicher nicht gerechnet.

Zwei der Reiter zögerten, ihre Pferde tänzelten auf der Stelle. Aber der dritte gab seinem Reittier einen Tritt in die Seiten, zog sein Schwert und ritt mit erhobener Waffe auf mich zu. Ich setzte erneut an, zielte und schoss. Diesmal traf ich den Römer mitten in die Stirn. Die Kugel zerschmetterte den Nasenschutz seines Helmes, Blut schoss aus seinem Hinterkopf und er wurde rückwärts von seinem Pferd gerissen. Mit Sicherheit war er sofort tot. Als die verbliebenen Kundschafter das sahen, rissen sie ihre Pferde herum und galoppierten davon. Das durfte ich nicht zulassen. „Komm!", forderte ich Jesus auf. „Sie dürfen nicht entkommen!"

Im Laufen schoss ich ihnen hinterher, wieder nur ein Schuss, um keine größere Aufmerksamkeit zu erregen. Er hallte von den Felswänden wieder und ich hoffte, dass er sich in der Wüste einfach verlor. Ich verfehlte denjenigen, den ich anvisiert hatte. Verdammt! Womit ich allerdings nicht gerechnet hatte war, dass die Pferde so panisch davon galoppierten, dass sie ihre Reiter abwarfen. Ich konnte es kaum glauben, wir hatten sie! Wenn es ein Schicksal gäbe, wäre es in diesem Moment auf unserer Seite. Ich lief auf die beiden Männer zu. Aus dem Augenwinkel sah ich, dass Jesus mir folgte. Er machte aber bei dem an der Schulter verletzten Römer halt, nahm sein Messer und schnitt ihm die Kehle durch. Darauf lief er mir weiter hinterher. Ich war ein bisschen entsetzt. Aber scheinbar wollte er mir in Nichts nachstehen.

Als wir vor den Römern standen hielten sie jammernd ihre Hände hoch und flehten uns an, sie ziehen zu lassen. Der eine stand gebückt da, der andere wälzte sich auf mit schmerzverzerrtem Gesicht dem Boden wie eine umgestürzte Schildkröte. Sein rechtes Bein war verdreht und an einer Stelle schaute ein Knochen unter der aufgerissenen Haut hervor. Es war gebrochen.

Ich hielt die Waffe auf sie gerichtet, dazu entschlossen abzudrücken. Jesus umklammerte mit der Faust sein blutverschmiertes Messer, schaute mich an und wartete offenbar darauf, dass ich schoss oder das Kommando gab, sie zu meucheln.

Der Römer, der stand, nahm seine Hände vor das Gesicht, als wollte er seine Hinrichtung nicht miterleben und fing an irgendwas vor sich hinzumurmeln. Es klang wie ein Gebet, allerdings, wenn ich mich nicht verhörte, war es kein Latein. Vielmehr klang es isländisch? Germanisch? Ich senkte die Waffe und fragte auf Latein: „Unde venis?"

„De Masada", stammelte er. Ich sah Jesus an und drehte mich wieder zu dem Römer.

Ich sagte: „Ich will nicht wissen, wo du stationiert bist, sondern wo du herkommst. Aus welchem Land. Deine Herkunft. Ich suchte nach einem altdeutschen Wort nach Herkunft, mir viel das Dänische dafür ein: Oprindelse. Das hatte ich mal in einer Buchhandlung im Bahnhof von Kopenhagen gesehen. Es war der dänische Titel von Dan Browns Thriller *Origin*. Oprindelse musste also sowas wie Ursprung bedeuten. Ich sagte es.

Der Mann riss die Brauen hoch und starrte mich an. Er begann zu nicken und fing sofort an loszuplappern, dabei konnte ich sowas wie *Friese* heraushören. Als er nicht aufhören wollte, in seiner altgermanischen Sprache zu reden, winkte ich ab, denn ich verstand trotz meiner norddeutschen Herkunft natürlich kein Wort davon. „Latein, bitte“, sagte ich also, um jegliche Verständnisprobleme zu vermeiden.

Er zeigte auf sich. „Ich bin Friese“, sagte er darauf in Latein. Irgendwie glaubte er wohl, es sein von Vorteil, nicht Römer zu sein und er hatte damit nicht Unrecht. Er zeigte auf die Schildkröte mit dem gebrochenen Bein. „Caledonia“, sagte er. Behutsam bückte er sich neben ihn, ohne den Blick von mir abzuwenden und nahm seinen Helm ab. Der Mann hatte sehr kurz geschorenes Haar und über dem Ohr und am Hals entlang spiralförmige Tätowierungen. Der Friese zog ihm auch den Ärmel seine Tunika hoch und ich konnte sehen, dass die Tätowierungen am Oberarm weitergingen. Zum Unterarm hin hatte er Brandwunden. Offensichtlich wurde von den Römer versucht, ihm seine Tattoos wegzubrennen.

Ich nickte. „Pikte“, sagte ich. Der Friese wiederholte schnell. „Pikte, Pikte“, als würden sich Robinson Crusoe und Freitag gegenüberstehen. Erneut schaute ich zu Jesus. „Wir nehmen sie mit. Sie gehören zu den germanischen Hilfstruppen und sind in Masada stationiert.“

Jesus nickte. „Ja, das habe ich verstanden.“

„Vielleicht können sie uns behilflich sein.“

„In Ordnung“, entgegnete er.

In diesem Moment kamen ein paar Männer und Frauen aus unserer Mine herangelaufen, ihnen war der Krach natürlich nicht entgangen. Sie führten Spaten, Äxte, Messer und Schwerter mit sich. Einer von ihnen hatte eine Uzi aus der Testreihe dabei. Wir baten sie mitzuhelfen, den Verletzten reinzutragen. Sie waren jetzt erstmal unserer Gefangenen. Vielleicht brachten wir sie zum Sprechen, um etwas über die Verteidigung von Masada zu erfahren. Im besten Fall schlossen sie sich uns an, im Schlimmsten würde sie das Schicksal ihrer Kameraden ereilen.

Die beiden Toten nahmen wir auch mit in die Mine, begruben sie und verwischten auf dem Vorplatz die blutigen Spuren.

Es stellte sich heraus, dass die Gefangennahme eine gute Idee war: die beiden Hilfstruppler waren wegen Vergehen und Ungehorsam innerhalb der Truppe hierher in die Wüste strafversetzt worden, ebenso wie die beiden toten Römer. Bei nahezu der gesamten Garnison von Masada handelte es sich um Strafversetzte. Kein Wunder, wer kam schon freiwillig in diese trostlose Gegend. Selbst beim Kommandanten des Heerlagers, wie wir von den Gefangenen erfuhren, handelte es sich um einen Prätorianer, der aus Rom hierhergeschickt wurde, weil er nicht die gewünschten Erfolge erzielt hatte. Der Friese erzählte, dass es unter den Hilfstruppen selbst schon Überlegungen gab, eine Revolte gegen die Römer zu entfachen und sich ans Mittelmeer oder nach Ägypten abzusetzen. Kurzum, und das war der erste Plan, hatten wir im besten Fall Türöffner in den Beiden gefunden, die uns die Erstürmung und die Einnahme von Masada erleichtern konnten. Außerdem: wenn wir die germanischen Hilfstruppen auf unsere Seite brächten, vor allem im Glauben an die Macht, dann könnten wir mit ihnen die ersten Missionare nach Europa schicken. Es sollte sich also in doppelter Hinsicht lohnen, den Friesen und den Kaledonier gut zu behandeln und sie in unsere Pläne einzuweihen.

Das alles löste aber nicht die Frage, wie es mit meiner Familienplanung weitergehen sollte.

Als schließlich der Tag der Erstürmung von Masada heranrückte, befand sich Maria im siebten Monat und ich hatte mich innerlich schon darauf eingestellt, den Rest meines Lebens mit Pendeln zu verbringen. Vielleicht war es ja gar keine so schlechte Lösung, schließlich hätte ich dann die Möglichkeit, korrigierend einzuwirken, falls etwas schief ging. Richtig wohl war mir bei dem Gedanken allerdings nicht. Automatisch musste ich dabei an Ashton Kutcher als Evan Treborn in dem Film *Butterfly Effect* denken, und wie alles nur schlimmer werden konnte, wenn man immer wieder versuchte, an verschiedenen Stellschrauben in der Zeit zu drehen. In der Neuverfilmung der *Zeitmaschine* wurde dieser Konflikt zum Auslöser für die gesamten Handlung.

Doch dann geschah etwas, womit ich nicht gerechnet hatte.

Von unseren Hilfstrupplern wussten wir, dass zu dem Zeitpunkt unseres geplanten Angriffs nur eine Kohorte im Militärlager sein würde. Das bedeutete eine Mannstärke von etwa 480 Soldaten. Hinzu kamen die Handwerker, Händler und Frauen, die dafür zuständig waren, dass der Laden lief. Ich rechnete also mit einer Gegenwehr von tausend Personen, wobei man allerdings all diejenigen abziehen musste, die innerhalb des Lagers auf unserer Seite kämpfen würden. Wir hatten dafür gesorgt, dass diese Anzahl stetig wuchs.

Der Friese, er nannte sich Joile, was von den Römern zu Julius umgewandelt worden war, hatte sich eines Nachts mit mir zur Garnison geschlichen und zwei Wachen abgefangen. Sie waren aus seinem Wachtrupp und er wusste, wann sie Dienst hatten. Es war ein weiterer Friese und ein Gallier. Joile versicherte mir, dass wir ihnen vertrauen könnten. Ihr Hass auf die Römer sei unermesslich, denn sie seien diejenigen Kinder, die einst in die römischen Truppen zwangsverschleppt wurden, während man die Dörfer ihrer Eltern dem Erdboden gleichgemacht hatte, weil sie von ihrer mageren Ernte den Tribut an Rom nicht leisten konnten. Wir wussten sie also auf unserer Seite und mit ihnen eine Reihe weiterer, die sich uns anschließen und den Spieß umdrehen würden, wenn wir mit unseren Männern vor den Toren standen.

Kapitel 14 – Angriff auf Masada

Dann war es endlich soweit. Etwa eine Stunde vor Morgengrauen versammelten wir uns am Fuße des Festungshügels. Diejenigen, die nicht mit uns rechneten, sollten im Schlaf überrascht werden. Diejenigen, die mit uns rechneten, waren vom wachhabenden Offizier eingesetzt worden und sollten die Tore öffnen. Wir warteten mit dreihundert Kämpfern auf, weitere zweihundert bewachten das Gelände. Die restlichen Männer und Frauen – wir waren mittlerweile auf insgesamt zweitausend herangewachsen, die dauerhaft im Bergwerk lebten – blieben zurück, um dort nach dem Rechten zu sehen.

Wir Angreifer hatten uns jeweils mit einer Maschinenpistole und je zweihundert Schuss Munition ausgerüstet, die Nachhut hielt weitere Waffen und Munition für uns bereit. Ebenso wurde in unserem Besatzungslager ein Zelt für die medizinische Versorgung aufgebaut. Wenn aber alles so lief wie geplant, würde es auf unserer Seite so gut wie keine Verletzten geben.

Unsere Frauen aber wollten bei dem Angriff dabei sein, auch meine hochschwangere Maria. Meine Gegenwehr zerschlug sie mit wirkungsvollen Argumenten: sie sei schließlich von Anfang dabei gewesen, länger als ich. Den Moment des Triumphes wollte sie sich nicht entgehen lassen. Ich konnte das gut nachvollziehen und zumindest konnte ich sie dazu bringen, hinter einem Felsen in Deckung zu bleiben, bis das Gröbste vorüber wäre. Sobald die Festung eingenommen war, könnten die Frauen aus ihrer Deckung kommen und von Anfang an am Sieg teilhaben. Maria, Sarah und die anderen Frauen erklärten sich einverstanden. Sie blieben etwa auf der Hälfte des Anstiegs zurück und verschanzten sich in einer Einbuchtung. Wir gaben ihnen Waffen und Munition, damit sie sich im Notfall verteidigen konnten. Außerdem hatten wir so einen weiteren Anlaufpunkt, falls unserer Maschinenpistolen unvorhergesehen streiken sollten. Zwei Männer blieben zusätzlich zu ihrer Sicherheit zurück. Und wir starteten unseren Angriff.

Mit dreihundert Mann, schwer bewaffnet, stiegen wir den Hügel hoch, von mehreren Seiten, bis wir vor den Toren der Festung standen. Die Wachen, die uns im frühen Morgengrauen längst gesehen hatten, öffneten uns ohne zu zögern und wiesen uns den Weg zu unseren und ihren Gegnern. Sie öffneten zudem die Türen zu den Mannschaftshäusern, zu den Unterkünften der Fußtruppen, der Kavallerie, der Gruppenführer und der Offiziere. Das einzige Hindernis war der Lagerkommandant, denn der hatte seine Leibgarde vor und in seinem Gebäude, die nicht eingeweiht war und sich entsprechend wehren würde. Diese Aufgabe übernahmen Jesus und ich. Mit uns gingen zudem Jakobus und Andreas mit.

Unsere Männer betraten die Baracken und eröffneten unvermittelt das Feuer. Der Lärm war ohrenbetäubend und von überall sah man aus den Gebäuden das Mündungsfeuer aufblitzen. Jeder von ihnen ging reihum, von Bett zu Bett, von Mann zu Mann und erschoss jeden, der drin war. Sofort waren die Römer, die noch nicht an der Reihe waren alarmiert, griffen nach ihren Rüstungen, Schildern, Helmen, Schwertern und Lanzen und stellten sich den Lichtkriegern entgegen. Aber sie konnten nichts gegen die Gewalt unserer Feuerwaffen ausrichten. Zu schnell, zu laut, zu zerstörerisch. Manche waren so entsetzt und überwältigt von ihrer Kraft, dass sie Reißaus nahmen, dann mussten sie von hinten erschossen werden oder wurden an anderer Stelle von unseren Kämpfern erwartet. Auch die Leibgarde des Prätorianers war sofort gewarnt, als sie sahen, was in ihrer Garnison vor sich ging. Diejenigen, die nicht geschockt waren, stürzten die Treppen hinunter auf Jesus, Andreas, Jakobus und mich zu. Und wir taten nichts anderes als stoisch unsere Waffen auf sie zu richten und einen nach dem anderen umzunieten. Ich spürte zunächst weder Ekel, noch Entsetzen oder Lust. Ich machte einfach, was gemacht werden musste. War das dieser Moment, in dem die

Entmenschlichung des Gegners stattfand, um überhaupt in der Lage zu sein, so etwas zu tun? Ich hatte mich zuvor gefragt, wie es sich anfühlen würde, plötzlich zum Killer zu werden. Aber jetzt, da es soweit war, machte ich nur meinen Job. Natürlich musste ich in diesem Moment an die Massaker der SS denken und an Utoya, aber ich sagte mir, zum Kotzen hast du später noch Zeit. Doch je mehr ich in die verzweifelten Gesichter sah und auf die zerfetzten Körper, umso angewiderter war ich. Die Luft füllte sich mit dem eisernen Geruch von Blut, dem beißenden Rauch und dem penetranten Gestank von Angstschweiß und Urin. Ich spürte wie Tropfen von Körperflüssigkeit über mein Gesicht rannen und wie sich mir der Magen umdrehte und Panik in mir aufkam.

Dann betraten wir die Villa des Lagerkommandanten. Er stand vor uns ihm Nachthemd und einem Schwert in der Hand, um ihn herum zwei Soldaten und weitere Bedienstete, die vor Angst und Entsetzen schrien. Niemand, absolut niemand von all den Römern, die wir umgebracht haben, hatte je von so einer vernichtenden Kraft gehört oder gesehen. Woher auch? Sie mussten wahrlich gedacht haben, wir kämen aus einer anderen Welt.

Wir eröffneten das Feuer und erschossen den Kommandanten und seine Soldaten. Die Bediensteten, wahrscheinlich Sklaven, liefen schreiend und mit nassen Beinkleidern davon.

Wir hatten beschlossen, wenn wir nicht von ihnen angegriffen würden, würden wir alle, die keine Soldaten waren, so wie die Bediensteten, verschonen. Das stellte sich als Fehler heraus.

Als alles erledigt war, gab ich endlich dem Drang nach und übergab mich schreiend. Ich kniete im Blut der Opfer und war übersät mit ihrem Tod. Ich war Vegetarier. Ich konnte keiner Fliege was zu Leide tun und jetzt hatte ich mindestens ein Dutzend Menschen umgebracht. Ich hatte mich verändert. Der Gestank war unerträglich, aber der Kampf war gewonnen und ich musste mir sagen, dass es nicht der letzte gewesen war. Wenn ich durchhalten und mein Ziel erreichen wollte, musste ich mich daran gewöhnen.

Mit Jesus und den anderen betrat ich den Haupthof des Militärlagers. Hier und da vernahmen wir noch Schüsse und Schreie, aber sie wurden weniger. Wir hatten Masada erobert. Der Friese und andere Auxiliare sowie unsere Leute versammelten sich nach und nach um uns und stießen Sieges- und Triumphschreie hervor. Jesus und ich schauten müde und verdreckt, aber Mut machend in die Runde und die Sonne warf die ersten Strahlen über die Mauern in unsere Gesichter. Doch plötzlich kam einer der Lichtkrieger auf mich zugelaufen.

„Ben! Komm schnell. Maria, sie wurde verletzt!"

Ohne zu zögern lief ich mit ihm. „Wo ist sie?"

„Dort wo sie warten sollten. Aber es sieht nicht gut aus."

Wir stürzten den steinigen Abhang hinunter zu der Ausbuchtung, wo ich sie zurückgelassen hatte. Jesus und viele der anderen folgten uns.

Ich fand sie an einem großen Stein gelehnt. Sarah und die anderen Frauen standen um sie, einige weinten bitterlich. Um uns herum lagen tote Römer in ziviler Kleidung und Maria hatte eine stark blutende Wunde im Bauch.

„Was ist passiert?", rief ich voller Entsetzen. Ich kniete mich zu ihr und sie sah mich halb ohnmächtig an. Ihr Gesicht war voller Blut und Schmutz und man konnte darin die Spuren ihrer Tränen erkennen. „Ben", sagte sie mit trockener, zerbrechlicher Stimme. „Unser Kind."

Ich hielt ihren blutenden Bauch und suchte in den Gesichtern der Menschen um mich nach Hilfe. Aber sie schüttelten nur den Kopf.

„Sie hatten Schwerter bei sich", sagte einer der Männer, die bei den Frauen zurück geblieben waren. „Sie kamen so überraschend hier vorbei gelaufen, dass wir kaum Zeit hatten zu reagieren."

„Was?!", fauchte ich. „Wie konnte das passieren?"

Er zeigte hinter die Ausbuchtung. „Sie kamen von der anderen Seite. Sie wollten fliehen. Wir stellten uns ihnen entgegen. Auch Maria. Sie griffen uns erst gar nicht an. Aber Maria schoss auf sie. Der Rückstoß muss sie gegen den Felsen geworfen haben."

„Das Ding hat doch gar keinen Rückstoß!", schrie ich.

Doch der Mann zuckte nur mit den Schultern. „Ich weiß nicht, vielleicht ist sie auch gestolpert." Er ruderte mit den Armen. „Das alles war eine ungewohnte Situation für uns."

Ich griff mir mit der blutigen Hand gegen die Stirn und starrte auf den Mann in Zivil der mit zerfetzter Brust am Boden lag. „Und dann?", knirschte ich voller Zorn durch die Zähne.

„Ja, dieser Mann rammte ihr sein Schwert in den Bauch. Wir haben sie und die anderen sofort niedergeschossen, aber da war es schon zu spät."

„Was steht ihr hier rum?!", brüllte ich. Schnell! Wir müssen wenigsten Maria retten. Sie verliert doch ihr ganzes Blut."

Da kamen schon zwei Frauen angelaufen, mit Tüchern zum Verbinden und stoppen der Blutung. Zwei Männer hatten eine Bahre dabei. Sie musste so schnell wie möglich zum Lazarettzelt gebracht werden. Das tote Kind musste raus und die Wunde verschlossen werden.

Während die Frauen und Männer meine Anweisungen befolgten ließ ich mich nach hinten in Jesus Arme fallen, hockte auf dem Boden wie ein elendes Stück Scheiße und heulte mir die Seele aus dem Leib. Jesus hielt mich fest und wiegte mich in seinen Armen. Ich hatte gerade dafür gesorgt, dass hunderte Familien zerstört wurden. Aber das einzige, woran ich dachte, war mein eigenes Leid. Dabei wusste ich noch nicht mal, ob ich wirklich trauern oder Erleichterung verspüren sollte.

Im Nachhinein erfuhr ich, dass die zivilen Römer, die versucht hatten zu fliehen, die Köche der Garnison waren. Es gab einen Liefereingang zur Küche, über den sie abgehauen sind. Der Chefkoch war der einzige gewesen, der ein Schwert dabei hatte. Seine Gehilfen, es waren auch zwei Frauen darunter, waren bloß mit Küchenmessern, Gabeln und Kellen bewaffnet. Maria stellte sich dem Koch entgegen und feuerte, stolperte und fiel dem vor Schreck starr stehenden Koch ins Schwert. Maria hatte überlebt, aber sie würde nie mehr Kinder bekommen können. Ich tröstete sie, denn ich liebte sie wirklich, aber ich wusste auch, dass ich sie irgendwann verlassen würde. So weh mir der Gedanke tat, ihre Unfruchtbarkeit löste mit einem Schlag eine Menge Probleme. Ich musste an mich denken.

Etwa sechs Monate nach der Eroberung von Masada griffen wir Jerusalem an. Mit ein Grund dafür war, dass wir einigen Ereignissen zuvorkommen wollten. Johannes war verhaftet worden und er drohte als Anhänger unserer Bewegung durch Enthauptung hingerichtete zu werden, dabei hatte er sich noch gar nicht zu uns bekannt. Aber ich wollte ihn befreien, da ich ihn nicht als klugen Denker verlieren wollte. Ich hatte noch Pläne mit ihm: er sollte für die sanften Inhalte der Jedi zuständig sein. Darüber hinaus wusste er auch zu viel über uns, als dass wir ihn der Folter unseres Feindes ausliefern konnten. Während eine Gruppe Lichtkrieger den Täufer aus dem Kerker befreiten, stürmten wir den Palast von Pontius Pilatus, die Burg Antonia. Wir wussten, dass er nur zu besonderen Festtagen seinen Wohnsitz in Caesarea im Norden Israels verließ, um nach Jerusalem zu reisen, unter anderem zu Passah. Wir entschlossen uns also, an diesem Tag zuzuschlagen und die politische und geistige Führung mit einem Streich auszuschalten. Wir erschossen Pilatus und nagelten ihn zur Abschreckung an seinen Thron fest, stürmten den Palast des Herodes und köpften ihn, dann erschlugen wir Kaiphas in seiner Residenz auf dem Zion. Danach griffen wir Jesus Tempelreinigung zuvor, indem wir ihn gleich ganz eroberten und zum ersten Jeditempel unseres neuen Glaubens machten. Hier sollte Jesus seine Schule begründen, denn er wollte Jedimeister werden, so wie Luke und ich. Die Radikalität, mit der wir vorgingen und alles niedermähten, was sich uns in den Weg stellte, erinnerte mich wiederum an die Eroberung des Jeditempels durch den jungen Lord Vader in Episode III. Laut Bibel forderte Jesus bei seiner Tempelreinigung die radikale Rückkehr zum reinen Glauben, womit er sich nicht von Luther oder Osama Bin Laden unterschied. Wir schrieben die Geschichte um und sorgten auf radikale Weise dafür, dass so schnell wie möglich der Jediglaube in allen Familien Einzug hielt.

Kapitel 15 – Kreuzigung und Verkündung

Dann kam der Tag, an dem Jesus hätte gekreuzigt werden sollen. Seit der Erstürmung Jerusalems und der Gründung des Jediordens waren zweieinhalb Jahre vergangen und die Welt hatte sich seither bereits sehr verändert. Gleichzeitig war es der Tag, an dem ich beschlossen hatte, meine Rückreise endlich anzutreten. Nun musste ich meinem Freund nur noch beibringen, dass ich ihn verlassen werde. Zu diesem Zweck lud ich ihn ein, den Hinrichtungen auf dem Hügel Golgatha vor Jerusalem beizuwohnen. Jesus war zwischenzeitlich Jedi-Großmeister geworden, genauso wie er es sich gewünscht hatte und just an diesem Tag fanden wichtige Prüfungen seiner jüngsten Schüler statt. Aber Simon Petrus hatte sich bereit erklärt, diese Aufgabe für ihn zu übernehmen, damit Jesus sich mit mir treffen konnte. Petrus war nicht nur von Anfang an bei der Lichtkriegerbewegung gewesen, er war auch sein erster Jedi-Schüler, sein Padawan, auch wenn er ein bisschen zu alt dafür war. Aber der Nazarener hatte viel mit Petrus vor. Er sagte immer, der Fischer sollte der Fels werden, auf dem er seine Lehren und Schulen aufbauen wollte.

Natürlich wurden an diesem Tag keine Verbrecher und Aufständische hingerichtet, sondern Anhänger des Imperiums, hohe Offiziere der Legionen und Adlige. Nach der Eroberung Jerusalems und der Vertreibung der Römer aus ihren Häusern, Villen und Palästen zurück in die Lager außerhalb Palästinas, hatte sich auch kein neuer Statthalter mehr getraut, die Provinz Judäa zu übernehmen und zu kontrollieren. Natürlich versuchten die Truppen Roms immer wieder, ihre alten Provinzen zurückzuerobern, zuletzt Anfang dieses Jahres. Aber sie blieben ohne Erfolg. Mit unserer Verteidigung, vor allem durch die Waffen, die wir zwischenzeitlich konstruiert hatten, konnten wir sie jedes Mal problemloser zurückschlagen und in ihre Außenposten verweisen. Durch die Eroberungen weiterer Gebiete im Nahen Osten hatten wir nun unbegrenzten Zugang zu den nötigen Erzen und Rohstoffen erhalten. Damit konnten wir unsere Stahl- und Rüstungsindustrie wie geplant um ein Vielfaches an unterschiedlichen Waffentypen erweitern, bis hin zu ersten kleinen Panzern. Auch an der Entwicklung von Fluggeräten wurde bereits getüftelt. Ich hatte mich immer gefragt, wie Hitler es geschafft hatte, innerhalb weniger Jahre ein Land bis an die Zähne aufzurüsten. Nun wusste ich es. Wenn alle an einem Strang zogen, war auch alles möglich. Und wir hatten bei Null angefangen.

Die Produktion war längst von unter Tage an die Oberfläche verlegt worden und sie dampfte aus allen Essen. Unsere damalige verlassene Kupfermine war auch nicht die einzige, die wir errichtet hatten. Mittlerweile gab es mehr als ein Dutzend Produktionsstätten, sowohl in der Negev-Wüste als auch in den umliegenden Ländern. Die Munition ging uns vorerst nicht aus und deswegen tobte der Kaiser im noch fernen Rom. Doch die ewige Stadt war das nächste Ziel auf unserem Eroberungsfeldzug und war Rom erst gefallen, stand unserem endgültigen Sieg über das Imperium nichts mehr im Wege.

Die drei Römer, die heute an der Reihe waren, ein Tribun und zwei weitere ranghohe Offiziere, die aus ihrer Winterresidenz in Karthago für diesen letzten Kampf herbeordert worden waren, sollten aber nicht nach römischer, barbarischer Manier einfach gekreuzigt werden. Nein, die edlere Methode war natürlich die eines Jedi-Ritters. Ich hatte sie Jesus Schülern beigebracht, nachdem ich darauf gedrängt hatte, für die Ritter lange scharfe Schwerter schmieden zu lassen, mit einem langen Griff. Es war klar, sie sollten aussehen wie Samuraischwerter, denn ein Großteil der Philosophie im Umgang mit dem Feind entstammte schließlich dem eines edlen Samurai-Ritters, wenn ich George Lucas richtig verstanden hatte.

Jesus reagierte trotzig. Er wollte wissen, warum sie nicht endlich auch Lichtschwerter haben konnten, so wie er es durch das Fenster zur Götterwelt gesehen hatte. Es war eines der schwierigsten Kapitel, ihm zu erklären, warum dies noch nicht möglich sei. Aber letztendlich gab er sich damit zufrieden, nachdem ich ihm erneut bestätigt hatte, dass die Schwerter, die er gesehen hatte, eben nicht aus dieser Welt seien, aber dass eines Tages jemand kommen würde, der es sich zur Aufgabe gemacht hatte, das Lichtschwert zu konstruieren. Er sei ein Gesandter der sich Lichtschmied nennen würde und ihm sollten sie trauen. Ich war mir sicher, dass sich irgendwann, ich hoffte recht bald, einer dazu auserkoren fühlte, genau so ein Lichtschwert zu erfinden und zu bauen. Wenn ich also zurück in meine Zukunft kehrte, sollte es tatsächlich ein Lichtschwert geben. Eine faszinierende Vorstellung. Bis dahin sollte die Technik und das Wissen über die Dinge und die Natur gefördert werden, die Schriften der Griechen über die Mathematik und Physik studiert und die Bibliothek von Alexandrien – die Stadt, die wir im vergangenen Sommer eingenommen hatten – zur Zentralbibliothek des jedischen Wissens auserkoren werden. Während überall im Land die Schulen für den Geist und die Körperbeherrschung wie Pilze aus dem Boden sprossen, sollten parallel dazu auch wissenschaftliche Ingenieursschulen errichtet werden, die lehren sollten, wie man sich die Ressourcen der Natur zu Nutze machte, um sich mit Hilfe von Maschinen und Geräten das Leben zu vereinfachen. Natürlich gehörte dazu auch weiterhin die Konstruktion von Waffen, Fahrzeugen und den angestrebten Fluggeräten.

Die Methode der Jediritter war also, möglichst effektiv und mit einem Schlag den Körper zu durchtrennen. Das ging mit den von uns geschmiedeten Klingen sehr gut. Es war nicht aufwändiger als würde man einen Kürbis zerteilen, so butterweich durchtrennten die Klingen die Sehnen und Knochen. So waren sie zumindest von der Wirkung auf lebendige Körper einem Lichtschwert recht ähnlich. Stahltüren zerschneiden, so wie es Qui-Gon in Episode I getan hat, ließen sich damit freilich nicht. Aber die gab es ohnehin nicht. Noch nicht. Und schon gar nicht bei den Römern.

Jesus gefiel diese Hinrichtungsmethode gut, denn im Vergleich zu einer Kreuzigung war sie regelrecht human. Und dennoch hatte er Bedenken. „Ist das wirklich richtig, was wir hier machen?“, hatte er mich schon nach einem kleineren Scharmützel gefragt, als wir Gefangene gemacht und zu einem nahegelegenen, für alle sichtbaren Hügel vor Ort gebracht hatten.

Zwar hatte Jesus in seiner Bergpredigt selbst vom Schwert gesprochen, mit dem die Welt von unserem Glauben überzeugt werden müsse und er war, wie damals als wir von dem Hilfstrupp vor unserer Kupfermine angegriffen wurden, nicht davor zurückgeschreckt, dem Feind im Kampf mit einem kurzen Schnitt durch die Kehle ein Ende zu bereiten, aber öffentliche Hinrichtungen stießen ihm nach wie vor übel auf. Gerade so als wäre er an der Stelle der Verurteilten. Ich hatte schon das Gefühl, er wolle eine Art Genfer Konvention einführen, noch bevor wir über die Welt herrschten. Im Kampf töten ja, aber Kriegsgefangene müssten doch menschlich behandelt werden, forderte er.

„Sie können sich ja nicht mehr wehren“, sagte er. „Sie müssen die Chance bekommen, sich zu bewehren.“

Ich verdrehte nur die Augen. Wird das auch so ein Jesus Spruch? Wehren, Bewehren. Wortspielereien.

Er sagte. „Sieh dir das Schauspiel doch an. Es findet zum Vergnügen der Bevölkerung statt. Wodurch unterscheiden wir uns noch von ihnen?“

„Nein!“, entgegnete ich scharf. „Es ist kein Vergnügen, sondern Abschreckung. Jeder soll sehen, was geschieht, wenn er dem falschen Glauben anhängt.“

Jesus erinnerte mich an das, was Johannes der Täufer gesagt hatte. „Was ist mit der Liebe auch dem Feind gegenüber? Brauchen wir so etwas nicht?“

Der Täufer hatte offenbar doch mehr Eindruck bei ihm hinterlassen, als mir bewusst und ihm damals lieb war. Aber diese Flausen von der Nächstenliebe musste ich ihm ganz schnell wieder austreiben. Ich brauchte keinen Jesus, der seine Feinde streichelte und die

Wange hinhielt, wenn es darum ging, das Imperium zu besiegen und die Sith zu vernichten.

Also wurde ich schroff: „Die Liebe wird kommen, wenn das Böse vernichtet ist. Und diese Menschen verkörpern das Böse, deswegen müssen auch sie vernichtet werden.“

Das Prinzip war einfach. Es ging um die vollkommene Entmenschlichung des Feindes. Das hatte ich mittlerweile durch die Kriegsjahre lernen müssen. Ich hatte mich verändert. Im Kampf spielte Nächstenliebe keine Rolle mehr. So musste sie auch vorerst aus unserem Gedankengut verschwinden. Der edle Jediritter lässt sich nicht schlagen, sondern er schlägt selbst, um die helle Seite der Macht zu bewahren. In dieser Hinsicht war Johannes längst einer von uns geworden. Jesus musste sich also nicht mehr quälen. Unsere Philosophie hatte gewonnen. Der Täufer und ein Großteil seiner Anhänger hatten sich unserer Bewegung angeschlossen. Die Idee, sie für das Gute im Jedirittertum einzusetzen, hatte Früchte getragen. Natürlich waren wir die Guten, dadurch grenzten wir uns von den Bösen ab. Dieser Systemgedanke musste etabliert und verfestigt werden. Dazu hatten wir sie auf die verschiedenen Schulen im Land verteilt, damit sie den Schülern beibrachten, dass man zwar vom Guten angetrieben würde, aber das Böse genauso bekämpfen müsse. Johannes selbst hatte seine Philosophie auf unsere abgestimmt und taufte in diesem Sinne jeden zum Lichtkrieger, der sich uns anschließen wollte. Ihn auf unsere Seite zu ziehen, nachdem wir ihn aus den Fängen von Herodes befreit hatten, war auch gar nicht so schwer gewesen, denn noch nie war das Reich Gottes, das er in seinen Predigten ankündigte, so nah wie in diesem Moment. Nur gab es eben nicht mehr nur einen guten Gott: mit dem Imperium und den Sith-Lords hatte das Böse endlich auch für ihn ein Gesicht bekommen. Besser konnte es doch gar nicht sein. Der Feind, der Teufel stand direkt vor uns und er konnte besiegt werden. Dafür sorgten wir mit unserem Glauben, unserem Wissen und unseren Waffen. Das und der Zusammenhalt unter uns Glaubensbrüdern, das Wissen über das Nichtwissen der Unwissenden einigte uns und machte uns so attraktiv.

Nur deswegen kamen täglich Dutzende, um sich unserer Bewegung anzuschließen, nicht nur aus Israel, sondern aus dem gesamten Nahen Osten, aus Persien, Ägypten und Asien. Wir waren auf der richtigen Seite, das zählte, das spürten die Pilger, die einer Völkerwanderung gleich unsere Lager und Städte erreichten. Und damit versuchte ich Jesus zu beruhigen.

Zudem sprachen die militärischen Erfolge für uns. Die zogen nach einer Phase des Zögerns sogar unsere größten Kritiker, die Pharisäer und Sadduzäer an, die in den fünf Büchern Mose Ansätze fanden, die sich durchaus mit unseren Ideen vereinbaren ließen. Es gab einen guten Gott und es gab diejenigen, die das auserwählte Volk aus der Gefangenschaft der Sklavenhalter befreiten, Eroberungsfeldzüge führten und das gelobte Land unter einem neuen Stern regierten. So mancher unter ihnen mag sich an die Rachegebete in den Klageliedern Jeremias erinnert haben, die waren jedenfalls weitaus brutaler als das, was wir taten. Wir töteten zum Beispiel keine Kinder, so wie dieser Prophet es sich von Jahwe gewünscht hatte. Schließlich sollten die unsere neuen Jünglinge und Padawane werden.

Auch wenn sich eine ganze Reihe Priester zuvor mit ihren Peinigern, den Römern, arrangiert hatten, war doch der intellektuelle Widerstand gegen die heidnischen Kulte der Besatzungsmacht unter ihnen sehr groß. Die Möglichkeiten für bedeutende und einflussreiche Posten als Schriftgelehrte und geistige Anführer, die ihnen die Religion der Jedi bot, waren selbst für sie verführerisch.

Man musste sich verstellen, dass schon damals mehr Juden außerhalb von Israel lebten als in Israel selbst. Das war bereitszu babylonischen Zeiten so, denn Babylon und das persische Reich boten weit mehr an Kultur, Arbeits- und Aufstiegsmöglichkeiten als Jerusalem, das dagegen wie ein Provinznest daherkam. Einst in die Diaspora gezwungen, hatten sich viele an das gute Leben gewöhnt. Doch selbst von da kamen ganze Familien in ihr gelobtes Land zurück, weil sie an der Blüte und dem Aufstieg der neuen Religion und ihrer Macht teilhaben wollten. Die Cleveren unter ihnen, so dachte ich, blieben allerdings dort und warteten einfach, bis wir die Reiche erobert und unserem entstehenden Jedistaat angeschlossen hatten.

Und auch unter den Römern gab es zwischenzeitlich immer mehr Überläufer, nicht nur unter den Hilfstruppen. Und das war gut so. Natürlich mussten die genau überprüft werden, Spione konnten wir nicht gebrauchen, aber schnell stellte sich auch bei ihnen heraus, dass sie überzeugt waren von der neuen Weltanschauung und vor allem von der Macht, die von uns ausging und mit der wir alles überrannten. Das konnten ihnen ihre Götter nicht mehr bieten. Wir würden sie brauchen, so wie die Christen sie für ihre Entwicklung gebraucht hatten. Ihr technisches und kulturelles Wissen war einfach damals schon auf einem hohen sehr Niveau. Wir brauchten ihre Architekten, ihre Ingenieure, ihre Ärzte, ihre Beamten, selbst ihre Künstler, wenn wir zügig vorankommen wollten. Ich dachte an Köln. Was wäre die Stadt ohne ihre römische Vergangenheit.

Unsere Eroberungsfeldzüge brachten nicht nur territorialen Gewinn und somit die Bodenschätze, die wir dringend für unsere Rüstungsindustrie benötigten, sondern auch genügend Edelmetall, vor allem Gold, um all die Arbeiter und Familien zu ernähren, die von nun an an unseren Lichtgott, den Gott der hellen Seite der Macht, glauben wollten. Sie alle profitierten von unserer Bewegung und fühlten sich als Teil von etwas Neuem und Großen, was zum ersten Mal stark genug war, den Feind, der sie seit Jahrzehnten im Würgegriff hielt, vernichtend zu schlagen.

„Du wirst sehen“, sagte ich nochmal. Ich griff ihn am Arm und schaute ihn fest an. „Es ist alles richtig, was wir hier machen.“

Kapitel 16 – Abschied

Wir hatten uns einen Platz gesucht, von dem aus man einen guten Blick auf die Hinrichtungsstätte hatte, ohne dabei aufzufallen. Natürlich verbeugte sich jeder, der an uns vorüberging, sobald er uns sah. Aber wenn wir sprachen, wagte es niemand, uns zu stören. Wir saßen etwas abseits von der größten Menschenmenge auf einer kleinen Anhöhe zwischen etwas Gras und weißen Steinen, die teilweise von zerstörten Gebäuden hier herumlagen und gesammelt wurden, um den Aufbau neuer Gebäude voranzubringen. Heute war der Tag, an dem ich Jesus sagen musste, dass ich zurückgehen werde. Ich hatte es mir lange überlegt und mir diesen Tag als Stichtag ausgesucht. Es war nach allem was geschehen war natürlich Unsinn, dass noch irgendetwas von der ursprünglichen Jesusgeschichte übriggeblieben wäre. Aber dennoch wollte ich einfach sichergehen. Er saß also neben mir, statt auf dem Hügel am Kreuz zu hängen, und er war bestens ausgebildet. Er leitete persönlich mehrere Jedizentren und hatte den Rang eines Generals inne, wenn es in die Schlacht ging, so wie viele Jedi vor ihm in den Klonkriegen. Ich hatte ihm über die vergangenen Jahre alles gezeigt, was er wissen musste. Alle Schriften aus dem *Star Wars* Universum, alle Philosophien, die dieses Universum speisten und natürlich auch alle technischen Unterlagen, die notwendig waren, um Waffen, Geschütze und Fahrzeuge zu bauen und alles, was man zu einer effektiven Abwehr benötigte. Es gab bereits erste Versuche, Fluggeräte zu konstruieren und zu testen und so manchem machte es Angst, unserem mächtigen Lichtgott so nah zu sein.

Ich wusste, er würde mich vermissen und ich konnte kaum ausdrücken, wie gern ich dortgeblieben wäre, um ihn und die Bewegung weiterhin zu unterstützen und zu begleiten und alles mitzuerleben, was noch in den nächsten Jahren passieren würde. Aber ich musste zurück. Ich war lange genug weggewesen und hatte mich ohnehin schon zu sehr geändert, auch äußerlich. Wenn ich bei meiner Ankunft nicht zu sehr auffallen wollte, konnte ich nicht als alter Mann zurückkehren. Und ich wollte es auch nicht, denn ich hatte in meiner neuen Zukunft noch zu viel vor. Aber es würden Fragen auftauchen. Zum einen hatte ich einige Fettpolster in Muskeln umgewandelt, zum anderen hatte ich mir einige Schnittverletzungen und eine zum Glück nicht lebensbedrohliche Stichverletzung in den Gefechten zugezogen. Außerdem sah man meiner Haut an, dass sie der Sonne und einigen Sandstürmen ausgesetzt gewesen war. Ich wollte kein Risiko eingehen, bevor ich mit meinen Enthüllungen über meine Erfahrungen und Erkenntnisse öffentlich und mit großem Tamtam die Weltöffentlichkeit aus den Ankern hob. Für meine große Präsentation hatte ich mich in den letzten Jahren gut vorbereitet und Unmengen an Foto- und Filmmaterial gesammelt. Dazu musste ich natürlich den Leuten hier mein Smartphone zeigen, mit dem ich die Aufnahmen gemacht hatte. Aber da ich ohnehin als Bote aus einer anderen Welt galt, nahmen sie mir alles ab. Was wussten sie schon darüber, welchen Zauber ich da in der Hand hielt? Sie verstanden es nicht. Ich erklärte es ihnen so simpel wie möglich. Nur so hatte ich das Werkzeug, das ich so dringend für meine Dokumentation brauchte. In der Zukunft sollten sie sehen, wie Religion entsteht, wie sie funktioniert, nämlich als Geschichte, die Kindern innerhalb eines geschlossenen, ideologischen Systems erzählt wird. Dabei spielt es keine Rolle, welche Geschichte erzählt wird, es ist egal, wer der Gute und wer der Böse ist, denn es ist austauschbar. Wichtig ist nur, dass Geschichten erzählt werden, denn nur so beginnt der kleine Mensch, sich zu orientieren. Es interessiert ihn nicht, ob Gandalf die Geschenke bringt und die Hobbits die Plätzchen backen, oder ob es Yoda tut, Anakin oder Sauron. Am Ende ist richtig, was die Eltern erzählen, denn sie sind die Welt und das Kind tut alles, um sich in dieser Welt zurechtzufinden und darin zu überleben. So funktioniert der Mensch, das soziale und kulturelle Wesen: die Furcht vor der Ausgrenzung lässt ihn die Geschichten weitererzählen, die er gelernt hat, egal wie unsinnig sie sind und wie viel Leid sie denjenigen bringen können, die außerhalb des erzählten Systems stehen. Keine Religion kann jemals wahr sein, sonst gäbe es nur eine und sie hieße nicht Religion, sondern Wahrheit. Wahr ist aber nur, das zu erkennen. Dies sollte mein Beitrag dazu sein!

„Ich muss gehen", sagte ich. Jesus drehte sich zu mir und sah mich an. Eine ganze Weile wich sein Blick nicht meinen Augen und meinem Gesicht. Ich konnte aus seiner Ruhe ablesen, dass er sich schon oft Gedanken über den Moment gemacht haben musste, an dem er mit der Aufgabe, unsere Botschaft zu verkünden und die Welt von der dunklen Seite zu befreien, auf sich alleine gestellt sein würde.

Er legte seine Hand auf meine Schulter und drückte sie. „Ich weiß", sagte er nur. „Ich danke dir, dass du so lange geblieben bist, um mir alles zu zeigen. Von nun an werde ich auf den Tag deiner Rückkehr warten. Und wenn ich es nicht mehr erlebe, dann wird es hier meine Aufgabe sein, die kommenden Generationen auf deine Wiederkehr vorzubereiten."

Ich schluckte. Ich hatte mich lange vor diesem Moment gefürchtet, aber diese Reaktion hatte ich nicht erwartet. Ich wusste, dass ich nicht zurückkehren werde. Zumindest hatte ich es bisher nicht geplant. Das sagte ich ihm aber nicht, denn ich hielt es für besser, wenn alle an meine Rückkehr glaubten. Das würde den Willen der Gemeinschaft stärken, ihre Ziele zu erreichen. Ich lächelte nur. Danach bat ich ihn, mich zum See Genezareth, also zum Startpunkt meiner Rückreise zu begleiten.

Am nächsten Morgen versammelte ich noch mal die engsten Vertrauten um mich, um ihnen ebenso meine Entscheidung mitzuteilen und mich von ihnen zu verabschieden.

Ich bat also die kleine Versammlung, allen anderen erst nach meiner Abreise von der Rückkehr in meine Welt zu unterrichten. Damit erhoffte ich mir, mögliche Unruhen zu vermeiden, die auftreten könnten, weil sie mich von meinem Vorhaben abhalten wollten. Den Abend zuvor hatte ich bereits alles zusammengepackt, was ich mit zurücknehmen wollte. Darunter alle Dokumentationen und das Filmmaterial über das, was seit meiner Ankunft geschehen war. Und natürlich die Massen an Fotos, die ich seither von Jesus, seinen Lichtkriegern, Johannes, von den Taufen, den Versammlungen, aber auch von den Kämpfen und von den Römern und ihren Anführern gemacht hatte. Genauso wichtig waren aber auch die historischen Dokumente, die ich aus der Zukunft mitgebracht hatte. Die vergrub ich schon eine Woche zuvor an einem sicheren Ort außerhalb Jerusalems, von dem ich wusste, dass er sich in den nächsten 2000 Jahren nicht verändern würde. Sie waren meine Rückversicherung, mit denen ich beweisen wollte, dass es das Christentum wirklich gegeben hatte.

Ich überließ Jesus größtenteils das Reden. Er war mein Nachfolger und er sollte derjenige sein, der die Menschen und unsere Bewegung in eine sichere Zukunft führen sollte. Alle sollten das wissen. Ich begnügte mich damit, mich zu entschuldigen. Sie sollten das Gefühl haben, dass ich fest an ihrer Seite stand, ein Bote des Lichtgottes, der viel lieber bei ihnen geblieben wäre, als sich anderen Aufgaben zuzuwenden. Ich umarmte und drückte jeden einzelnen von ihnen und versprach ihnen, dass man sich wiedersehen werde, wenn das Werk vollbracht sei. Von Maria hatte ich mich schon am Abend zuvor verabschiedet. Sie war die Einzige neben Jesus, die ich in mein Vorhaben eingeweiht hatte. Ich sollte sie loslassen, bat sie mich und gleichzeitig sollte ich ihr versprechen zurückzukommen. Das tat ich, obwohl ich wusste, dass es wahrscheinlich nie geschehen würde. Aber ich ließ sie mit einem guten Gefühl gehen, denn von Beginn an bestand ich darauf, dass Jesus Worte von der Gleichberechtigung zwischen Mann und Frau Einzug in die Jedireligion hielten und ein bedeutender Teil davon wurden.

Jesus Aufgabe bestand nun darin, die Lichtkrieger darauf vorzubereiten, dass es fortan an mit ihm als alleinigem Anführer der Bewegung weiterging. Er hatte viel gelernt, was das Reden, ja das Predigen anging und er verstand es sehr gut, den Menschen klar zu machen, worauf es ankam: das Gute zu wahren, dem Leben mit

Achtsamkeit zu begegnen und der Versuchung der dunklen Seite zu widerstehen und im Notfall zu bekämpfen.

Wir hatten uns entschieden, mit einer dampfbetriebenen, automobilen Kutsche durch das Jordantal zu meinem Startpunkt zu fahren. Es war eines der ersten Fahrzeuge, das wir konstruiert hatten und wir verbanden eine spannende und aufregende Zeit damit, in der wir viel gebangt, aber auch gelacht hatten. Das Vehikel war uns irgendwie ans Herz gewachsen. Und auch wenn es nicht viel schneller als Schritttempo fuhr und einem der Rücken und der Hintern nach einer Weile gewaltig schmerzte, sollte unsere letzte Fahrt wie die Jungfernfahrt mit diesem Dampfross sein. Wir waren vier Stunden unterwegs und kamen am frühen Nachmittag am oberen Jordan an. Jesus half mir, meine Sachen aus dem Wagen zu nehmen und alles beisammen zu packen, damit ich es gut scannen konnte. Dabei sprachen wir kaum ein Wort. Erst als alles soweit vorbereitet war, standen wir uns gegenüber und sahen uns fest an.

„Wie sieht es aus, dort wo du jetzt hingehst? Hast du davon auch Augenblicke in deinem magischen Stein eingefangen?"

Jeglicher Versuch, ihn an neue Begriffe zu gewöhnen waren auf Ablehnung gestoßen. Er kannte sie von mir, aber er wollte sie erst benutzen, wenn er sie begriffen hatte, hatte er mir einmal gesagt. Bis dahin sollten ihm Umschreibungen dabei helfen zu verstehen, was er sah. Ich hatte ihm schon erzählt, dass ich nicht zurück zum Indus-Fluss kehren würde. Ich hatte ihm außerdem längst erzählt, dass ich nicht von dort kam, sondern aus einem Land, das weit im Norden lag. Noch viel weiter im Norden, hatte ich ihm erklärt, gäbe es Orte, an denen es nie dunkel wurde. Ich dachte das könnte helfen, ihm meine Nähe zum Lichtgott begreiflich zu machen. Er kaufte mir alles ab, was ich ihm erzählte. Mein Wissensvorsprung hatte erheblichen Einfluss dabei.

„Warte", sagte ich und zog mein Smartphone hervor.

Doch bevor ich ihm Bilder von Hamburg zeigen konnte, wurde er bereits präziser: „Wo genau wirst du ankommen im Norden? Wie wird dieser Ort genannt?"

„Hamburg“, entgegnete ich gewissenhaft.

„Harappa?“

„So ähnlich. Es ist das Harappa des hohen Nordens. Es liegt aber nicht am Indus, sondern an der Elbe. Man nennt den Fluss Elbe, weil dort Elben leben.“ Ich lachte und fragte mich gleichzeitig, warum ich das gerade gesagt hatte.

„Weil dort Elben leben?“, wiederholte Jesus.

Ich wedelte mit der Hand und wollte schon sagen: vergiss es! Doch eine Salve von Gedanken schossen mir in diesem Moment durch den Kopf.

„Man kann sagen, dass es sich bei Elben um engelsgleiche Wesen handelt und – nun ja – bei uns im Norden gibt es in der Tat Erzählungen von engelsgleichen Wesen. In dem Land, aus dem der Kaledonier kommt, nennt man die Feen übrigens Sith. Dort sind es allerdings einfach nur Geisterwesen, die nichts mit der dunklen Seite der Macht zu tun haben.“

„Der Kaledonier ist ein Sith?“

„Nicht der Kaledonier. Wie gesagt, die Sith sind dort nicht unbedingt die Bösen …“

Ich merkte wie ich Jesus verwirrte und mich selbst verzettelte, aber hinter der Idee der engelsgleichen Wesen stand ein fatales Weltbild, eines von diesen, die es unbedingt zu verhindern galt. Es ging auf den Begründer der Ariosophie zurück, der zeitgleich mit ähnlichen kuriosen Figuren wie die Theosophin Helena Blavatsky und der Anthroposoph Rudolf Steiner wirkte, die aus den gnostisch-dualistischen Ideen früher Christen bis hin zu den Katharern schöpften, um ihr rassistisches Weltbild zu etablieren.

Der Ariosoph Liebenfels verortete die Lichtwesen und den Ursprung der atlantidischen Arier in Vineta, einem Fantasieort in der Region Barth in Vorpommern. In seiner Rassenlehre, die das okkult-religiöse Denken im Nationalsozialismus speiste, warnte er vor einer Vermischung des Blutes durch Dunkelmenschen, die in Horden in Atlantis einfallen und, um es mit modernen rechtspopulistischen Worten auszudrücken, dadurch für eine Umvolkung und dem Niedergang der Lichtkrieger von Atlantis sorgten. Ähnliche Gedanken fanden sich auch bei den Münchner Kosmikern um Alfred Schuler, Ludwig Wolfskehl und Stefan George, die bei dem Licht, das jeder in sich trug von der Blutleuchte sprachen, die nicht verunreinigt werden dürfe. Diese Texte und Ideen entwickelten sich allesamt während der Jahrhundertwende der Gründerzeit. Das alles gründete auf tief religiösen Wurzeln. Zu behaupten, die Diktaturen des 20. Jahrhunderts seien atheistisch gewesen, greift da vollkommen fehl und ist eine nicht zu duldende Beleidigung für jeden, der ein rationales und humanistisches Weltbild verfolgt. Aber wenn wir schon bei Diktaturen sind. Auch der Gott des Alten Testaments hatte sein auserwähltes Volk und befahl wie Hitler, andere Völker auszulöschen. Ein Pfarrer, der heute solche Ansichten von der Kanzel predigen würde, wäre unvorstellbar und untragbar. Und dennoch wird an diesen Schriften rosinenpickerhaft festgehalten. Ich regte mich schon wieder zu sehr auf. Wie immer bei diesem Thema, und merkte gleichzeitig, wie wichtig mein Trip in die Vergangenheit war, um die Religionsgeschichte zu verändern. Sie waren mein Beweis, dass wirkliche Diktaturen nur aus genau solchem Humbug entstanden. Und um das abzuschließen, auch Stalin und Mao, bis hin zu Kim Jong Un, waren und sind Figuren, die wie Götter verehrt werden wollen und die gleichen Mittel anwenden wie Religionen, um dieses Ziel durchzusetzen.

Jesus wartete auf eine Antwort. Aber um nicht noch mehr Fragen aufkommen zu lassen, sagte ich nur: „Vertrau mir. Ich bin derjenige, der gekommen ist, um den Ausgleich zu bringen. Verfolge du den Weg, den ich dir aufgetragen habe, ich kümmere mich um die Sith."

„Dann ist das deine große Aufgabe? Die Macht als Ganzes zu begreifen und zu beherrschen? Sowohl die helle als auch die dunkle?"

Ich zwinkerte ihm aufmunternd zu. „Ja mein Freund. Nur wenn man den Gegner kennt, ist man auch in der Lage, ihn zu bekämpfen."

Ich beließ es dabei und hielt ihm stattdessen Fotos von der Straße und vom Haus, in dem ich wohnte vor die Nase und benannte alles. Das lenkte ihn schnell ab. Ich zeigte ihm sogar Bilder von meiner

Wohnung, von Freunden, mit denen ich im Wohnzimmer gesessen und mit denen ich getrunken hatte. Danach zeigte ich ihm aus meinem Fundus Bilder vom Flughafen: „Dort werde ich landen“, sagte ich. „In der Zeit und in der Welt, aus der ich komme, gibt es all diese Fluggeräte schon. Eure Aufgabe wird es sein, in dieser Welt damit gleichzuziehen, um dem Lichtgott zu gefallen.“

Jesus nickte. „In Ordnung. Wie nennt man diesen Ort?“

„Flughafen“, sagte ich. „Das ist ein Flughafen. Ein Hafen für Schiffe, die durch die Luft fliegen. Das ist der Hamburger Flughafen.“

„Ah, dort wo die Raumschiffe landen. Und wann wirst du da sein?“, wollte er noch wissen.

Ich überlegte, ob ich ihm sagen sollte, dass ich eigentlich aus der Zukunft komme und eine Zeitreise machte. Ich hatte das Gefühl, dass ich ihm mittlerweile alles sagen konnte, so vertraut waren wir uns. Aber würde er das überhaupt verstehen? Und würde es nicht eher sein Bild zerstören, das er von mir hatte? Ja, er wusste, ich komme aus einer Zeit und einem Ort, an dem auch unser Lichtgott weilt und der faktisch überall und zu jeder Zeit da ist. Also eigentlich gar nicht. Ich hatte dieses Bild einer dualen Götterwelt bloß gewählt, um die helle und die dunkle Seite der Macht verständlich zu machen, aber das musste ich ja nicht erwähnen. Jedenfalls ging er davon aus, dass ich in die Zeit schauen konnte, denn das hatte ich ihm durch mein Wissen über die geschichtlichen Ereignisse glaubhaft vermitteln können.

„Genau in diesem Moment in 1992 Jahren werde ich an dem Ort im Norden sein. Da wird meine Geschichte weitergehen“, sagte ich schließlich zu meinem eigenen Erstaunen.

Jesus lachte. Es beruhigte ihn offensichtlich, genauer zu wissen, wo ich sein werde und zu welcher Zeit. Die Orte und ihre Namen gaben ihm Halt, vermutete ich.

„Und wirst du nun zurückkommen? Werden wir uns wiedersehen?“

„Der Tag, an dem ich ankomme ist der Tag meiner Wiederkehr.“

„Advenis, advenis“, murmelte er kaum hörbar auf Latein.

„Aber im Geiste werde ich immer bei dir sein, der Geist ist unabhängig von Raum und Zeit. Du wirst von nun an der Bote des Lichtgottes in dieser Welt sein. Mein Nachfolger bis zu unserem Wiedersehen in der fernen Zukunft."

„Nein. Das wirst immer du sein." Ich sah die Furcht in seinen Augen. Trotz seiner überzeugenden Rede vor den obersten Lichtkriegern spürte ich, dass er doch ziemlich nervös war, nun, da der Moment gekommen war, dass er tatsächlich das Ruder alleine übernehmen musste. Und ich musste hart bleiben. Es war ab jetzt sein Job, dafür zu sorgen, dass die Jedi-Philosophie aus *Star Wars* Staatsreligion wurde und auch bis ins Jahr 2018 bliebe, sonst wäre der ganze Aufwand vollkommen umsonst gewesen. Ich ärgerte mich schon fast. Vielleicht wäre Johannes doch der bessere gewesen. Er war wesentlich willensstärker und selbstbewusster, auch wenn es mich wahrscheinlich unendliche Diskussionen mit ihm gekostet hätte. Aber nun waren die Dinge so. Jesus musste fortsetzen, was wir gemeinsam begonnen hatten. Ich musste es ihm noch mal eintrichtern, bevor er schwächelte.

„Du bist mein Nachfolger. Ich ernenne dich, als Gesandter des Lichtgottes, dazu. Du bist autorisiert und du wirst die nötige Macht dazu erhalten. Immerdar. Du brauchst dich von nun an vor nichts mehr zu fürchten. Die Macht wird mit dir sein. Sie ist stark in mir und sie ist stark in dir. Ich kann es spüren. Die dunkle Seite ist längst erschüttert. Sie hat einen gewaltigen Rückschlag erlitten und es ist nur noch eine Frage der Zeit, bis ihr das Zentrum erobert und den Imperator von seinem Thron gestoßen habt." Aber eine prüfende Frage hatte ich noch, deswegen fragte ihn beschwörend wie Kaa, die Schlange aus dem Dschungelbuch: „Doch wenn du vor ihm stehst, Jesus, vor dem obersten Sith Lord, dem Imperator, was wirst du tun, wenn er dich fragt, ob du einen Platz an seiner Seite einnehmen willst. Wie wirst du reagieren?"

„Kannst du nicht wenigstens noch bis dahin bleiben? Danach übernehme ich gern", sagte er in einem Tonfall wie Jar Jar Bings.

„Falsche Antwort!", knurrte ich ihn an.

Jesus verdrehte die Augen und holte Luft. „Ich werde mich natürlich nicht darauf einlassen und ihm mit einem Schlag niederstrecken. Auf keinen Fall so lange warten wie Luke. Einen Sith-Lord zu töten, vor allem den Imperator, gehört zu den guten Taten eines Jedi. Er tötet ihn weder aus Zorn, noch aus Hass, noch aus Furcht, sondern um die Menschen von ihm zu befreien und sie zu erlösen."

„Gut, in Ordnung. Alles richtig gesagt. Nun musst du nur auch danach handeln", lächelte ich leicht gequält.

„Und bei diesem Triumph willst du nicht dabei sein? Danach gäbe es eine Riesenfeier. Wie bei den Ewoks!"

Oh Mann! Langsam ging mir dieser Hornochse gehörig auf den Keks. Jetzt trällerte er auch noch den Ewoksong.

„Hör zu!", beschwor ich ihn mit kräftiger Stimme. „Ich hätte schon längst zurück sein müssen ..."

„Ich weiß", unterbrach er mich mit gesenktem Kopf.

„Es hat alles wesentlich länger gedauert als ich dachte", fuhr ich fort. „Aber ich brauchte die Zeit. Ich musste sichergehen, dass unsere Militärmaschinerie funktioniert und dass dir bis zum heutigen Tag nichts passiert."

Jesus schaute mich fragend an. Ich schüttelte den Kopf. „Ja, es gab da so eine Art Stichtag, der von oben festgelegt wurde. Ich bin auch nur ein Bote."

„Eine Prüfung?", unterbrach er mich neugierig.

„Ja, so kann man es sagen. Das Gute ist: du hast sie bestanden." Ich lachte und schlug ihm auf die Schulter, so dass er mitlachte und sich aufrichtig freute. „Wirklich?"

Ich nickte. „Ja, Mann. Das versuche ich dir doch die ganze Zeit zu erklären. Du bist jetzt ein echter Jedimeister, auserwählt von höchster Stelle. Dein Training ist sozusagen abgeschlossen. Du brauchst mich nicht mehr. Glaube mir, für das, was kommt, würde ich nur im Weg stehen. Du trägst die Macht in dir, die Vorsehung zu erfüllen. Erobere Rom, vernichte den Imperator, sorge dafür, dass die Sith nicht wiederkehren. Der Ausgleich der Macht herzustellen wäre so, als würde man das Böse dulden. Aber das werden wir nicht tun. Die

Welt ist erst rein, wenn die Dunkelheit vollkommen besiegt ist, das hat uns die Geschichte, die ich dir gezeigt habe, gelehrt.

Er stimmte mir zu. „Ja, so habe ich es auch immer gesehen. Aber sagtest du nicht …“

Er hatte recht. Manchmal wusste ich selbst nicht mehr, was ich alles erzählt hatte, um ihn zu beruhigen. „Ja ja, dabei geht es ja nur darum, die Gesamtheit der Macht zu begreifen. Doch diese Bürde werde ich auf mich nehmen, mach dir darum keine Sorgen. Der Ausgleich an sich birgt aber große Gefahr in sich, verstehst du?“ Er kniff konzentriert die Augen zusammen und ich konnte sein Hirn förmlich rattern hören. Auf keinen Fall durfte es natürlich dazu kommen, dass die Sith regieren, wenn ich zurückkehre und nicht die Idee. Also musste ich ihm auch das nochmal einimpfen. Ich fuhr fort. „Wenn du die dunkle Seite spürst, dann erkenne sie und sei gewarnt. Bilde auch jeden so aus, dass er die Bedrohung zu jeder Zeit fühlen kann, sobald sie auftritt. Wenn sie nicht im Keim erstickt wird, wird das Imperium wiedererwachen. Es genügt nur einer, der der Versuchung nicht widersteht, und es genügt nur einer, der ihm als Schüler dient und die Welt wird erneut in der Dunkelheit versinken, klar? Das ist die Warnung und das Wissen, das ich dir mitgebe. Erkennen und um die Erkenntnis der dunklen Seite zu wissen ist etwas anderes als ihr nachzugeben. Achte also immer darauf und höre auf deine innere Stimme. In der Not werde ich diese Stimme sein. Dir wird nichts geschehen. Die helle Seite umgibt und erfüllt uns. Möge sie für immer mit dir sein.“ Eine erschöpfende Rede, aber offenbar war sie nochmal notwendig. Sein Gesichtsausdruck zeigte mir, dass er an Zuversicht gewonnen hatte.

Wir umarmten uns innig und ich bat ihn schließlich, in meiner letzten Minute alleine zu sein. Ich wollte nicht, dass er zu viel sah und auch nicht, dass er zufällig mit in den Strudel der Zeitmaschine geriet.

Ich sah ihm also zu, wie er zurück zu seinem Dampfmobil kehrte und einstieg. Er hatte die Haare zu einem Zopf zusammengebunden und seinen Bart ordentlich gestutzt. Er trug eine Hose und schwere Stiefel. Eine Koppel hielt sein Hemd zusammen und an der Seite hatte er neben einem Schwert und einem Messer auch eine Uzi hängen. Wenn ich ihn so sah, war ich mächtig stolz auf ihn. Und auch auf mich. Ich hatte ihn zu einem echten Soldaten ausgebildet. Er stieg ein und fuhr los und ich schaute ihm noch hinterher, bis nur noch eine Staubwolke von ihm zu sehen war.

Es hatte sich in den vergangenen vier Jahren nicht sonderlich viel verändert hier am Jordanufer. Selbst das Schilf war nicht groß weitergewachsen. Ich fand also alles so vor, wie ich es nach meiner Ankunft zurückgelassen hatte. Die Schilfhalme, mit der ich die Kuhle abgedeckt hatte, in der sich meine Sachen befanden, sahen durch die Witterung und die Zeit etwas mitgenommen aus, aber offenbar war während der ganzen Monate nie jemand hier gewesen. Ich hatte mir wirklich ein perfektes Versteck rausgesucht. Da ich den Klappspaten mit vergraben hatte, musste ich nun mit bloßen Händen ans Werk. Zunächst nahm ich das Pflanzengeflecht weg. Die Erde darunter hatte sich etwas abgesenkt und war durch den Druck von Regen und Schnee verdichtet, so dass ich ordentlich zupacken und graben musste, bis ich an meine Taschen kam. Ich hob die Erde aus und schaffte sie eifrig zur Seite, bis ich die Taschen vor mir sah. Zu meiner Erleichterung waren sie allesamt unbeschädigt geblieben, ich musste sie nur etwas abklopfen. Schon konnte ich alles einpacken, was ich neben meiner Ausrüstung noch aus den vergangenen vier Jahren mitgebracht hatte. Erstaunlich, was sich da alles ansammelte und für einen wertvoll wurde: Teller, Töpfe und Schalen, Kleidungsstücke, Gürtel, Spangen, Klammern, alles Dinge mit unendlicher historischer Bedeutung. Römische und jüdische Münzen, den Dolch, den Judas bei meiner Befreiung von den Römern benutzte, das Schwert von Pontius Pilatus, Bilder aus seinem Palast. Ich hatte große Schwierigkeiten zu entscheiden, was ich davon alles mitnehmen wollte. Ich hatte zwischenzeitlich in einem der vielen römischen Villen in Jerusalem gewohnt und hätte eine ganze LKW-Ladung an Beute- und Sammlerstücken mitnehmen können. Das wichtigste war mir aber eine Halskette, die mir Maria gefertigt hatte. Weder war daran ein wertvoller Stein befestigt, noch waren die Kettenglieder aus einem besonderen Metall. Sie hatte lediglich drei Bänder aus Leder wie einen Zopf zu einer Kette geknüpft, lang genug, dass sie mir bis zur Brust hing. Doch daran hing ein Amulett aus Speckstein, in das sie das Emblem der Rebellen, den roten Sternvogel, der ursprünglich das Familienwappen des Jedi Kento Marek war, eingeritzt hatte. Sie hatte es für mich gemacht und mir nach unserer ersten Nacht in meinem Zimmer in der Kupfermine geschenkt. Seither trug ich es um den Hals. Ich kniete noch vor der Kuhle und ergriff es, druckte es fest in meiner Hand. Es war eine wunderschöne Arbeit, die in einer wunderschönen Zeit mit ihr entstanden war. Ich schloss die Augen, um einen Moment Stille zu halten. Erneut fragte ich mich, ob ich sie nicht doch hätte mitnehmen sollen. Ob ich überhaupt hätte jemanden mitnehmen sollen. Jesus. Aber das war einfach nicht Teil meines Plans gewesen. Ich wollte die Religion ändern. Die App, die Aktion, die vielen Jahre hier im antiken Judäa, dienten nur dem Zweck zu beweisen, dass der Mensch älter war als Gott. Sonst nichts. Mein Job war hier erledigt, egal wie weh es im Moment tat, all den Menschen, denen ich begegnet war und die ich über die Jahre so lieb gewonnen hatte den Rücken zu kehren. Mein Leben war noch nie zuvor so aufregend gewesen. Nur allein, um von all den Abenteuern zu erzählen, die wir in den oft auch brutalen Kämpfen erlebt hatten, bräuchte man ein zweites Leben. Ich würde all das hier vermissen, die Menschen, das Leben, die Liebe, mir mangelte es an nichts. Nicht mal an Komfort. Durch die Römer hatten wir längst einen Standard erreicht, den es in Europa erst ab dem 19. Jahrhundert langsam wieder geben würde.

Mit etwas Mühe zog ich mich wieder zurück ins Hier und Jetzt. Auf mich wartete die nächste, vielleicht schwierigste Etappe meines Gesamtplans. Ich musste mich darauf vorbereiten, gegen alle Widersacher, nicht nur unter den Gelehrten, sondern vor allem in der Politik und den Jedizentren, die größte Enthüllung aller Zeiten anzustoßen. Sie mussten erfahren, dass die Weltanschauung, auf der ihre Macht und ihr Wissen fußte, nichts weiter war als eine Geschichte von George Lucas, die er sich in den 1970ern ausgedacht hatte!

Kapitel 17 – Die Rückkehr

Es war soweit. Ich stand auf, packte mein ganzes Zeug auf einen Haufen, nahm mein Smartphone heraus, das ich am Morgen noch aufgeladen hatte und scannte die Frequenzen aller Gegenstände, die ich mitnehmen wollte. Mein Herz pochte so laut, dass ich das Blut in meinem Kopf schlagen hören konnte. Ich fragte mich, was mich erwartete. Würde mein Auto noch da stehen? Würde es noch Benzin geben? Würde es irgendjemanden von den Menschen geben, die ich gekannt hatte? Allen voran meine Eltern und meine Freundin. Und Nico? Wie würde die Wohnung aussehen, das Haus, die Jediwelt?

Ich hatte gar keine Lust, mir jetzt darüber Gedanken zu machen. Paradoxie hin oder her: es lebten die gleichen Menschen hier und sie hätten sich gefunden, auch wenn ich nicht in diese Zeit gekommen wäre. Gemessen an der gesamten Menschheit waren durch meine Handlungen nicht einmal ein Tausendstel neu zusammengewürfelt worden. Ich hatte nur die Weltanschauung verändert, sonst nichts. Und genau das erwartete ich auch für meine Rückkehr. Ich freute mich schon darauf, meine Freunde und die Orte, die ich kannte in Klamotten aus dem *Star Wars* Universum zu sehen. Ich weiß, das war eine ziemlich naive Vorstellung.

Nachdem ich alles inklusive mir gescannt hatte, rief ich die Einstellungen für die Zeitreise auf. Das Datum war bereits korrekt eingestellt. Ich musste nur noch den Startbutton drücken.

Der Sog, der mich packte und mich in die Zukunft riss, unterschied sich nicht von dem meiner Hinreise, aber die Erfahrung nahm mir die Angst. Vielmehr genoss ich die Fahrt durch die Zeit wie einen kurzen Rausch, in dem meine Erinnerungen der vergangenen vier

Jahre wie ein warmes Frühlingsgewitter über mich hereinprasselte. Ich stoppte mich erst, als mir wieder bewusst wurde, dass dieses Gefühl reiner Klarheit Suchtpotential hatte. Ich erinnerte mich, dass ich genau dieses Gefühl beim letzten Mal auch hatte und dass danach die Tonnen an Informationen, die nötig waren, um die Welt, die ich erleben werde wieder zusammenzubauen, mich wie am Grund das Marianengrabens zu zerquetschen drohte. Aber wenn ich die Leichtigkeit als Rausch erleben konnte, warum dann nicht auch den Schmerz des Aufpralls. Schließlich spielte sich alles in meinem Kopf ab. So zog ich mich kurz vor meinem Aufschlag zusammen wie ein Embryo und nahm alles in mich spastisch zuckend auf. Ich wehrte mich nicht dagegen, sondern genoss es wie eine feste Umarmung von tausend Freunden. Geist und Körper, ich war da!

Und dennoch fühlte ich mich nach meiner Ankunft, als hätte ich einen dreitägigen Dauerlauf ohne Schlaf hingelegt. Ich klebte am Boden wie in Teer eingegossen und konnte mich einige Minuten lang nicht bewegen. Zumindest öffnete ich die Augen und entdeckte mit dem ersten Blick den Himmel über mir. Das war schon mal ein gutes Zeichen. Aber stimmten die Zeit und der Ort? Ich spürte schon jetzt, dass ich nicht auf einem Boden aus Schilfblättern lag, sondern aus Stein oder Asphalt und um mich herum waren keine Pflanzen wie noch zuvor. Erschreckt fuhr ich hoch und sah mich um. Das Ufer war befestigt. Ein Geländer säumte es so weit ich sehen konnte und der Boden war mit schweren Betonplatten gepflastert. Die Straße daneben, über die ich vor vier Jahren zu der kleinen Landzunge gekommen war, erkannte ich durch den unterschiedlichen Belag. Sie sah aus wie eine Panzerstraße. Dahinter lag dann ein riesiges Feld mit jungen Bäumen. Eine Baumschule? Wo war mein Fahrzeug? Blitzschnell drehte ich mich um zu der Stelle, an der ich es zurückgelassen hatte. Es war verschwunden!

Verdammt, wo war ich gelandet? In welcher Zeit? Hatte ich einen gigantischen Zeitsprung nach vorn gemacht? Hatte ich mich vertippt? Ich zog mein Smartphone hervor und schaute auf das Datum. Es stimmte: 13. Januar 2018. Ich sprang auf und machte ein paar Schritte ans Ufer. Der Jordan war begradigt worden und wesentlich schmaler als bei meiner Hinreise. Kilometerweit führte er in den Süden, zusammen mit der Panzerstraße und den nicht enden wollenden Feldern mit heranwachsenden Bäumen. Auf der anderen Seite konnte man die Ausläufer einer modernen Stadt sehen, wahrscheinlich Bet She'an, aber es war nicht mehr die kleine Ortschaft mit weit auseinander liegenden, freistehenden Häusern, stattdessen reihten sich ein Meer aus Gebäuden aneinander, Kuben, Blöcke, hohe, ineinander verschachtelte Wohneinheiten, teils mit grün bepflanzten Terrassen. Weiter im Süden erkannte ich Flachbauten so weit mein Auge reichte. Sie sahen aus wie Lagerhallen und schimmerten in der Hitze der Sonne, bis sie mit dem Horizont verschmolzen. Nach Norden hin wuchs die Stadt heran. Klare Formen, die sich in den Himmel schraubten und an den Wolken kratzten wechselten sich mit organischen Formen ab. Ob da auch ein Jeditempel darunter war? Was auch immer geschehen war, ich fand es überwältigend. Nur eins irritierte mich: ich sah keine Menschen!

Ich hatte den Gedanken noch nicht zu Ende gedacht, da sprach mich von hinten eine männliche Stimme an.

„Ich arbeite für die öffentliche Landschaftsgestaltungsbehörde LGB. Das ist Regierungsgebiet. Sie dürfen sich hier nicht aufhalten. Bitte steigen Sie ein, ich fahre Sie zum Flughafen."

Ich drehte mich um. „Was? Wieso Flughafen?"

Vor mir stand ein Mann, ein Kopf kleiner als ich, etwas korpulent. Er trug eine Art Uniform. Einen Overall mit verschiedenen Abzeichen daran, die ich auf den ersten Blick nicht zuordnen konnte. Zumindest wirkte er, als arbeitete er für die Stadt oder das Land. Ich schätzte ihn auf Mitte fünfzig. Er sprach hebräisch, mit aramäischem Akzent. „Bitte steigen Sie ein, ich fahre Sie zum Flughafen", wiederholte er fast mechanisch.

Da ich meinen Wagen noch immer nirgendwo entdecken konnte, griff ich nach meinen Taschen und ging auf den Mann zu. Er stand vor einem Kastenfahrzeug mit abgerundeten Kanten. Ein Gleiter wie in Episode IV war es nicht, dachte ich enttäuscht, denn es hatte noch vier Räder. Es glänzte silbern und war an markanten Stellen durch grün lackierte Stellen abgesetzt, wie zum Beispiel den Kotflügeln und einem Lüfter an der hinteren Seite. Der grüne Lack sah schon etwas verkratzt aus. Das Führerhaus hatte rundum dunkel getönte Scheiben, der Kasten hinten diente augenscheinlich zum Beladen von Dingen, die belüftet werden mussten, denn neben dem Lüftungsgitter gab es weitere kleine runde Löcher, hinter denen eine Art Maschennetz durchschien. Wurden damit Tiere transportiert? Pflanzen? Oder sonstige verderbliche Ware?

„Ich muss zum Flughafen, in der Tat", sagte ich. „Nach Tel Aviv. Wussten Sie das oder ist das Zufall?"

Der Mann nickte und wies mich mit seinem Arm zum Heck. „Ja. Bitte!"

Ich wunderte mich. Der Flughafen lag gute siebzig Kilometer entfernt von hier. Aber scheinbar hatte er das gleiche Ziel, warum sollte er mich sonst so eine lange Strecke fahren? Ich stellte keine Fragen. Und er auch nicht. Er öffnete die Ladefläche, so dass ich meinen Krempel dort hineinlegen konnte. Bis auf ein paar Gartenwerkzeuge, Stangen und einer schweren Topfpflanze befand sich nichts darin. Ein Rechen, der in einer der Flügeltüren eingeklemmt war, sah erstaunlich unbenutzt aus.

Wir stiegen ein, er auf der linken, ich auf der rechten Seite. Das Cockpit ähnelte eher einem Fluggerät als einem Auto. Und kaum waren wir gestartet, hob der Wagen ab, Dann war es also doch ein Gleiter. Ich schaute schnell aus dem Fenster und konnte im Schatten noch erkennen, dass die Räder eingezogen wurden. Krass! Und wie bei Lukes und Obi Wans Flug durch die Wüste Tatooine blieb der Gleiter auf Bodenhöhe. Er surrte wie von einem unsichtbaren Band gezogen in einer atemberaubenden Geschwindigkeit über die Straße hinweg, so dass wir nach kurzer Zeit schon den See Genezareth hinter uns gelassen hatten und auf Nazareth zusteuerten. Das Dorf am See war längst zu einer Großstadt herangewachsen und nun wahrscheinlich ein Vorort von Nazareth. In Sekunden schwebten wir über eine riesige Brücke über die Flussmündung hinweg geradewegs Richtung Jesus Geburtsstadt. Von weitem schon konnte ich riesige Bauten erkennen. Das war Nazareth? Allein diese Stadt sah schon gigantisch aus und hatte nichts mehr mit den zerklüfteten kleinen Höfen in den Hügeln wie bei Maria und Josef zu tun. Wie musste es erst mit Tel Aviv sein?

„Sind sie Deutscher?“, fragte er mich akzentfrei in meiner Muttersprache.

„Ja? Woher wissen sie das?“

„Man hört es“, grinste er etwas unbeholfen.

„Und woher sprechen Sie Deutsch, wenn ich fragen darf?“

„Ich bin mehrsprachig aufgewachsen“, antwortete er knapp und seine Augen blitzten mich an.

„Verstehe“, sagte ich nur und dachte, dass seine Eltern wahrscheinlich deutsche Juden waren, die es aus der Nazihölle hier her geschafft hatten. Ich überlegte, ob ich weiter darauf eingehen sollte, ließ es dann aber und begnügte mich vorerst weiter damit, die Landschaft zu betrachten. Vielleicht ergab sich später auf der Fahrt noch ein Gespräch. Ich wusste ja noch nicht, wie seine Geschichte verlaufen sein konnte. Hatte es in dieser Welt überhaupt Nazis gegeben? Auf einmal wurde mir klar, dass ich noch gar nichts wusste. Ich musste mich erst einmal informieren, wie diese Welt aussah, welche Geschichte sie hatte, bevor ich irgendetwas sagte. Dieser Gedanke stürzte über mich hinein wie ein Schock. Vielleicht würde es Wochen, ja Monate dauern, bis ich überhaupt in der Lage war, irgendetwas über meine Erlebnisse zu erzählen. Und wem überhaupt? Auf mich wartete jedenfalls keine Pressekonferenz und auch keine Universität. Wahrscheinlich musste ich ganz von vorn anfangen. Ich versuchte mich zu beruhigen. Nein, zu aller erst musste ich nach Hamburg und nachsehen, ob es mein zu Hause noch gab. Alles andere würde sich dann ergeben.

Wir ließen die Stadt an der Mündung des Jordans hinter uns und fuhren weiter Richtung Nazareth. Zahlreiche Gebäude säumten auch hier die breite Straße und mir fiel auf, dass ich noch immer keine Menschen zu sehen bekommen hatte, außer meinem Fahrer natürlich. Nur kurze Zeit später flachte das Häusermeer etwas ab und verwandelte sich in weite Felder, an deren Rändern erneut Lagerhallen standen, so wie ich sie schon am Jordanufer gesehen hatte. Trotz des Winters herrschte ein mildes Klima und die Felder sahen aus, als könnten sie in den nächsten Tagen abgeerntet werden. Offenbar hatten sie es geschafft, aus Israel ein ganzjährig blühendes Land zu machen. Noch bevor wir Nazareth erreichten sah ich an einer freien Stelle über dem Gewerbegebiet riesige Transporter schweben. Sie sahen aus wie hohe Gebäude, in der Form eines Heizkörpers, aber verkleidet mit riesigen weißen Panzerplatten. Darunter standen Kampftruppen, ebenso weiß gepanzert. Waren das Klonkrieger? Einige Einheiten marschierten zwischen den Lagergebäuden her, Geräte wurden mit kleineren Fahrzeugen hin- oder weggebracht. Ich drehte meinen Kopf bis zum Anschlag nach rechts und starrte den Soldaten und Transporteinheiten hinterher, bis sie aus meinem Blickfeld verschwunden waren. Ich schaute zum Fahrer, doch der reagierte gar nicht. Und bevor ich etwas sagen konnte, fiel mir schon die nächste Sache auf: links der Schnellstraße, bevor die ersten Wohnhäuser von Nazareth begannen, entdeckte ich eine riesige Menschenmenge auf einem großen Feld. Hier waren die Menschen also! Es mussten Hunderttausende sein. Sie standen da, als warteten sie auf etwas und wurden von weißgekleideten Sturmtruppen bewacht. Scheinbar handelte es sich dabei um eine große Veranstaltung, vielleicht ein religiöses Fest oder sowas. Aber ich konnte keine Bühne entdecken, keinen Altar oder ähnliches. Die Menschen standen einfach da oder saßen auf dem Boden, manche lagen im Gras auf einem Hügel, der sich leicht über das Gelände legte. Doch bevor ich mehr erkennen konnte, waren wir schon wieder vorbeigefahren. Die ersten größeren Gebäude schnitten mir den Blick ab, gefolgt von immer größeren Wohneinheiten, Geschäftshäusern und Konsumtempeln. Es wurde bunter. Wir rasten durch die Häuserschluchten wie durch einen Tunnel. Ein riesiger Highway, der die Stadt durchschnitt, mit mindestens acht Spuren auf jeder Seite. Aber auch die Stadt war wie leergefegt. Einzig Militärfahrzeuge kamen uns entgegen und immer wieder Soldaten, die am Straßenrand standen wie Kontrollposten. Das erinnerte mich an einen Präsidentenbesuch. Scheinbar wurde ein mächtig hohes Tier erwartet und deswegen sperrten sie die Hauptstraße ab und die gesamte Bevölkerung erwartete den Gast nun auf der großen Wiese vor der Stadt. Was wusste ich schon, wie solche Veranstaltungen oder Staatsbesuche im Jedizeitalter aussahen, vielleicht kam er ja auf einer Bühne herangeflogen. Ich würde darauf wetten, dass es sich um eine große geistliche Persönlichkeit handelte, ein Jedigroßmeister vielleicht oder sogar ein Nachfolger von Jesus, der jetzt in seine Geburtsstadt kam, um die Menschen zu begrüßen. Der Papst der Jedi sozusagen. Hatte ich das erschaffen? Meine Befürchtungen wichen einem Hochgefühl. Vielleicht hatte doch alles so geklappt, wie ich es mir vorgestellt hatte. Das wäre fantastisch!

Für einen Moment überlegte ich, den Fahrer zu fragen, ob wir nicht umkehren und zu der Wiese zurück fahren könnten. Das müsste ich doch unbedingt erleben. Doch dann sah ich etwas vor uns, das mich stark irritierte. Zwei Menschen, ein Mann und eine Frau, eilten in Panik aus einem Gebäude heraus. Sie liefen zu einem Fahrzeug, an dem sich Flügeltüren öffneten. Die Frau schien verletzt, sie hielt ein Kleinkind unter ihrem Mantel verborgen. Kaum waren sie eingestiegen, starteten sie ihr Fluggerät, das kurzerhand anhob und abdrehte. Doch dann geschah das Ungeheuerliche: vier Sturmtruppler liefen ihnen hinterher, einer mit einem dreibeinigen Artilleriegeschütz auf der Schulter. Er stellte es ab und begann auf die Fliehenden zu feuern. Ein Lasergeschütz! Er traf mit einem Schuss. Das Vehikel geriet ins Straucheln und schleuderte gegen die nächste Häuserwand, wo es mit einem großen Knall explodierte. Was zur Hölle ging hier vor? Ein Einsatz gegen eine junge Familie? Und dann, als wir tiefer in die Stadt kamen, sah ich brennende Gebäude, zerstörte Häuser und etwas, das aussah wie Jeditempel, er stand in Flammen! Weitere Sturmtruppler eilten bewaffnet durch die Straßen, sie holten die Menschen aus den Häusern und trieben sie begleitet von schwerem Militärgerät zusammen. Ich sah, wie ein Mann erschossen wurde, weil er fliehen wollte. Ich sah, wie ein Kind erschlagen wurde, weil es sich nicht von seiner Mutter trennen wollte. Ich drehte mich entsetzt zu meinem Fahrer. „Was ist hier los?!“, brüllte ich ihn an. „Halten sie sofort an!“

Doch der Mann starrte weiterhin geradeaus und reagierte überhaupt nicht auf mein Geschrei. Und ich war mir im selben Moment gar nicht sicher, ob ich überhaupt wirklich da raus wollte, ich würde mich sicherlich selbst in Lebensgefahr begeben. Der Fahrer betätigte stattdessen eine Taste auf seiner Armatur und sagte etwas, das ich nicht verstand. Es klang weder hebräisch noch deutsch. Nichtmenschliche Laute waren darunter, wieder sehr mechanisch. Beherrschte der Typ auch Programmiersprachen, fragte ich mich irritiert. Aus dem eingebauten Lautsprecher im Fahrzeug kam eine ebenso mechanische Antwort zurück. Ich starrte zwischen dem Mann und der Armatur hin und her, auf der Leuchtdiagramme und verschiedene Messanzeigen zu sehen waren. Plötzlich hielt der Mann seinen Finger vor eine Öffnung zwischen zwei Messanzeigen, in deren Inneren eine Schließmechanik zu erkennen war. Seine Fingerkuppe klappte auf und eine Art Schraubschlüssel schnellte daraus hervor, steckte sich in die Öffnung und begann unter leisem Surren, sich nach einem bestimmten Rhythmus hin und her zu drehen. Mir fielen fast die Augen aus dem Kopf. Der Typ war ein beschissener Roboter! Was hatte ein verdammter Droid in Menschenhülle hier verloren? Wir sind doch nicht bei *Star Trek*! Erneut überkam mich ein mulmiges Gefühl. Das Vehikel hob ab und ging auf eine Höhe von etwa zwanzig Meter. Von hier aus konnte ich über die gesamte Stadt blicken und musste mit Entsetzen feststellen, dass noch weitere Gebäude zerstört waren oder in Flammen standen.

„Was ist hier los!“, schrie ich den Fahrer erneut an. „Was passiert mit den Menschen? Werden sie abgeführt? Finden hier Kämpfe statt? Wer sind Sie? Bringen Sie mich in Sicherheit?“
„Verhalten Sie sich ruhig“, knarrte er mich wieder in Deutsch an. „Wir sind in drei Minuten am Flughafen. Dort wartet ihr Flug nach Hamburg.“

„Was? Wieso? Woher wissen Sie jetzt wieder, dass ich nach Hamburg will? Sind Sie ein Freund?“

„Bitte verhalten Sie sich ruhig. Wir sind in drei Minuten am Flughafen …“

„Ich hab’s verstanden!“, fuhr ich ihn an und knallte mich in meinen Sitz.

Unter mir verschwanden die letzten Gebäude von Nazareth und wir überflogen ein gigantisches Waldgebiet. Es war ein Mischwald mit hohen Tannen und kräftig gewachsenen Laubbäumen, die bestimmt vierzig Meter in die Luft ragten. Zwischen den Baumkronen konnte man nur eine schmale helle Ritze sehen, die wie an einem Faden aufgezogen schnurstracks geradeaus Richtung Tel Aviv verlief. Die Baumschule. Sie hatten ganz Israel aufgeforstet. Vielleicht sogar ein Großteil des Nahen Ostens bis in die Wüste hinein. Das bedeutete regelmäßigen Regen und fruchtbare Böden. Was war aus diesem Land, was war aus der Welt geworden? Ich schaute über das Meer aus Blättern und Nadeln und konnte in der Ferne schon die gigantischen Gebäude von Tel Aviv erkennen und musste bei dem Anblick an Coruscant denken. Ich war emotional hin und her gerissen. Es sah großartig aus. Ein Traum ging in Erfüllung. Doch als ich den Kopf hob, entdeckte ich schon wieder Schreckliches: am Horizont schwebten zwei Sternzerstörer im Dunst einer von Rauch verhüllten Sonne. TIE Fighter jagten über ein Stadtgebiet außerhalb von Tel Aviv und beschossen die Häuser. Gewaltige Explosionen rissen Mauern auseinander und gigantischen Bälle aus Feuer und Rauch stiegen über dem Horizont auf. Immer und immer wieder schossen die grellen Blitze aus den Laserkanonen der Kampfflugzeuge und zerstörten ganze Straßenzüge und Wohnviertel. In Stoßtrupps schwärmten die Jäger aus den riesigen Kampfschiffen heraus und bombardierten ein Stadtviertel nach dem anderen. Es gab kaum Gegenwehr, außer einigen Flakgeschützen, die ihre Laserblitze in grün und blau in den Himmel warfen. Hier und da holten sie sogar einen der Jäger aus der Luft. Aber die Bewohner hatten keine Chance. Allmählich begriff ich, was hier geschah: das Imperium war im Begriff, die Hauptstadt des Jedireiches einzunehmen!

Mein Pilot flog eine Kurve über die Stadt hinweg, bevor er den Flughafen ansteuerte. Dabei konnte ich von oben den Jeditempel sehen, es musste der Haupttempel der Stadt sein. Er war riesig und hob sich von den ohnehin schon hohen Gebäuden in seinen Ausmaßen noch ab. Ich konnte eine ganze Armee des Imperiums erkennen, die den Tempel stürmte und hunderte Jediritter, die sich ihnen auf den Treppen, vor den Toren des Tempels, entgegenstellten und sie aufzuhalten versuchten. Hunderte Lichtschwerter in allen Farben kämpften sich durch den Dauerbeschuss der imperialen Truppen. Doch schon einen Augenblick später waren wir an ihnen vorbeigerauscht und steuerten auf den Flughafen zu. Offensichtlich war der Mann neben mir gerade dabei, mich aus dieser Kriegssituation herauszuholen. Aber warum? Warum mich?

„Kennen Sie mich?“, fragte ich die Maschine.

„Ja“, entgegnete sie.

„Woher?“, fuhr ich ihn an. Aber er antwortete nicht. Ich versuchte es anders. „Woher wissen Sie, dass ich nach Hamburg will? – Oder warum soll ich nach Hamburg?“

„Weil das die Hauptstadt im Norden ist. Dort sitzt der Lichtgott.“

Ich ließ mich in meinen Sitz zurückfallen. Ich hatte wirklich ganze Arbeit geleistet. Tatsächlich hatte sich alles so entwickelt, wie ich es geplant hatte. Und dann fiel es mir ein. Nico! Er musste es gewesen sein, der mir den Druiden hergeschickt hatte, um mich aus dem Kriegsgebiet herauszuholen. Natürlich getarnt als Mensch, damit ich mich nicht erschrecke. Aber woher wusste er davon? Er war bewusstlos und müsste es genau jetzt noch immer sein. Ich kam zur gleichen Zeit zurück, wie zu der, in der ich gestartet war. Oder hatte ich mich vertan? Nein, es musste anders sein. In der neuen Vergangenheit hatte es ja wahrscheinlich keinen Grund gegeben, ihn bewusstlos zu schlagen. Er war wohlauf und hatte alles für meine Rückkehr vorbereitet. Das war meine Rettung! Nico hatte Hamburg zu einem Stützpunkt der Rebellen gemacht, zu dem ich jetzt gebracht werden sollte. Tel Aviv war scheinbar bereits verloren.

Wir setzten zur Landung an. Unter mir konnte ich mittlerweile überall Kampfhandlungen sehen. Flüchtende Menschen, zuckende Blitze aus den Laserwaffen, Explosionen. Vereinzelt entdeckte ich jetzt auch Soldaten, die gegen die Sturmtruppen vorgingen, teils mit Lichtschwertern im Nahkampf, teils mit Geschützen, die auf den Mauern des Flughafens eingerichtet waren. Das musste die Armee der Rebellen sein. Oder die der Jedi. Meine Leute. Aber sie hatten kaum eine Chance. Erneut stürzten sich TIE Fighter über den Kriegsschauplatz und feuerten ihre zerstörerischen Strahlen gegen die freundlichen Stellungen ab. Mit gewaltigen Explosionen wurden die Mauern auseinandergerissen und die Gegenwehr ausgeschaltet. Während so auf der einen Seite noch gekämpft wurde, landeten nach und nach die Truppen des Imperiums und begannen das Gesicht des Flughafens zu verändern, ja wahrscheinlich der ganzen Stadt. Ich hatte also recht: Tel Aviv war bereits so gut wie verloren. Überall waren riesige Plakate zu sehen. In großen Lettern prangte da: „Der Heiland ist da“ oder „Heißt den Erlöser willkommen“ oder „Der Bote des Lichtgottes kommt zurück“ und „Der Tag der Rückkehr ist gekommen.“ Doch die Werbewände, die die Ankunft des Messias verkündeten, wurden plötzlich von imperialen Siegesparolen eingelöst. Mit einer Wut der Zerstörung wurden zudem Statuen niedergerissen. Offensichtlich sollte so schnell wie möglich das Bild der Jedi zerstört und durch die Sith ersetzt werden. Ich beobachtete, wie mit schwerem Gerät eine neue riesige Statue herangeschafft wurde. Sie sah aus wie die eines Sithlords, in schwarzer Gewandung und einer weiten Kapuze über dem Kopf. Da wo das Gesicht war, konnte man etwas metallisches hervorblitzen sehen. Ich musste sofort an Kylo Ren denken. Jesus fragte mich einmal, ob und wie die Geschichte denn weiterginge. Also ließ ich mich dazu hinreißen, ihm einige Passagen aus Episode VII und VIII zu erzählen. Aber er hatte ja noch keine Bilder dazu. Woher auch? Die DVDs dazu hatte ich nicht mitgenommen, weil sie für mich nichts mit der „Schöpfungsgeschichte“ zu tun hatten. Er kannte also alles nur aus meinen Erzählungen. Aber daran sah ich, wie wirkungsvoll alleine das gewesen sein musste. Ich hatte ja nichts anderes getan, als einen Samen zu sähen. Das, was hier passierte, war die Eigendynamik, die sich daraus entwickelt hatte.

Der neue Imperator war nach und nach überall sichtbar. Auf riesigen Displays, auf der Flughafenfassade, die zuvor die Wiederkehr des Messias angekündigt hatten, war nun er abgebildet, mit markigen Sprüchen wie „Die neue Ordnung ist die wahre Erlösung“ oder „Darw Cahlos Wahrheit ist die einzige Wahrheit“ und „Die neue Zeit ist da“. Darw Cahlo? Selbst beim Imperium schien es über die

Jahrhunderte zu Lautveränderungen gekommen zu sein. Logisch. Darth gehörte wahrscheinlich einer toten Sprache an wie das antike Latein. Darw war einfach besser auszusprechen.

Doch dann sah ich den Kopf einer der am Boden liegenden Statuen und erschrak. War das mein Kopf, der da in Stein gemeißelt im Dreck lag? Und da begriff ich es endlich: Sie hatten am heutigen Tag meine Rückkehr erwartet! Meine Rückkehr, am heutigen Tag. Ich hatte Jesus das Datum genannt und er hatte es wahrscheinlich niedergeschrieben, gleich nachdem ich mich aus dem Staub gemacht hatte. Hastig suchte ich den Boden nach Plakatfetzen von den niedergerissenen Werbewänden ab und wurde fündig. Eines davon zeigte eine Illustration, die mir tatsächlich verdammt ähnlich sah. Nur sah der Messias darauf viel besser aus! Die Rettungsaktion galt also mir, dem Verkünder der Jedibotschaft. Und mein Partner neben mir war lediglich darauf programmiert, mich abzuholen und in Sicherheit zu bringen. Wie ich also vermutet hatte, war Hamburg noch ein sicherer Ort der Jedi. Für mich bedeutete das nun, dass ich mich erneut auf Krieg einstellen musste. Aber vielleicht war es auch eine Chance, denn schließlich bestätigte sich hiermit, was ich immer gesagt hatte: es fand ein Kampf zwischen Religionen statt, ein Kampf um die Wahrheit.

So wie es aussah, war ich demnach von großer Bedeutung und das hieß, ich konnte meine Enthüllungen an oberster Stelle präsentieren. Das würde vermutlich die hier herrschende Weltordnung zunächst auf den Kopf stellen, aber der Erkenntniswert konnte nur zum Frieden zwischen den beiden verfeindeten Parteien führen, sagte ich mir, da weder die eine noch die andere Seite Recht hatte. Es waren nur ausgedachte Geschichten und ich hatte den Beweis dafür hinten in diesem Kastenflugzeug. Ich hatte alles schwarz auf weiß, bewegt und in Farbe. Das konnte mir niemand mehr nehmen. Der Einzige, der Recht behalten hatte, war ich.

Wir landeten in mitten eines Lasergewitters. Ich wunderte mich, dass uns Sturmtruppen Feuerschutz gaben. Wir stiegen sofort aus und liefen auf eine Schleuse zu, aus der uns bereits vier Personen entgegenliefen. Drei Männer und eine Frau. Um uns herum explodierte es, und ein Stück Fassade brach herunter und verfehlte uns nur knapp. Schutt rieselte über uns nieder und Staubwolken versperrten uns kurzweilig die Sicht. Ich hörte wie Laserblitze hinter uns her zischten und mit lautem Krach einschlugen. Wie es schien, war der Flughafen schon in der Hand des Imperiums, aber sie ließen uns passieren. Ich schätzte, es handelte sich um einen diplomatischen Einsatz und ich besaß wohl diplomatische Immunität. Ich war derjenige, der den Krieg beenden konnte; darum ging es wohl.

Die drei Männer und die Frau nahmen mich bei den Armen und führten mich durch die Schleuse. Mein Fahrer blieb zurück. Ich konnte sehen, wie er mir hinterherschaute.

„Beeilen Sie sich", sagte die Frau. Alle vier waren dunkel gekleidet. Sie trugen Uniformen und Umhänge mit nach hinten geklappten Kapuzen, so dass man ihre Gesichter sehen konnte. Einer von ihnen hatte eine Glatze und eine tiefe Schramme, die sein Gesicht in der Mitte fast teilte. Die Frau trug ihr langes und kastanienbraunes Haar offen und sah verdammt gut aus.

„Ihr Transporter nach Hamburg steht schon für den Abflug bereit", sagte sie weiter. Auch sie sprach deutsch.

„Was ist mit meinem Gepäck?", stammelte ich. Ich stolperte, weil sie so sehr an mir zogen und schaute mich erneut nach dem Fahrer und seinem Kastenwagen um. Aber die waren bereits weg. „Ich muss doch noch einchecken!", plapperte ich völlig naiv.

„Sie müssen nicht mehr einchecken. Sie fliegen alleine. Wir kümmern uns um alles", sagte die Frau. Augenscheinlich war sie die Offizierin der Truppe. Unter ihrem Umhang konnte ich keine Abzeichen erkennen. Nicht mal den roten Phoenix.

„Nein, ich will dabei sein, wenn das Gepäck eingeladen wird. Ich muss ein paar Sachen mit an Bord nehmen. Sonst steige ich nicht ein!", rief ich und zerrte an meiner Umklammerung. Doch die zwei, die mich fest im Griff hielten, zogen weiter an mir und drängten mich durch die Schleuse. In etwa dreißig Metern würden wir den Eingang in das Flughafengebäude erreichen. Doch sie bogen vorher nach rechts durch eine Seitentür ab und schleppten mich eine Treppe hinunter. Was hatten sie vor? Erneut versuchte ich mich loszureißen, jedoch ohne Erfolg. „Ich bin Ben Faber!“, schrie ich sie an. „Halten Sie sofort an! Ich werde diesen Flieger nicht ohne mein Gepäck besteigen. Ich verlange …“

Doch plötzlich schlug mir der Mann auf meiner rechten Seite eine Art Maske vor das Gesicht. Ich hörte ein kurzes Zischen und spürte wie meine Schleimhäute beim Einatmen brannten. Reflexartig atmete ich ein. Im gleichen Moment wurde mir schwarz vor Augen.

Kapitel 18 – Meine Verurteilung

Vier Monate später, am 13. April im Jahre 1986 nach Faber – noch galt diese Zeitrechnung, aber die Umstellung war in vollem Gange – fand meine Hinrichtung statt. Ein langer Prozess war diesem Tag vorausgegangen, ein Prozess, der überall im Imperium der neuen Ordnung zu sehen gewesen war. Aber es gab keine Verteidigung. Faktisch hatte ich keinen Prozess, so wie ich es kannte, bekommen. Das, was auf den Monitoren der Öffentlichkeit gezeigt wurde, diente ausschließlich der Anschuldigung und dem Beweis, wie irregeleitet die Jedi waren, dass sie einen Wahnsinnigen angekündigt hatten, der Geschichten vom Heil und der Befriedung der Welt durch die Jedi verkünden werde. Dabei sei all das nichts weiter als eine Ideologie, die seine Anhänger verblenden sollte und so weiter und so fort. In Wahrheit würde sie erst das Unheil über die Galaxis bringen. Na ja, was sollte man erwarten? So war das nun mal, wenn zwei Ideologien, die helle und die dunkle Seite aufeinanderprallten. Niemand war bereit, sich auch mal die Graustufen dazwischen anzuschauen, ob da nicht viel eher der Kern der Wahrheit liegen könnte. Aber wenn ich ihnen das sagen wollte, mussten sie mir die Gelegenheit dazu geben. Allerdings war meine Ausgangslage dafür nicht unbedingt die Beste. Die vermeintlichen Retter hatten sich als das genaue Gegenteil entpuppt.

Nachdem wir in 'Deutschland' gelandet waren, hatten sie mich in einen Hochsicherheitstrakt in einen der Außenbezirke Hamburgs gesteckt. Die Stadt erstrecke sich über ganz Niedersachsen und wenn ich das richtig verstanden hatte, lag das Gefängnis demnach in der Nähe von Braunschweig – oder zumindest dort, wo einmal Braunschweig war. Der Stadtteil wurde nach einem bedeutenden Jedi benannt und das Gebäude, in dem ich gefangen gehalten wurde, war eine der acht Festungen, die im gesamten Stadtbereich errichtet worden waren, damit sich die Bevölkerung im Angriffsfall in Sicherheit bringen konnte. Die Festung, in die sie mich gesteckt hatten, zählte zu einer der größeren. Sie trug bis zur Eroberung noch Mace Winduus Namen und war vor kurzem schlicht in EANO umbenannt worden. EANO stand dabei euphemistisch für Erziehungsanstalt der Neuen Ordnung. Dass es in Episode VII 'Erste Ordnung' hieß, hatte Jesus wohl nicht richtig mitbekommen, dachte ich zynisch.

Mein kärglicher Raum war als Einziger auf der gesamten Etage bewohnt. Dutzende Elitesoldaten und Sicherheitskräfte wurden für meine Bewachung abgestellt, anscheinend rechneten sie jederzeit damit, dass ein Befreiungskommando der Rebellen versuchte, mich hier rauszusprengen. Aber es geschah nicht. Überall auf dem Planeten fanden noch auf kleineren Kriegsschauplätzen Kämpfe statt. In einer Art Blitzkrieg hatten sie jedoch innerhalb weniger Monate fast alle wichtigen strategischen Städte der Jedi, oder Rebellen-Hochburgen, wie das Imperium sie nannten, erobert. Das konnte ich bei meinen streng bewachten Rundgängen auf der Etage auf ihren Propagandadisplays sehen. Wir hatten verloren. Die bittere Ironie war, dass ausgerechnet Jesus mich durch sein Geplapper verraten hatte.

Schon kurz nach meiner Abreise musste er den genauen Zeitpunkt meiner Ankunft und den Ort notiert haben. Und auch meine Heimatstadt im Norden, der Sitz des Lichtgottes. Ich selbst hatte es ihm ja verraten. Wie ich vermutet hatte, wurde diese Botschaft von meiner Rückkehr zu einer Art heiligen Bulle, die von Generation zu Generation, von Jedimeister zu Jedimeister weitergereicht wurde. Über Jahrhunderte, im Geheimen. All das habe ich durch die öffentlichen Prozessreden erfahren. Natürlich aus Sicht des Siegers, der 'neuen' Ordnung, wie sie sich nannten.

Doch wie ich ebenso erfuhr, war die zweitausendjährige Geschichte des Jeditums bis zuletzt von Erfolg gekrönt. Die Jediritter hatten im Jahr 7 n. Fab. unter seiner Führung tatsächlich die Stadt Rom erobert und damit mit einem Schlag die ganze, damals bekannte Welt unter ihre Kontrolle gebracht. Da ich ihnen auch Pläne der für sie noch unbekannten Welt gezeigt hatte, verstanden sie es als ihre Aufgabe, auch diese Teile der Erde einzunehmen. Allerdings bat ich sie darum, wenn der Feind, das Imperium, besiegt war, die frohe Botschaft in Frieden zu überbringen und es den dort lebenden Völkern selbst zu überlassen, wann sie unsere Religion übernehmen. Jediapostel sollten überzeugen und nicht mehr erobern. Als Freund indigener Völker war es mir wichtig, dass durch die Jedi kein Genozid an ihnen ausgeübt wurde. Das Gute, das in meinen Aussagen steckte, stieß wohl auf große Zustimmung bei unseren Mitstreitern.

Ich versuchte mir anhand der dürftigen Informationen, die ich von meiner Zelle aus erhielt zusammenzureimen, was seit meiner Abreise geschehen sein musste. Nach dem Untergang des Imperiums gab es demnach eine lange Phase des Friedens und des Aufschwungs. Innerhalb weniger Jahrhunderte hatte auf der Basis des antiken Wissens und wahrscheinlich meiner technischen Zeichnungen und Unterlagen ein unglaublicher technologischer Fortschritt stattgefunden. Dass sie es geschafft hatten, tatsächlich schwebende Fahrzeuge, Laserwaffen und vor allem ein Lichtschwert zu entwickeln, erfüllte mich mit Stolz.

Erst ab dem 1. Jahrtausend entwickelte sich dann eine Gegenbewegung, die anfing, sich auf die Sith und das Imperium zu berufen. Sie nannten sich „Dunkle Ritter“ und nutzten die technischen Errungenschaften für sich, um wehrfähige Waffen zu konstruieren und die Jedi immer wieder herauszufordern. Vor allem hatten sie es dabei auf die Bulle abgesehen. Aber in den meisten Fällen blieb es bei kleineren Gruppierungen, die Aufstände anzettelten und zu Putschen aufriefen. Jedoch wurden diese von der gut organisierten Abwehr der Jedi regelmäßig erfolgreich niedergeschlagen, ja oftmals bereits im Keim erstickt. Der Frieden war den Menschen wichtiger. Aber es war bekannt, dass die Bewegung im Untergrund weiterwirkte. So kam es regelmäßig zu Anschlägen, bis es im 16. Jahrhundert n. Fab. eine immer größer wachsende Gruppe schaffte, die Jedi ernsthaft herauszufordern und sogar Gebiete hauptsächlich im Nahen Osten zu erobern und zu ihrem eigenen Herrschaftsbereich zu erklären, den sogenannten Sith-Staat. Der letzte große Krieg, so erfuhr ich, fand in der Folge dieser Eroberungen statt, bei dem der bis dahin 1500 Jahre anhaltende Frieden zusammen zu brechen drohte. Aber nach einem langen und zähen Kampf konnten die Ritter der dunklen Seite erfolgreich geschlagen werden und es folgte ein nunmehr 100 Jahre andauernder Frieden. Bis jetzt. Vor einigen Monaten verspürte der Jedigroßmeister, das derzeitige Oberhaupt aller, die sich zum Lichtgott und zur hellen Seite bekannten, eine Erschütterung der Macht. Gerüchte von Kopien der Bulle machten die Runde und es hieß, dass eine kleine Gruppe von Terroristen es geschafft hätte, die geheimen Papiere der Bulle zu leaken. Bis zu diesem Zeitpunkt war nur das Jahr der Rückkehr von Ben Faber bekannt. Ich musste es mir noch mal deutlich in Erinnerung rufen: nicht Jesus war der Messias, nein, er hatte mich dazu auserwählt. Meine Rückkehr wurde erwartet. Für die Sith war ich somit der Staatsfeind Nummer 1. Sie hatten meine Sachen konfisziert und genau untersucht. Und ich selbst hatte sie zu dem Ort geführt, an dem ich die Geschichtsbücher und Dokumente über das Christentum vergraben hatte und die meiner Verteidigung dienen sollten. Aber auch das wussten sie geschickt zu meinem Nachteil umzudeuten. Sie wussten alles, was geschehen war. Sie kannten die Geschichte von Jesus, vom Christentum und den 2000 Jahren voller Kämpfe um die richtige Auslegung der Lehre. Aber niemand sonst sollte davon erfahren. Meine ganze Verteidigung fußte nurmehr auf meinen Erinnerungen. All die Plädoyers, die ich mir zurechtgelegt hatte, konnten nicht gehört werden, da kein Prozess stattfand. Meine gesamten Bücher und Dokumente hatten sie zerstört und damit alles Wissen über meine bisherige Welt vernichtet. Zumindest sagten sie mir das – wahrscheinlich, um mich psychisch zu schwächen, was ihnen auch gelang. Niemand nahm mich mehr ernst. Vielmehr nutzten sie jede verzweifelte Aussagen geschickt, um mich als Irren hinzustellen. Es sei der Versuch eines kranken Geistes, die Wirklichkeit auf den Kopf zu stellen. Eine Besessenheit durch Gefallene, die mich zur Blasphemie zwangen und die es zu vernichten galt. Ich hatte keine Chance. Meine ganze Geschichte, die Wahrheit. Ich hatte recht gehabt, aber es interessierte niemanden. Es sollte niemanden interessieren. Meine Vergangenheit gab es nicht mehr.

Von den Menschen, die ich kannte habe ich niemanden wieder getroffen. Weder meine Eltern noch meine Freundin, noch sonstige Freunde. Aber heute, als ich auf meine Hinrichtung wartete und aus dem Fenster schaute, sah ich am Eingang zum Gefängnistor einen Mann stehen. Er trug die dunkle Uniform eines hochrangigen Offiziers der Neuen Ordnung, über seinen Schultern hing ein roter Umhang. Ich konnte sehen, wie er in meine Richtung schaute, aber er sah mich nicht an. Er stand da vor einem gepanzerten Militärfahrzeug, weitere Offiziere um ihn, zwei Sturmtruppler zum Schutz. Es war Nico! Ich erkannte ihn, er lebte also doch noch, ich hatte nicht alles verändert. Vielleicht also lebten auch noch weitere Personen aus meiner Vergangenheit, vielleicht aber nicht als meine Eltern oder Freunde. War das möglich? Ein Hoffnungsschimmer erfasste mich. War Nico gekommen, um meine Hinrichtung aufzuhalten? War er Anwalt? Auf jeden Fall sah er aus wie jemand, der etwas zu sagen hatte. Er unterhielt sich mit seinen Begleitern, schaute hin und wieder in meine Richtung und ich strengte mich an, auf mich aufmerksam zu machen. Ich winkte, klopfte und schrie. Aber ich war zu weit entfernt. Er sah mich nicht. Schließlich ging ich davon aus, dass man von außen in diese Fenster nicht hineinschauen konnte. Sie standen mehr als zwanzig Minuten da, machten jedoch keine Anstalten, das Gebäude zu betreten. Irgendwann nickte er aber seinen Gesprächspartnern zu und setzte sich in Richtung des Gefängnisgebäudes in Bewegung. Ein großes Gatter wurde vor seinen Augen geöffnet und nach mehreren bewachten Schleusen hatte er den Innenhof der Anlage erreicht.

Er musste nicht überprüft werden. Stattdessen salutierte jeder vor ihm und ließ ihn ohne zu zögern passieren.

Ich bewegte mich vom Fenster weg und setzte mich an den Tisch, starrte auf meine gefalteten Hände und konnte mir dabei zuhören, wie ich hoffte, dass sich gleich Schritte nähern mögen und die Tür aufsprang.

Die Schritte kamen. Ich schaute auf, zitterte und atmete schnell und schwer. Dann öffnete sich die Tür. Ein Soldat, komplett in schwarz gekleidet, stand im Türrahmen und schaute mich nicht an, sondern auf den grauen Flur. Es dauerte noch mal einige Sekunden – mein Herz schlug so wild, dass ich fürchtete einen Herzschlag zu bekommen – bis Nico schließlich tatsächlich eintrat. Ich hatte noch eine Chance bekommen. Nun konnte ich alles erklären.

Ich sprang auf. „Nico! Gott sei Dank, du bist gekommen."

„Setz dich!", herrschte er mich an. „Ich bin nur hier, um dich über das weitere Prozedere zu informieren."

Ich folgte seiner Aufforderung, setzte mich, rutschte nervös auf dem Stuhl vor und zurück und legte meine Fingerspitzen gegeneinander. „Natürlich. Lass mich nur kurz erklären, was passiert ist."

„Wir wissen, was passiert ist."

Ich nickte. „Okay, dann … dann wirst du mich verteidigen?"

„Ich bin nicht gekommen, um dich zu verteidigen, Ben Faber. Ich bin der Ankläger der neuen Republik. In der Funktion des Militärstaatsanwaltes habe ich die Aufgabe, dir zu erklären, warum du hingerichtet werden musst."

Ich traute mich kaum, ihn anzusehen. „Wa… was redest du denn da? Hinrichten? Wieso Anklage? Es ist doch … das ist alles ein Missverständnis. Ich hab die Plakate gesehen. Das ist eine Verwechslung." Ich versuchte zu lächeln, um auf ein Niveau unserer Diskussions- und Streitkultur zu kommen. Ich hob die Brauen. „Ich kann mir schon denken, was passiert ist."

Doch Nico blieb streng und sachlich. Ich hatte das Gefühl als hörte er mir gar nicht zu. Stattdessen begann er mit seiner Anklagerede.

„Hast du eine Vorstellung, was deine Religion mit den Menschen getan hat? Seit deinem Verschwinden gab es Kriege zwischen den Jedi und denen, die sie Sith nannten, dem römischen Imperium. Es dauerte Jahrhunderte bis das Imperium besiegt war. Danach führten die Jedi selbst die Welt in eine Zeit der Dunkelheit. Es war eine Zeit der Willkür und des Fanatismus, eine Diktatur, in der jeder, der eure Form des Friedens nicht anerkannte, in den Kerkern der Folterknechte landete."

„Was?"

„Erst als sich die alten Kräfte und die Ideen des Imperiums wieder zusammen fanden, kam es nach weiteren entsetzlichen Kriegen zu einem Wechsel. Doch beide Phasen wurden überschattet von permanenten Anschlägen, Übergriffen und den Versuchen, die jeweiligen Systeme zu stürzen. Generationen haben niemals eine Zeit des Friedens gesehen."

„Aber, das kann doch gar nicht …"

„Zuletzt herrschte die Diktatur der Jedi wieder in ihrem sogenannten tausendjährigen Reich, aber wir haben dem ein Ende bereitet. Seit hundert Jahren leben wir nun in einer Demokratie und die Irrtümer und der Irrglauben des Jedismus, der Sith und der hellen und dunklen Seite der Macht wurde endgültig der Kampf angesagt. Wir haben noch lange nicht gewonnen." Er deutete nach draußen. „Noch immer gibt es Fanatiker beider Seiten, die versuchen, unsere zarte Pflanze der Demokratie zu zerstören und die Menschheit wieder in den Wahnsinn zu treiben, den sie nunmehr über 2000 Jahre ausgesetzt waren. Aber jetzt soll ein Zeichen gesetzt werden. Wir haben lange genug auf deine Ankunft warten müssen. Jetzt ist es endlich soweit."

Ich sackte zusammen. Was redete er da? Ich verstand nichts mehr, außer, dass sie mich jetzt für die ganze Geschichte verantwortlich machen wollten. Erkannte er mich nicht?

„Ein Zeichen setzen?", wiederholte ich. „Was wird das jetzt? Du verkündest mir hier mein", ich deutete mit meinen Fingern Gänsefüßchen an, „Todesurteil? Ich meine, gibt es keine offizielle Anklage? Ich muss mich doch verteidigen können."

„Nein. Das Urteil wurde bereits gefällt."

„Das klingt aber mehr nach einer Militärdiktatur als nach Demokratie. Was war mit Tel Aviv? Die Stadt wurde mit schweren Geschützen angegriffen?"

„Tel Aviv?"

Ja, natürlich, wahrscheinlich hießen alle Städte jetzt anders. Außer mein Hamburg. Wunderte mich, dass es nicht Nord-Harappa hieß. „Ich meine die Stadt, das Land, von dem man mich abgeholt hatte. Es wurde angegriffen, bombardiert, von Sternenzerstörern und TIE Fightern?“

„Wir befinden uns mitten in einem Krieg. Die Jedi haben Tatooine fruchtbar gemacht. Meinetwegen. Aber dieses Land ist nach wie vor die Hochburg der Jedi. Nachdem wir es besetzt hatten, sprossen Widerstandskämpfer und Rebellen wie Pilze aus dem Boden. Radikale. Wir müssen sie bekämpfen. Und natürlich liefern wir unseren Verbündeten dort unten Waffen.“

„Um Frauen und Kinder auf offener Straße zu erschießen?“

„Die Rebellen benutzen sie als Schutzschilde. In so einem Kampf wird es immer zivile Opfer geben. Aber wenn die Sache mit dir abgeschlossen ist, wird hoffentlich bald Frieden einkehren.“

„Die Sache. Schon klar“, sagte ich. Ich wusste nicht mehr wie ernst ich die Sache hier nehmen sollte. Das kam mir doch alles sehr bekannt vor. Sollte ich am Ende die Dinge so sehen?

„Das ist hier eine Show, nicht wahr? Du willst dich an mir rächen.“ Aber wieder ignorierte er mich. Er war wohl mit dem Gedächtnisprotokoll seiner Anklageschrift noch nicht durch. Er lehnte sich zurück und legte einen Arm über den Stuhlrücken. Offenbar kam er jetzt zum Schluss.

„Nun wissen wir auch die Schriften zu deuten. Luke Skywalker hatte darin recht gehabt. In Buch Acht sagt er es zu Rey.“

Ich nahm die Hände auseinander und schaute ihn irritiert an. „In Buch Acht?“

Er beugte sich wieder vor und legte jetzt selbst wie ein Prediger die Hände aufeinander. „Die Macht kennt weder Gut noch Böse. Zu glauben, dass das Licht untergeht, wenn die Jedi untergehen ist reine Eitelkeit. Und in den Briefen zu Buch Acht heißt es sogar, dass der Jedismus untergehen muss, damit aus dem Licht etwas Neues entstehen kann. So ist es auch mit der Dunkelheit. Wir haben etwas Neues entstehen lassen. Es hat gerade erst begonnen. Wir nennen es das Zeitalter der Erhellung.“

Ich riss die Augen auf. „Oh“, sagte ich. „Demokratie und Aufklärung. Wow! Also gut, die ganze Sache ist überwunden. Vergessen wir doch jetzt einfach mal, was passiert ist. Wie du schon sagtest, das wichtigste sind die Lehren, die wir daraus ziehen. Du hast gewonnen. Alles wird gut. Darf ich jetzt gehen?“

„Nein“, entgegnete er kühl. „Die Anhänger eures Glaubens müssen erkennen, dass sie all die Jahrhunderte umsonst gekämpft haben, dass ihre Kriege und ihr Glaube nichts als Hirngespinste waren.“

„Ja, ja. Darum geht es doch.“

„Deswegen soll an dir ein Exempel statuiert werden. Du wirst hingerichtet. Jeder soll sehen, dass Ben Faber ein gewöhnlicher Mensch ist. Du wirst genauso sterben, wie damals die Römer auf Golgatha gestorben sind. Durch das Lichtschwert eines Jedi.“

„Kannst du jetzt mal bitte damit aufhören, von Hinrichtung zu sprechen?“

Nico redete ungehindert weiter: „Da es hier in Coruscant keine Todesstrafe mehr gibt, wird man dich morgen auf die Vulkaninsel Mustafar bringen. Die Hinrichtung selbst wird auf dem gesamten Planeten gezeigt. Damit wird Ben Faber für immer seine Macht verlieren.“

„Okay, okay. Das reicht jetzt. Ich denke, jetzt bin ich mal an der Reihe. Also nochmal.“ Ich zeigte auf mich. „Ich – bin – nicht – Ben Faber! Und ich bin auch kein Messias, verstehst du? Das hat sich Jesus ausgedacht. Eine fixe Idee. Er hielt mich für eine Art Propheten und meinte wohl, er müsse meine Rückkehr ankündigen. Ich konnte ja nicht ahnen, dass das so aus dem Ruder läuft. Also gut. Du weißt doch wer ich bin. Florian, aus Hamburg. Erinnerst du dich nicht? Unsere Gespräche über das Christentum. Jetzt hör mal endlich auf mit der Scheiße!“

Doch Nico zuckte nur mit Schultern. „Ich weiß nicht, wovon du redest. Ich kenne kein Christentum.“

Ich lehnte mich zurück und ließ die Arme baumeln. „Siehst du? Dann hatte ich also recht gehabt mit meiner Theorie. Das Christentum hat es nie gegeben. Die Religionsgeschichte ist ausgetauscht worden. Nun kann ich es endlich beweisen.“

Nico zog seine Arme an und machte Anstalten sich zu erheben. „Ich weiß nicht wovon du sprichst. Ich kenne keinen Florian und auch kein Christentum. Ich bin hier, um dich über dein weiteres Schicksal zu unterrichten. Das ist alles."

„Warte, warte!", bedrängte ich ihn. „Bleib bitte sitzen. Wo ist mein Smartphone?" Ich schaute um mich, fasste an meine Brusttaschen, obwohl ich wusste, dass es hier nicht war. „Ich werde es dir beweisen. Da ist alles drin. Wo habt ihr es hingetan?"

„Was ist ein Smartphone?", fragte er.

„Also bitte, wo habt ihr denn meine Sachen hingetan? Da war so ein kleines Gerät dabei, so ein flaches Ding."

„Deine Sachen? Sie sollten ins Archiv gebracht werden. Aber wie ich unten vor dem Tor erfahren haben, wurde auf den Transport ein Anschlag verübt. Wieder mal. Es wurde alles vernichtet."

Ich starrte ihn an. „Was? Aber … da war doch alles drauf, die App, die Fotos, warum habt ihr das Smartphone nicht hierbehalten?"

Nico klang sichtlich genervt. „Ich weiß nicht wovon du redest. Es ist alles gesagt."

„Aber wie kommuniziert ihr dann? Ihr müsst doch Aufzeichnungen machen." Für einen Moment hoffte ich, über eine Art Cloud doch noch an meine Daten heranzukommen.

Nico zuckte ungerührt mit den Schultern. „Mit dem Holoprojektor. Wie denn sonst?"

Ich lachte etwas hysterisch. „Klar! Mit dem Holoprojektor. Wie denn sonst? Kann ich es mal sehen?"

Nico seufzte und zog ein Gerät hervor. „Meinetwegen. Wenn das dein letzter Wunsch ist." Es war ein flaches Gerät, genauso wie ich es aus den Filmen kannte. Er betätigte einen Knopf und das Hologramm der Wache vor der Tür erschien, blau, halbtransparent und durch Streifen unterbrochen.

„Gefreiter Pelkott", sprach er ihn an. „Bringen Sie uns bitte ein Glas Milch von der Seekuh."

„Jawohl, Oberst Staatsanwalt", sagte der Soldat stramm und verschwand.

Ich nickte und hatte wohl einen etwas wahnsinnigen Gesichtsausdruck. „Milch von der Seekuh, ja?“

Nico aber blieb ruhig. Er hatte den Projektor wieder in die Innentasche seines Umhangs gesteckt und die Hände auf dem Tisch gefaltet. Geduldig wartete er darauf, dass die Tür sich öffnete. Ich starrte ihn provozierend an, aber er reagierte nicht darauf, sondern ließ gleichgültig seinen Blick durch den Raum schweifen. Ich hielt es nicht aus vor Anspannung und Aufgewühltheit. Was ging hier vor? Er würde mich doch nicht wirklich dem Henker ausliefern. Wieso erkannte er mich nicht? Wusste er tatsächlich nichts mehr von all dem, worüber wir geredet hatten? Wenn es so war, dann hatte ich unsere Vergangenheit komplett zerstört, und es gab für mich kein Entkommen.

Als sich die Tür öffnete, starrte ich erschöpft auf den Wachmann. Er kam herein und stellte ein Glas blauer Milch auf den Tisch. Nico deutete darauf. „Bitte. Trink!“

Ich lachte beim Anblick des Glasinhaltes und gleichzeitig lief mir eine Träne über die Wange. Ich verstand endlich. Ich hatte recht behalten mit meiner Theorie, aber niemand würde es je erfahren.

„Ich bekomme also nicht mehr die Möglichkeit nachzuweisen, dass die Heiligen Schriften austauschbar sind?“

„Die heiligen Schriften sind nurmehr geschichtliche Zeugnisse. Das es sie gibt beweist nur, dass es Menschen gab, die sie aufgeschrieben haben. Aber das ist ja an sich nichts Schlechtes, nur so können wir sie heute deuten. Aus dem achten Buch wissen wir zum Beispiel, dass Rey, wer auch immer sie in Wirklichkeit war …“

„Daisy Ridley?“, lachte ich vollkommen verzweifelt.

„Durch die Rettung der Jedibücher kennen wir den Kanon.“

„Das sagst ausgerechnet du?“

„Jeder kennt die Schriften. Es ist Pflichtlektüre an den Akademien. Selbst die Ereignisse, die es nicht in die Bücher geschafft haben, wie Reys dritte Lektion.“

Ich schaute ihn müde an. „Du meinst die Outtakes.“ Ich konnte das alles nicht glauben.

Doch dann stand Nico auf. „Es ist alles gesagt. Ich muss gehen. Deine Hinrichtung findet morgen bei Sonnenuntergang statt. Dann wird jeder erkennen, dass auch du nur ein Teil der Geschichte bist. In einigen Generationen wird es keinen Glauben und keinen Aberglauben mehr geben.“

„Hey, dann bist du wohl jetzt ein Trekkie, was?“, sagte ich noch. Doch wieder ignorierte er es, und in mir schnürte sich alles zusammen. Meine blöden Sprüche halfen mir auch nicht. Wenn das wirklich mein Ende sein sollte, gab es nur noch eine Möglichkeit, damit meine wahre Geschichte irgendwann entdeckt werden konnte.

Ich sprang auf. „Nico, bitte warte!“

Er hatte die Tür schon fast hinter sich verschlossen, aber er öffnete sie nochmal und machte einen Schritt über die Schwelle.

„Ich kenne keinen Nico“, sagte er. „Ich weiß nicht, warum du das die ganze Zeit sagst. Mein Name ist Dol. Perka Dol.“

„Hast du einen Stift, Perka … Dol? Einen Stift und Papier. Bitte.“

„Sowas haben wir nicht. Nicht mehr. Es ist veraltet. Was willst du damit?“

„Ich … ich muss etwas aufschreiben.“

Er griff in die Innentasche seines Umhangs und holte den Holoprojektor hervor. Er warf ihn mir rüber. „Hier, das kannst du benutzen. Du kannst damit auch Aufzeichnungen machen. Kannst es behalten, ich habe genug davon.“

Ich fing es in der Luft auf, hielt es vor mich und drehte es in meinen Händen. „Wie funktioniert das?“

„Der kleine rote Knopf da. Damit kannst du dich aufnehmen.“

Ich schaute auf. „Wie viel Zeit habe ich?“

„Zwölf Stunden.“ Damit verschloss er endgültig die Tür.

Ich setzte mich hin. Meine Hände zitterten. Ich schaffte es kaum, den roten Knopf zu drücken. Als ich es tat, ließ ich das Gerät vor Schreck los. Es kullerte über den Tisch und blieb auf seinem Rücken liegen. Zufällig in der richtigen Position oder durch ein eingebautes Gewicht. Ein Lichtkegel öffnete sich aus einer stecknadelkopfgroßen Öffnung und ich konnte mein Gesicht darin sehen, als Holographie, wieder in diesem halbtransparenten, flackernden Blau, genau so, wie in den Filmen.

Ich zögerte, räusperte mich und überlegte, was ich sagen sollte. Ich beschloss, von vorn anzufangen:

„Wir hatten uns zum Kino verabredet. Nico und ich.
Für Star Wars, Episode VIII.
Wir warteten in einem Café auf den Beginn der Vorführung.
Die Diskussion war schon heftig im Gange.
Wie immer.
Mein Name ist Florian Schneider.
Dies ist mein Protokoll von einer Welt, die es nie gegeben hat.“

Danksagung

Ich bedanke mich bei allen, die mich bei diesem Projekt unterstützt und die daran geglaubt haben.
Ihr wisst ja Bescheid!

Jacques Tilly

Despoten. Demagogen. Diktatoren.

Ein satirisches Bilderbuch. Vorwort von Jürgen Becker

ISBN 978-3-86569-299-3, 120 Seiten, gebunden, Euro 15.-

Ob Donald Trump oder Wladimir Putin, der „Islamische Staat" oder die „Pius-Brüder", Front National oder AfD – weltweit und quer durch alle Weltanschauungen feiern autoritäre Staatschefs, Parteien und Gruppierungen Erfolge. Eine unbeugsame zivilgesellschaftliche Gegenstimme ist der Künstler Jacques Tilly mit seinen international beachteten Großplastiken. Bundesweit bekannt wurde er durch seine politischen Mottowagen beim Düsseldorfer Rosenmontagszug, die regelmäßig großen Protest und Diskussionen auslösen. Inzwischen werden seine Arbeiten weltweit wahrgenommen, abgebildet und kommentiert. Der reich illustrierte Band stellt in einem großen satirischen Bilderbogen die gegenwärtigen Feinde einer offenen Gesellschaft bloß und gewährt Einblick in das politische Engagement des Künstlers. Das Buch verteidigt eine Utopie von Freiheit gegen die Träume autoritärer Charaktere.

Bund für Geistesfreiheit (bfg) München

Der Freche Mario

Kunst, Kultur und ewig währende Wahrheiten

ISBN 978-3-86569-240-5, 127 Seiten, gebunden, Euro 16.-

Darf man über Religion lachen? Nicht nur im Iran oder Saudi-Arabien kann das für Autorinnen und Künstler gefährlich werden. Auch in Europa gibt es in zahlreichen Staaten Blasphemiegesetze, in Deutschland den § 166 StGB, in Österreich den § 188. Der Kunstpreis Frecher Mario wurde vom Bund für Geistesfreiheit (bfg) München ins Leben gerufen. Er zeichnet Kunstwerke aus, die sich satirisch-kritisch mit Glauben und Religion, Kirche und Klerus auseinandersetzen. Er setzt damit ein Zeichen für Meinungs-, Presse-, Kunst- und Religionsfreiheit.

Der Bildband präsentiert über 50 ausgewählte Kunstwerke aus den Wettbewerben der Jahre 2008 bis 2016 und stellt die Künstlerinnen und Künstler vor. Neben Karikaturen und Cartoons wird die Kritik auch in Form von Songtexten, Fotografien, Installationen und Videokunst auf ganz individuelle Art geäußert.

Rachid Boutayeb

German Dream

Oder die islamische Mission in Frankfurt am Main. Eine philosophische Satire

ISBN 978-3-86569-236-8, 90 Seiten, kartoniert, Euro 9.-

Rachid Boutayebs Satire spielt in einem Frankfurter Bordell. Dort treffen sich die Eingewanderten und hängen ihren Träumen nach über ein Land, das ihnen bestenfalls einen Ausweis, aber kein Zuhause gibt. Sie alle suchen nach einem Durchlass in den „verschwiegenen Mauern", durch die sich die deutsche Gesellschaft abschottet. Doch so typisch sich ihre Erfahrungen mit Ausgrenzung und Abschiebung darstellen, so wenig entsprechen ihre Auffassungen von Gott und der Welt den gepflegten Klischees über Migranten aus islamischen Ländern.